BEETLE BOY  3

비틀보이

마야 G. 레너드

: 딱정벌레들의 전투

BEETLE BOY 3

비틀보이

마야 G. 레너드 장편소설
정해영 옮김

: 딱정벌레들의 전투

북핀

| 일러두기 |

1. 이 책의 맞춤법은 국립국어원에서 정한 한글 맞춤법 및 표준어 규정에 따랐습니다.
   단, 작가의 독특한 말투나 대화문 안에 나오는 비속어 등은 원작품의 문학적 표현을 우선하여 비표준어이더라도
   우리말의 느낌과 가장 비슷한 말로 번역하였음을 밝힙니다.
2. ( ) 안의 글은 원작품의 내용이며 [ ] 안의 글은 번역자의 보충 설명입니다.

"관심 갖지 않은 것을 누구도 보호하지 않을 것이고,
경험하지 못한 것을 누구도 관심 갖지 않을 것이다."

데이비드 애튼버러 David Attenborough

"아이들은 사자나 기린에 관한 책을 읽는 것으로부터 시작하지만,
또한 정원에 들어가서 돌멩이를 뒤집어 벌레를 보고 달팽이를 보고
개미를 볼 수도 있다."

데이비드 애튼버러 David Attenborough

"우리는 크기가 작은 외관 때문에 곤충들을 과소평가하는 경향이 있다.
말이나 개의 크기로 확대된, 광택이 나는 청동색 갑피를 두르고
거대한 뿔을 가진 수컷 장수풍뎅이를 상상할 수 있다면,
그것은 세상에서 가장 인상적인 동물 가운데 하나일 것이다."

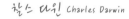
찰스 다윈 Charles Darwin

차 례

제 1 장

딱정벌레의 창궐

"**일**요일자 신문을 가져왔어." 베르톨트가 신문을 한 아름 안은 채 맥스 삼촌네 거실문을 어깨로 밀고 뒷걸음으로 들어오며 말했다. 그의 단짝인 구릿빛 반딧불이 뉴턴이 복부에서 빛을 내며 구름처럼 하얗게 솟은 베르톨트의 머리 위를 맴돌았다.

다쿠스와 버지니아가 그를 올려다보았다. 그들은 참나무 톱밥과 머그잔 더미가 채워진 하늘색 이동식 미니풀장의 양쪽에 앉아있었다. 다쿠스는 LA에서 산 에벨 크니벨 티셔츠를 입고 있었고, 버지니아는 빛바랜 낡은 청바지에 배지가 잔뜩 달린 헌 재킷 차림이었다.

"딱정벌레들에게 먹이를 주고 있었어." 다쿠스가 머그잔들 사이에 딸기 젤리 통을 놓으며 말했다. 미니풀장은 딱정벌레 산에서 살아남은 딱정벌레들이 현재 살고 있는 곳이고, 이 방은 그들의 아지트였던 베이스캠프의 잔재를 옮겨놓은 곳이다. 그들이 수시로 만나서 세계를 정복하려는 루크레시아 커터의 무도한 시도를 저지할 계획을 짜는 곳도 이곳이다.

다쿠스를 누구보다 잘 이해하는 반들반들한 검은색 장수풍뎅이 박스터는 다쿠스의 어깨 위에서 깔쭉깔쭉한 앞다리를 움직여 어디에 젤리를 놓아야 하는지 알려주면서 급식을 지휘하고 있었다.

버지니아는 참나무 톱밥이 마르는 것을 방지하기 위해 원예용 분무기를 손에 들고 열심히 미세한 물줄기를 뿜어내고 있었다. 그녀에게서 한시도 떨어지지 않으려는 선홍색 알통다리잎벌레 마빈이 불룩한 뒷다리로 버지니아의 땋은 머리에 매달려 바나나 젤리 한 조각을 파먹고 있었다.

다쿠스는 손에서 흙을 털며 일어나서 베르톨트가 신문을 보기 좋게 펼쳐놓은 커피 테이블을 향해 걸어갔다. 버지니아도 분무기를 바닥에 내려놓고 뒤따라갔다.

"농작물 습격에 관한 기사가 또 났네. 여기 콜로라도감자잎벌레가 러시아에서 수확을 망치고 있다는 내용도 있어. 사람들이 루크레시아 커터가 시상식에서 한 말을 믿기 시작했고, 지금 공황 상태에 빠져있어." 베르톨트가 콧등 위의 안경을 밀어 올리며 초조한 눈빛으로 다쿠스를 쳐다봤다. "독일에서 밀 작물을 망쳤다는 기사와 가

Ceratophyus martinezi

축 분뇨 더미에서 질병이 세 차례나 발생했다는 기사도 있어. 결국 각국 정부들은 이것이 목표를 겨냥한 통제된 공격이라고 말하고 있대."

다쿠스가 신문 앞으로 다가서는데 갑자기 베르톨트가 중간에 막아섰다.

"그리고, 음, 다쿠스. 좀 다른 내용도 있는데..."

버지니아가 타블로이드 신문을 집어 들고 헤드라인을 소리 내어 읽었다. **"딱정벌레의 창궐! 식량 배급 시행!"** 그녀는 한 페이지를 넘기고 갈색 눈으로 재빨리 신문을 훑었다. "뭐라고?! 믿을 수가 없어! 신문들은 루크레시아 커터의 위협이 진짜라고 생각하지만, 그 여자가 옷을 만들어서 돈을 버는 사람이니까 괴물 딱정벌레를 만들 능력이 있다고는 믿지 않는 거야."

다쿠스는 어깨를 으쓱했다. "그 여자가 곤충들을 통제할 능력을 가졌다고 믿고 싶지 않은 거겠지."

"그런 게 아니야." 버지니아가 코웃음을 쳤다. "그건 루크레시아 커터가 여자이기 때문이야."

"버지니아..." 베르톨트가 그녀와 눈을 맞추려 하며 말했다.

"사람들은 항상 최고의 과학자들은 남자일 거라고 생각하잖아." 버지니아가 발끈하며 손등으로 신문을 '탁' 쳤다. "이걸 들어봐. *'국립자연사박물관 학예실장이자 한때 루크레시아 커터의 약혼자였던 딱정벌레 연구자 바솔로뮤 커틀은 지난 5년간 실종된 유전학자*

와 곤충학자로 이루어진 팀을 이끌고 있다. 이 소수정예 팀은 미치광이 패셔니스타의 딱정벌레 부대의 배후에서 루크레시아 커터의 연극적 이미지를 이용해 전 세계에 대한 공격을 도모하고 있다.'"

"뭐라고?" 다쿠스는 버지니아의 손에서 신문을 낚아챘다. "하지만 그건 거짓말이야!" 다쿠스는 기사를 훑어보며 말했다. "아빠에 대해 왜 이런 소릴 하는 거지?"

"남자니까." 버지니아가 보란 듯이 말했다.

베르톨트는 한숨을 쉬며 고개를 저었다.

"모두가 딱정벌레 문제를 아빠 탓으로 돌리고 있어. 전부 말이야!" 다쿠스는 신문 기사를 빠르게 읽으며 말했다. "이건 틀렸어. 우리가 말해야 해. 아빠가 그 여자를 막으려 한다는 걸 말이야."

"다쿠스." 베르톨트가 부드럽게 말했다. "그건 박사님이 영화제 시상식에서 루크레시아 커터의 게스트였기 때문이야." 베르톨트가 다른 신문을 집어 들고 말했다. "이거 봐. 『데일리 메신저』는 이렇게 말하고 있어. '영화제 시상식에서 루크레시아 커터의 곁에 있던 바솔로뮤 커틀 박사가 치명적인 딱정벌레 창궐의 배후라고 생각된다.'"

"그건 완전 부당해!" 다쿠스의 얼굴이 벌게졌다. "그건 전부 거짓말이야! 우리 아빠는 누구도 해치지 않을 거야."

"정말 역겨워." 버지니아가 고개를 끄덕였다. "그리고 그들은 루크레시아 커터의 천재성을 남자들의 팀에게 돌렸어."

"천재성이라고?" 다쿠스가 소리쳤다. "그 여자는 천재가 아니야!"

"당연히 천재지!" 버지니아가 대답했다. "그 여잔 지금 인간의 식량 공급을 파괴하고 지구를 장악하고 있는 거대한 딱정벌레 군단을 사육했어. 정말 믿을 수 없는 일이지. 어떤 인간도 지구 전체를 지배한 적이 없는데, 그 여자가 대성공을 거두기 일보 직전이잖아." 버지니아가 고개를 절레절레 저으며 다쿠스를 쳐다봤다. "걱정 마. 신문들도 결국 그 여자의 천재성을 인정해야 할 테니까."

"그 여잔 천재가 아니라고!" 다쿠스가 버지니아에게 삿대질을 하며 외쳤다. "괴물이지! 사람들을 굶주리게 만들려 하고 자신의 죄를 아빠에게 뒤집어씌우고 있어. 게다가 그 여자가 노박과 스펜서에게 한 짓을 보라고!"

"이봐, 진정해." 버지니아가 미간을 찌푸렸다. "그 여자의 행동에 동의한다고 말한 건 아니야."

"하지만 분명 그렇게 들렸어." 다쿠스가 버지니아에게 인상을 쓰며 말했다.

버지니아는 항의하려고 턱을 쭉 내밀었다.

"어, 얘들아?" 베르톨트가 헛기침을 하고 말했다. "우리끼리 이러지 말자." 그가 달래는 듯한 미소를 지었다. "우린 모두 한 편이잖아. 잊었니?"

버지니아가 한숨을 내쉬며 "미안."이라고 말하고는 다쿠스를 보았다. "사악한 천재라고 말했어야 하는 건데." 그녀가 어깨를 으쓱했다. "난 그냥 모두가 루크레시아 커터를 과소평가하고 있다는 걸 지적하려는 거였어." 그녀는 테이블 위에서 신문을 이리저리 밀며 말했다. "너희 아빠를 탓하는 건 그야말로 헛다리 짚은 거지. 그래서는 그 여자를 찾거나 막는 데 도움이 안 돼."

"난 그 여자를 과소평가하는 게 아니야." 다쿠스가 대답했다. 그들이 시상식에서 돌아온 지 열하루가 지났을 뿐이지만, 다쿠스에게는 그 시간이 마치 몇 년처럼 느껴졌다. 절뚝거리며 루크레시아를 따라 할리우드 극장의 서까래 사이로 사라진 아빠의 마지막 모습이 다쿠스가 밤에 잠들기 전에 마지막으로 생각하는 것이자 아침에 눈 뜨자마자 제일 먼저 머리에 떠오르는 것이었다.

그때 갑자기 들려온 쨍 소리에 그들은 모두 화들짝 놀랐다.

"무슨 소리지?" 베르톨트가 조금은 겁먹은 얼굴로 물었다.

버지니아가 베르톨트의 어깨너머를 손가락으로 가리켰다. 거실 창문 유리에 가늘게 금이 가 있었다.

다쿠스는 조심스럽게 소파 위에 무릎을 꿇고 상체를 창밖으로 내밀어 거리를 내려다보았다. 도로 맞은편 문신 가게 앞에 같은 학교에 다니는 빨간 머리의 불량배 로비가 서 있었고, 그들이 붕어빵이라고 부르는 소년들이 그를 에워싸고 있었다. 다쿠스는 창문을 열었다.

"어이, 비틀 보이!" 로비가 소리쳤다. "너희 아빠에게 전해. 살인벌레들을 당장 철수시키지 않으면 아들이 죽사발이 될 거라고."

"맞아!" 붕어빵들이 위협하듯 주먹 쥔 손으로 반대쪽 손바닥을 쳤다.

"그건 아빠의 딱정벌레가 아니야!" 다쿠스가 목청 높여 대답했다. "아빠는 이 일과 아무 관계가 없어."

"어, 그래서?" 로비가 조롱했다. "신문에서는 그렇게 말 안 하던데. 신문에서는 네 아빠가 살인자라고 하던걸." 그가 손가락으로 목을 긋는 시늉을 했다. "어쩌면 네 아빠 때문에 사형 제도가 부활할지도 몰라."

"신문에서 거짓말을 하는 거야." 다쿠스가 소리쳤다. "어떤 것도 사실이 아니야."

"그래? 너야 당연히 그렇게 말하겠지. 안 그래?" 로비가 기찻길처럼 가지런한 금속 치아교정기를 번쩍이며 조롱했다. "하지만 난 너의 거대한 딱정벌레들을 봤는걸. 우리 모두 봤지." 붕어빵들이 고개를 까닥 움직였다. "그리고 우린 너희 일당이 벌레들에게 말을 거는 이상한 애들이라는 걸 경찰에게 말했어. 신문에서 말하는 건 사실이야. 난 알아. 그리고 난 가만히 있지 않을 거야." 로비가 번개처럼 빠르게 팔을 뒤로 빼더니 주먹에 쥐고 있던 돌멩이를 날렸다.

다쿠스는 돌멩이가 뺨을 날카롭게 강타하는 것을 느꼈다. 그는 손으로 뺨을 감싸고 창문에서 머리를 뒤로 뺐다.

"이런! 피가 나네." 베르톨트가 상처를 보려고 다쿠스의 손을 부드럽게 떼어냈다.

"우리의 목표는 비틀 보이, 네가 아니야. 네 아빠지!" 밖에서 외침 소리가 들렸다.

"그냥 무시해." 버지니아가 말하며 창문을 닫는 순간 돌멩이들이 유리창을 연타했다. 그녀는 재빨리 커튼을 닫았다.

"어떻게 무시하니?" 다쿠스가 어쩔 줄 모르는 베르톨트의 손을 밀어냈다. "쟤들은 모든 사람이 생각하는 걸 말하고 있는 거야. 사람들은 신문에서 읽은 것을 그대로 믿어. 모두가 아빠를 범인으로 생각하고 있다고."

불편한 침묵이 흐르고 버지니아와 베르톨트는 말없이 서로를 보았다. 점점 커지는 사이렌 소리에 베르톨트는 창가로 뛰어가 커튼 사이로 창밖을 엿보았다. "경찰이야!" 그가 간신히 말했다. "경찰차 두 대가 건강식품 전문점 앞에 차를 대고 있어. 이제 차에서 내리네. 어쩌지?"

"경찰을 여기 들어오지 못하게 해야 해." 다쿠스가 어쩔 줄 모르고 두리번거렸다. "경찰이 딱정벌레를 보면 안 돼. 그럼 아빠가 범인이라는 증거라고 생각할 거야."

"수색영장 없이는 들어올 수 없어." 버지니아가 말했다. "TV에서 봤어. 삼촌이 외출 중인데 낯선 사람들에게 문을 열어주지 말라고 했다고 경찰에게 말해."

"좋아." 다쿠스가 고개를 끄덕였다. "하지만 아빠에 대해서는 거짓말을 하지 않을 거야. 아빠는 루크레시아 커터를 막으려 하고 있다는 걸 사람들이 알아야 해. 아빠가 좋은 사람이라는 걸 말이야."

"안 돼, 다쿠스. 넌 아무 말도 해선 안 돼." 베르톨트가 말했다. "루크레시아 커터가 너희 아버지가 자기편이라고 믿게 해야 하잖아. 그렇지 않으면…"

그때 초인종이 울렸다.

다쿠스는 복도를 쳐다보며 문이 우지끈 박살 나며 열리는 장면을 예상했다. "이건 부당해." 그가 속삭였다.

"알아." 버지니아가 진심이 가득 담긴 까만 눈으로 그를 보며 고개를 끄덕였다. "하지만 우린 진실을 알잖아." 그녀가 다쿠스의 등을 부드럽게 토닥였다.

"난 아빠를 찾을 거야." 다쿠스가 주먹을 쥐었다. "그리고 루크레시아 커터를 막아서 신문 전면에 사과문을 싣게 하고 말 거야." 그의 어깨 위에서 박스터가 동의의 표시로 겉날개를 튕기듯 펼쳤다가 오므리면서 부드러운 속날개를 진동시켜 탁탁 소리를 냈다.

"우리가 네 옆에 있을 거야." 베르톨트가 말했다.

"처음부터 끝까지 항상." 버지니아가 고개를 끄덕였다.

제 2 장

그들만의 비행

바솔로뮤 커틀은 얼굴에 뒤집어쓴 자루 때문에 땀이 났다. 구슬 땀이 경박한 눈물처럼 뺨을 타고 흘러내렸다. 숨이 막힐 만큼 더웠지만, 덕분에 표정을 숨길 수 있어서 오히려 다행스러웠다. 자루는 그가 경계 태세로 그들이 어디로 향하고 있는지 열심히 단서를 찾고 있는 것을 루크레시아 커터와 그 부하들이 보지 못하도록 가려주는 가림막 역할을 했다.

햇살이 비출 때는 헬리콥터에 탄 다른 사람들의 실루엣을 볼 수 있었지만, 한 시간 전부터는 세상이 온통 회색으로 변했다. 지금은 빗방울이 금속 지붕을 거세게 두드려 마치 작은 돌멩이들이 끝없이 빗발치는 것처럼 들렸다. 이런 폭우 속에 비행을 하는 것은 안전하지 않았다. 폭우는 가시거리의 감소를 뜻했다.

'바이옴[어떤 기후 지역에 분포하는 식물과 동물의 군집을 모두 포함하는 가장 큰 생물의 군집인 생물군계를 뜻한다. 여기에서는 루크레시아가 건설한 비밀 연구 단지를 가리킨다.]에 가까워진 게 분명해.' 상체를 앞으로 숙이며 그는 생각했다.

바솔로뮤는 머릿속에 일행이 모두 어디에 앉아있는지 분명한 그림을 갖고 있었다. 프랑스 집사 제라르는 조종석에서 링링 옆에 앉아있고, 치명적인 경호원 링링은 헬리콥터를 조종하고 있었다. 얼간이들은 제라르와 링링을 등지고 그의 맞은편 열에 앉아있었다. 크레이븐이 첫 번째 좌석에 앉았고, 댄키시가 그 옆에 구부정하게 앉아있고, 그 옆에 몰링의 두툼한 실루엣이 보였다. 이따금 그의 바지에 스치는 깔쭉깔쭉한 키틴질 다리는 루크레시아가 바로 옆에 앉아있다는 사실을 절대 잊을 수 없게 만들었다. 자칭 딱정벌레 여왕의 건너편에서는 내내 침묵만 흘렀다.

'저쪽에 노박이 있군.' 그는 생각했다. '그 불쌍한 아이가 겁에 질려있는 것이 분명해.' 노박이 어떻게 아들과 친구가 되었는지 다시금 궁금해졌다. 다쿠스는 그에게 노박을 보호해달라고 부탁했고, 그는 그 약속을 지킬 생각이었다.

루크레시아는 영화제 시상식이 엉망으로 끝나자 잔뜩 화가 치밀었다. 바솔로뮤가 절뚝이며 할리우드 극장 옥상으로 올라와서 그녀와 함께 가려고 아들을 버리고 왔으며 자신도 그녀의 세계관에 동조한다고 말했을 때 그 말을 믿기 힘들었지만, 한편으로는 내심 자부심에 불타올랐다. 그녀는 그를 믿고 싶었다. 그녀는 그를 당장에 죽일 수도 있다고 말한 다음 제라르에게 그의 손을 묶고 머리에 자루를 씌우라고 지시했다.

거의 네 시간의 비행 후에 그들은 첫 번째 기착지에 도착했다. 방금 미국의 곡창 지대에 유전자 변형 곡물바구미를 풀어놓고 온 크레이븐이 올라탔다. 헬리콥터에 연료를 주입하는 동안 제라르가 자루를 벗기고 바솔로뮤에게 물을 권했다. 자루를 다시 씌우기 전에 '앨버커키'[미국 남서부 뉴멕시코 주의 최대 도시]라고 쓰인 표지판이 언뜻 보였다. 곧이어 그들은 다시 비행을 시작했다.

헬리콥터는 네 시간마다 급유를 해야 했다. 야간 비행을 하는 동안 바솔로뮤는 머릿속으로 항로를 그려보았다. 해가 졌다가 뜨는 방향을 보니 그들은 남쪽을 향해 날아가고 있었다. 세 번째 기착지에서 그는 크레이븐에게 헬리콥터 객실에서 끌려 나와 어떤 건물의 방 안에 내동댕이쳐졌다. 자루를 벗어보니 그곳은 가구도 거의 없는 침실이었다.

몇 시간 뒤 제라르가 커피와 과일, 달콤한 빵을 가져와 그를 깨우며 이제 곧 출발할 시간이라고 알렸다. 바솔로뮤는 이곳이 멕시코시티 근처일 거로 추측했다. 다시 머리에 자루를 쓰고 제라르에게 이끌려 헬리콥터로 걸어가는 동안, 스페인어로 말하는 남자들의 목소리가 들렸다.

"메리 크리스마스." 그가 헬리콥터에 올라타자 루크레시아가 말했다. 크리스마스에 혼자 있을 다쿠스 생각을 하니 가슴이 미어졌지만 애써 무표정을 유지했다.

연료 주입을 위해 세 차례 기착한 뒤 또다시 어떤 침실에 배치되었다. 이번에는 폭풍이 지나가기를 기다리며 이틀 동안 머물렀다. 그들이 다시 헬리콥터에 올라탔을 때, 바솔로뮤는 루크레시아 커터에게 왜 항공기가 아닌 헬리콥터를 이용하느냐고 물었다. 그녀는 자신이 세계 지도자들에게 전쟁을 선포한 상황인 만큼 공항을 피하는 편이 안전하다고 대답했다. 가장 강력하고 위험한 사람들이 그녀를 찾기 위해 지구를 샅샅이 뒤지고 있다는 것이었다.

그리고 이제 그들은 여정의 마지막 구간에 오른 것으로 보였다. 헬리콥터가 하강할 때 바솔로뮤는 눈을 감았다. 어둠 속에서 보이는 것은 애지중지하는 장수풍뎅이를 가슴에 꼭 안고 있는 어두운 눈빛의 아들이었다. 바솔로뮤는 용감한 아들에게 조용히 사랑의 기도를 보내고 자루가 씌워진 머리를 루크레시아 커터를 향해 돌렸다.

"루시, 당신에게 감사하고 싶어." 루크레시아 커터가 그를 향해 머리를 돌리는 것이 느껴졌다. 그녀의 가장 큰 약점은 대학 시절부터 시작되어 여전히 숙취처럼 남아있는 그에 대한 애정이었다. 그는 그녀의 신뢰와 정보를 얻기 위해 그것을 이용하기로 했다. 그녀의 제국을 무너뜨리고 그녀의 계획을 망쳐놓을 방법을 찾아야 했다.

"미래에 대한 멋진 계획에 참여하게 해줘서 말이야."

"오, 바솔로뮤. 내가 당신의 무모한 꿈들을 모두 실현했다는 걸 이제 곧 알게 될 거야. '감사'라는 말로는 턱없이 부족하지."

제 *3* 장

타이탄하늘소

" **그** 여자가 어떤 종류의 딱정벌레인 것 같니?" 다쿠스가 『딱
정벌레 수집가의 핸드북』에 코를 박고 물었다.

"누가?" 베르톨트가 창가의 '감시초소'에서 물었다. 다쿠스가 문
을 열어주지 않자 경찰차는 떠났지만, 곧 다시 오겠다는 말을 남겼
다. "루크레시아 커터 말이야?"

"그래, 그 여자가 딱정벌레의 DNA를 자신의 DNA에 주입했다
면, 알다시피 딱정벌레 종은 수없이 많은데 그중에 특정한 딱정벌레
를 선택했을 거 아니야. 뭐일 거 같니?"

"좋은 질문이야!" 버지니아가 소파에서 벌떡 일어나 갖가지 단서

들을 붙여놓은 벽에 걸린 게시판으로 가서 할리우드 극장 무대 위로 날아오른 루크레시아 커터의 사진을 자세히 들여다보았다.

"어떤 종인지 알아낸다면 우리가 약점을 찾을 수 있을지도 몰라." 다쿠스가 말했다.

베르톨트는 맥스 삼촌의 아파트와 '백화점'의 잔해 사이의 벽면에 밀착되어 있는 책장으로 걸어갔다. 그들은 맥스 삼촌의 고고학 책들이 꽂혀 있던 자리에 집이나 학교, 도서관에서 가져온 모든 곤충 관련 책들을 채워두었다.

"내 생각엔 타이탄하늘소인 것 같아." 다쿠스가 친구들에게 사진이 보이도록 책의 방향을 돌렸다. "크기와 턱, 그리고 이 눈을 보면 말이야." 그가 손가락으로 그 페이지를 톡톡 치다가 자신을 내려다보던 번뜩이는 까만 구형의 눈을 떠올리며 몸서리를 쳤다. "티타누스 기간테우스[*Titanus Giganteus*, 타이탄하늘소의 학명]처럼 보여."

"세상에서 제일 큰 딱정벌레야!" 버지니아가 다쿠스의 책에서 벽에 걸린 사진으로 다시 시선을 돌리고는 헉 하고 숨을 쉬며 말했다. "틀림없이 네 말이 맞을 거야."

"딱정벌레의 해부학적 구조에 대해 좀 더 공부해야 할까?" 베르톨트가 다쿠스의 책을 뚫어져라 쳐다보며 물었다.

"해부학적 구조라고?" 버지니아가 무슨 소리냐는 듯 얼굴을 찌푸렸다.

"그래, 몸속이 어떻게 배열되어 있는지 말이야." 베르톨트가 대답했다. "어떻게 루크레시아 커터가...작동하는지 알기 위해서지."
그가 피아노를 치듯 자신의 상체 위로 손가락을 움직였다. "그럼 그
여자의 아킬레스건을 찾는 데 도움이 될지도 몰라."

"맞아." 다쿠스가 책장을 휙휙 넘기며 고개를 끄덕였다. "그 여자
를 무찌를 방법을 찾을 수 있을지도 모르지."

"흡혈귀와 싸우는 것처럼!" 버지니아가 말했다. "말뚝으로 심장
을 관통하는 거야." 그녀가 다쿠스에게 말뚝을 박는 시늉을 하자 다
쿠스가 웃었다.

"무찌른다고?" 베르톨트는 겁먹은 것 같았다.

"그래야 할지도 몰라." 다쿠스가 고개를 끄덕였다. "그 여자가 우
릴 보면 당장 죽이려 할 테니까."

"딱정벌레도 심장이 있을까?" 버지니아가 물었다.

"아마 그럴걸." 다쿠스가 책 뒤쪽에 있는 '찾아보기'로 넘어갔다.
"하지만 폐는 없는 걸로 알아. 숨구멍으로 숨을 쉬니까." 그는 해당
페이지를 찾아 책장을 넘겨 어떤 도표를 펼쳤다. "딱정벌레는 혈액
이 몸속에서 돌도록 밀어주는 근육이 있대." 그가 버지니아를 보았
다. "이게 딱정벌레의 심장일 거야. 그렇지?"

"딱정벌레도 피가 있어?" 버지니아가 물었다.

다쿠스가 고개를 끄덕였다. "혈림프라고 하는데, 대부분 노르스
름한 녹색이야."

"녹색이라고?" 베르톨트가 눈썹을 치켜세우며 뉴턴을 올려다보

았다.

"그래. 아니면 노르스름하거나. 곤충의 혈액은 우리의 혈액과 같은 기능을 해. 질병을 막아주고 상처를 치유하는 데 도움을 주는 항체가 들어있지."

"하지만 루크레시아 커터가 흡혈귀는 아니잖아." 베르톨트가 말했다. "우리가 그 여자를 쳐부술 필요는 없어. 우린 그냥 경찰이 체포하게 만들기만 하면 되잖아."

다쿠스는 날카로운 눈매로 친구를 노려보았다. "하지만 만일 어쩔 수 없는 상황이라면 어쩔래? 만일 우리가 어쩔 수 없이 음..."

"뭘 말이야?" 베르톨트가 인상을 찌푸렸다.

"그 여자를 죽여야 한다면?" 버지니아가 눈이 휘둥그레져서 말했다.

"그건 안 돼!" 베르톨트가 경악하며 두 손을 얼굴에 가져다 댔다.

"루크레시아 커터는 수많은 사람을 굶주리게 만들 거야." 다쿠스가 고개를 저으며 말했다. "그 여자를 막지 못하면 사람들이 죽을 거야."

"하지만 아직 그러지 않았잖아." 버지니아가 말했다. "어쩌면 마음을 바꿀지도 몰라."

"만일 그 여자가 노박이나 스펜서, 아니면 아빠를 죽이려 한다면 어쩔 거니?" 다쿠스는 타이탄하늘소의 사진을 내려다보았다. 자신들이 지금 얼마나 엄청난 일을 하려는 것인지 생각하니 마음이 무거워졌다. "영화제 시상식에서 딱정벌레들이 구해주지 않았다면 난 벌써 죽었을 거야." 루크레시아 커터의 큰 턱과 번뜩이는 검은 입, 바늘처럼 날카로운 아래턱의 이미지가 그의 머리를 가득 채웠다. 그녀가 호흡할 때 입에서 풍겼던 썩은 과일 냄새와 추락했을 때의 느낌이 떠올라 몸서리가 쳐졌다. "아빠가 구해주지 않았다면 그 여잔 박스터도 죽였을 거야." 그가 친구들을 보았다. "우린 최악의 사태에 대비해야 해."

"다쿠스, 우리가 그 여잘 죽이면 살인자가 되는 거잖아." 버지니아가 조용히 말하고 베르톨트를 쳐다보았다.

"너희 아빠가 너한테 생명을 보호하라고 가르쳤잖아." 베르톨트가 속삭였다.

"그땐 아빠의 목숨이 위험하지 않았지." 다쿠스가 말했다. "아빠는 지금 루크레시아 커터를 막기 위해 모든 위험을 감수하고 있어."

"하지만 너희 아빠도 그 여자를 죽이려는 건 아니잖아." 베르톨트가 대답했다.

"다쿠스." 버지니아가 커다란 갈색 눈으로 그를 똑바로 바라보며 말했다. "난 루크레시아 커터를 죽이지 못할 것 같아. 물론 난 모험을 좋아하고, 지속 가능한 농업[과도한 농약이나 비료의 사용으로 인한 생태계 파괴와 토양의 악화를 방지하는 친환경농업]에 대해 알기 전까지는 고기도 잘 먹었어. 하지만 고의로 죽이는 거? 그건 내가 할 수 있을지 모르겠어. 아무리 루크레시아 커터가 사악한 쓰레기 같은 인간이라도." 그녀가 입술을 깨물었다. "난...방아쇠를 당기는 건... 차마 못 할 것 같아."

"꼭 해야 한다면 난 할 수 있어." 다쿠스는 이를 갈며 말했다. "만일 그 여자가 아빠를 해치려 한다면."

"오해하지 말고 들어." 버지니아가 고개를 저으며 말했다. "난 네가 누군가를 죽일 수 있는 부류라고 생각하지 않아."

"아빠는 나를 의지하고 있어." 다쿠스는 자신의 목소리가 떨리는 것을 느끼고 침을 꿀꺽 삼켰다.

베르톨트가 다쿠스의 손을 잡았다. "아빠는 돌아오실 거야."

버지니아가 고개를 끄덕였다. "그리고 우린 루크레시아 커터의 딱정벌레 군단을 막을 방법을 찾을 거고. 그 여자를 체포해서 자백을 받아야 해. 너희 아빠의 누명을 벗길 방법은 그것뿐이야."

다쿠스가 얼굴을 가리고 신음을 토했다. "아아! 이 모든 상황 중에 제일 어이없는 게 뭔지 알아?"

"음, 모든 게 다?" 버지니아가 허공으로 두 손을 번쩍 들어 올리며 말했다. "미친 딱정벌레 아줌마가 지구를 접수하려 하고 있다는 사실 말이야. 왜 아무도 이 사실을 믿으려 하지 않는지 이해할 만해."

"아니. 가장 어이없는 건 루크레시아 커터가 딱정벌레들을 조종해서 이 모든 짓을 할 수 있다면..." 다쿠스가 벽에 고정된 신문 기사 속 파괴된 작물들의 사진을 가리키며 말했다. "...만일 세계 정복을 꿈꾸지 않는 누군가가 잘 이끈다면 똑같은 딱정벌레들이 어떤 좋은 일을 할 수 있을지 상상해봐. 세계를 치유하려는 누군가가 딱정벌레들을 이끈다면 말이야."

열쇠고리가 짤랑거리는 소리가 들리더니 아래층 문이 열리고 계단에서 발소리가 났다. 맥스 삼촌이 유니폼처럼 항상 입고 다니는 사파리 반바지와 셔츠, 모자 차림으로 쿵쾅거리며 거실로 들어왔고, 곧이어 안경을 쓴 땅딸막한 모티실라 브레이스웨이트가 따라 들어왔다. 평소에 '모티'라는 애칭으로 불리는 그녀는 돌돌 말린 지도를 한 아름 안고 있었다.

"내가 왔다." 맥스 삼촌이 아이들에게 인사했다. "그리고 모티와 아이리스도 데려왔지. 아이리스는 주전자에 물을 끓이고 있단다."

"테이블 좀 치워라." 모티가 삼중 턱을 흔들며 명령했다. "너희에게 보여주려고 남아메리카의 지도를 가져왔단다."

"경찰이 왔었어요." 다쿠스가 상황을 전하며 버지니아, 베르톨트와 함께 테이블 둘레에 무릎을 꿇고 앉았다. "들여보내지는 않았지만, 경찰들은 우리와 말하고 싶어 해요."

"지금 말이냐? 음, 좀 기다려야 할 것 같은데."

"다시 오겠다고 말하고 갔어요."

맥스 삼촌이 딱정벌레들의 미니풀장을 가리키며 말했다. "저들 중에 망을 봐달라고 부탁할만한 동작 빠른 친구가 있을까?"

다쿠스가 고개를 끄덕였다. "무당벌레가 제일 빨라요." 그가 손을 들자, 빨간색 바탕에 검은색 반점이 있는 무당벌레 여섯 마리가 그의 손바닥에 내려앉았다. 다쿠스는 창가로 가서 창문을 열고 속삭였다. "2조로 나눠서 길 양쪽 끝으로 가도록 해. 만약 지붕에 깜빡이 등이 달린 하얀색과 파란색이 섞인 경찰차를 발견하면 최대한 빨리 이리로 돌아와." 딱정벌레의 비행 패턴을 연구하면서, 다쿠스는 루크레시아 커터가 왜 노란 무당벌레를 스파이로 이용했는지 깨닫게 되었다. 무당벌레는 엄청난 속도로 놀라운 높이까지 비상하여 장거리를 날 수 있었다. 다행히 루크레시아 커터가 영국을 떠난 후로 치명적인 노란 무당벌레가 더 이상 보이지 않았다.

다쿠스가 다시 자리에 앉자 맥스 삼촌은 남아메리카 지도를 펼쳤다. "만일 경찰이 다시 온다면, 그들이 문을 두드리기 전에 여기서 나갈 필요가 있다. 모두들 가방은 쌌니?" 세 아이가 고개를 끄덕였다. "좋아, 자, 본론으로 들어가자." 그가 지도 가장자리를 편편하게 펼치자 다섯 명이 지도 위로 머리를 모았다. "영화제 시상식 때 네 아빠가 네게 전해준 쪽지에 표시된 좌표는 여기다." 맥스 삼촌이 손가락을 지도에 가르치며 말했다.

다쿠스의 눈이 부지런히 지도를 훑었다. "에콰도르인가요?"

"남아메리카의 북서쪽에 위치하지." 맥스 삼촌이 고개를 끄덕였다. 모티가 그에게 다른 지도를 건넸고, 그는 그것을 첫 번째 지도 위에 펼쳐 놓았다. "이건 그 지역을 좀 더 자세히 표시한 지도란다." 그는 오른손 검지를 지도의 위쪽을 따라 오른쪽에서 왼쪽으로 이동하는 동시에 왼손 검지를 아래에서 위로 움직여서 두 손가락을 한 지점에서 모았다. "프랑스인 집사가 네 아빠에게 준 좌표를 믿을 수 있다면, 이곳이 바로 루크레시아 커터가 바이옴을 세운 곳이야."

박스터가 다쿠스의 어깨에서 날개를 파닥이며 내려와서 맥스 삼촌이 가르치는 지점으로 똑바로 걸어갔다.

"수마코 나포-갈레라스 국립공원." 베르톨트가 읽었다. 뉴턴이 쉭쉭 소리를 내며 정신없이 불빛을 깜빡였다.

"아빠가 있는 곳이야." 다쿠스가 바이옴이 산 중턱에 있음을 암시하는 구불거리는 등고선을 뚫어져라 응시했다.

"내가 아는 인맥을 총동원해서 LA와 키토[에콰도르의 수도] 사이에 있는 모든 공항에 확인해 봤는데, 루크레시아 커터로 보이는 사람이 항공기로 여행한 흔적은 없어. 목적지를 누구에게도 알리고 싶지 않다면 말이 되는 얘기지." 모티가 말했다. "그리고 영화제 시상식에서 하늘로 사라진 후로 그 여자를 본 사람이 아무도 없어."

"행방불명 상태예요?" 버지니아가 물었다.

모티가 고개를 끄덕였다. "만일 그 여자가 내내 시코르스키 S-92를 타고 갔다면-" 모티가 아이들의 멍한 얼굴을 보며 잠시 말을 멈추었다. "아, 그건 그 여자의 헬리콥터야. 음. 시코르스키 S-92는 천 킬로미터마다 급유를 해줘야 하거든. LA에서 여기까지 가려면 족히 며칠은 걸릴 거야." 그녀가 지도를 가리켰다. "적어도 4~5일쯤. 하지만 그건 급유를 위해 멈춘 시간만 계산하면 그렇다는 얘기고, 악천후에는 비행을 할 수 없는 데다 휴식 시간도 필요하겠지. 조종사도 먹고 자야 하니까." 그녀가 양쪽으로 한 번씩 고개를 갸우뚱했다. "남의 눈에 띄지 않으려면 주로 밤에 비행해야 할 테니까, 내 생각엔 열흘에서 열하루쯤 걸릴 것 같구나."

다쿠스가 손가락을 꼽아보았다. 갑자기 온몸에 짜릿한 긍정 에너지가 솟구쳤다. "그렇다면, 아빠가 이제 막 도착했다는 얘기네요."

모티가 고개를 끄덕였다.

거실문이 활짝 열리며 꽃무늬 블라우스에 남색 점퍼스커트를 입고 희끗희끗하고 부스스한 머리를 뒤로 묶은 아이리스 크립스가 차와 오렌지 주스, 비스킷이 담긴 쟁반을 들고 들어왔다. "나 없이 시작들 하셨네요." 그녀가 쟁반을 내려놓으며 책망했다.

버지니아가 냉큼 비스킷으로 손을 뻗었다.

"어이쿠, 미안합니다, 아이리스." 맥스 삼촌이 사과했다.

"크립스 부인, 아드님이 어디 있는지 알아냈어요. 스펜서는 에콰도르에 있어요." 다쿠스가 말했다.

"수마코 나포-갈레라스 국립공원에요." 베르톨트가 손가락으로 지도를 가리켰다.

"먼 곳이로구나." 크립스 부인이 지도를 멍하니 쳐다보며 눈을 깜빡였다.

"비행기를 타고 가지 않으면 그렇죠." 모티가 부드럽게 말했다.

"그런데 우리에겐 비행기가 있어요!" 버지니아가 무릎으로 일어나 입에 있던 비스킷 부스러기를 사방에 튀며 말했다.

"제일 먼저 우린 ICE로 가서 곤충학자들에게 얘기를 해야 해요."
다쿠스가 상기시켰다. "아빠가 곤충학자들에게 가면 도와줄 거라고
그랬어요." 그가 맥스 삼촌을 쳐다봤다.

"그래. 우린 그들의 도움이 필요할 거다. 거기에는 의심의 여지가
없지." 맥스 삼촌이 고개를 끄덕였다. "딱정벌레가 몰려든다는 기사
가 매일 나오고 있고, 더 나쁜 일도 있을 거야. 그건 분명해. 루크레
시아 커터는 이제 시작한 것에 불과하니까."

"ICE가 뭐지?" 크립스 부인이 이마를 찌푸렸다.

"국제곤충학회예요." 베르톨트가 설명했다.

"모레 열려요." 다쿠스가 말했다.

"우린 학회에 참석하러 내일 아침에 프라하로 갔다가 곧바로 에
콰도르로 갈 겁니다." 맥스 삼촌이 말했다. "원래 오늘 밤은 여기서
보낼 계획이었지만, 영국경찰청에서 수사를 위해 우리의 협조가 필
요하다고 결정했다면 그들이 왔을 때 나는 여기 없는 편이 나을 것
같군요." 그가 눈썹을 실룩거렸다. "체포되기라도 하면 우리 일에 지
장이 이만저만이 아닐 테니 말입니다."

"왜 삼촌을 체포해요?" 다쿠스가 경악하며 물었다.

"음, LA에서 영화제 시상식 현장에 있었던 사람이 바솔로뮤만은
아니잖니? 나도 있었고─" 그가 다쿠스와 버지니아, 베르톨트를 차
례로 보며 말했다. "너도, 너도, 너도 있었지."

"그럼 경찰이 우리를 전부 체포할 거라는 말씀인가요?" 베르톨트가 꽥꽥댔다.

"가능한 얘기지." 삼촌이 고개를 끄덕였다.

"맞아요, 어서들 가방을 가져와요." 아이리스 크립스가 일어서며 점퍼스커트 주머니에서 자동차 열쇠를 꺼냈다. "딱정벌레들에게도 가방에 들어가라고 말하고. 모두들 오늘 밤 우리 집으로 가서 지냅시다."

다들 행동에 돌입했다. 모티는 지도를 돌돌 말았고, 다쿠스는 이동식 미니풀장 옆에 열려 있는 여행 가방으로 걸어갔다.

"모두 이리 들어가." 다쿠스는 참나무 톱밥이 채워진 가방 속에 토끼장처럼 빽빽이 채워진 종이컵들을 가리키며 말했다. "최대한 빨리."

박스터가 공기 주입식 미니풀장 벽 위에 내려앉아 더듬이를 흔들며 지휘했고, 베이스캠프 딱정벌레들이 줄지어 그의 앞을 통과했다.

맥스 삼촌은 모자를 눌러쓰며 말했다. "꼭 기억해둬라. 우린 바이옴의 위치를 누구에게도 발설하면 안 돼. 친구들에게도 말이다. 지금 온 세상이 바솔로뮤와 루크레시아 커터를 찾느라 혈안이 되어 있다. 우리가 누구보다 먼저 그들에게 가야 해."

"하지만 어째서 그녀의 위치를 당국에 알리지 않는 거죠?" 크립스 부인이 물었다. "당국에게 해결을 맡기는 게 어때요?"

"아이리스, 그러면 그들이 폭탄을 투하해서 그곳을 초토화시킬 가능성이 큽니다. 스펜서나 바솔로뮤의 목숨을 위태롭게 해선 안 되잖아요?" 맥스가 대답했다.

"노박도요." 베르톨트가 덧붙였다.

"이런!" 아이리스 크립스가 격하게 고개를 가로저으며 말했다. "그럼요. 절대 그래선 안 되죠!"

"그렇게 놀랄 필요는 없다, 다쿠스." 맥스 삼촌이 조카를 보며 말했다. "난 루크레시아 커터가 보복 공격을 예상하고 있을 거라고 확신한다. 신경을 온통 하늘에 쏟고 있을 거고, 바이옴은 안전할 거다."

"그렇게 생각하세요?" 다쿠스가 두려움에 뱃속이 조이는 것 같은 기분으로 물었다.

"그래. 그리고 그런 경계 태세는 우리에게 유리하지."

"그럴까요?" 베르톨트는 다쿠스만큼이나 겁먹은 것처럼 보였다.

"그렇지. 우린 지상으로 움직일 거야. 아무 생각 없이 휴가를 즐기러 온 가족처럼 보이게 말이다."

"이상해 보이는 가족이겠죠." 버지니아가 중얼거렸다.

"그렇지." 맥스 삼촌이 고개를 끄덕였다. "그러니까 우리가 지구를 구하는 임무 중이라고 아무도 의심하지 않겠지."

제 4 장

헨리크 렌카

"**이**제 곧 착륙합니다, 마담." 제라르가 규칙적으로 '두두' 거리는 헬리콥터 날갯소리와 기관총을 무색게 하는 요란한 폭우 소리를 뚫고 소리쳤다.

"좋아. 렌카에게 우리를 마중 나오라고 해." 루크레시아가 대답했다. "크레이븐, 댄키시. 너희 둘은 곧장 보안실로 가서 바이옴에 대한 공격에 대비해. 당장 사이보그 딱정벌레들을 내보내도록 하고."

"예, 사장님." 크레이븐이 목청껏 대답했다.

"렌카? 헨리크 렌카 말이야? 더 이상 그 친구랑 함께 일하지 않는다고 했잖아." 바솔로뮤는 짜증이 난 것처럼 보이려고 최선을 다 했다. "날 질투하게 만들 셈이야?"

"함께 일하는 게 아니야. 헨리크의 자리는 실험실이 아니야. 상상력은 떨어지면서 돈 욕심만 엄청 많은 작자거든." 루크레시아가 대답했다. "전에 엠마 램이라는 기자와 내통한 게 들통 나서 내가 연구팀에서 쫓아냈지. 분명 내 비밀을 팔아넘기려 했을 거야."

"하나도 안 변했군." 바솔로뮤가 비꼬며 말했고, 루크레시아가 코웃음을 쳤다.

"없애버렸어야 하는 건데, 하도 살려달라고 애걸하는 데다 옛정을 생각해서 목숨은 부지하게 해줬지. 그런데 이곳에서 내보냈다가는 내가 하는 일을 세상에 떠벌릴 테니 그럴 수도 없고. 그래서 지금은 그냥 바이옴 시설 관리자로 있어." 그녀의 목소리에 고소해하는 기색이 묻어났다. "시설의 위생을 담당하고 있지." 그녀가 웃었다. "내가 화장실 청소를 맡겼어."

헬리콥터가 착륙하는 순간, 바솔로뮤는 내장이 위로 쏠리는 기분이었다. 머리에서 자루가 벗겨졌다. 그는 눈을 깜빡이고 실눈을 떠서 갑작스러운 일광에 눈을 적응시켰다.

"여기야." 루크레시아 커터가 깊이를 알 수 없는 겹눈으로 그를 내려다보았다. 영화제 시상식에서 선글라스를 벗어 던져서 지금은 맨 눈이었다. "이제 가서 옛 친구에게 인사를 해야지?"

"난 헨리크 렌카를 친구라고 생각한 적 없어." 바솔로뮤가 대답했다. 그는 묶인 손을 들었다. "내 손부터 풀어주는 게 어때? 난 결박당하는 걸 즐기는 편은 아니거든."

루크레시아가 앞발을 뻗어 발톱으로 밧줄을 끊었다. "여기서는 당신을 결박할 필요가 없지." 그녀가 새까만 눈으로 그를 뚫어지게 보며 미소 지었다. "여기서 도망치면 이 밀림이 내가 할 수 있는 것보다 더 고통스럽게 당신을 죽여줄 테니까."

크레이븐과 댄키시, 몰링이 헬리콥터에서 폭우 속으로 뛰어내렸다. 다음으로 제라르가 내려서 우산을 펼치고 노박이 있는 쪽 문으로 걸어가 그녀가 내리는 것을 돕기 위해 팔을 뻗었다.

그때 루크레시아 커터가 그를 향해 고개를 돌리고 말했다. "그만 둬!"

제라르는 얼어붙었다.

"이제부터 그 애한테 떨어져 있도록 해. 자네는 너무 감상적이야, 제라르. 그 애를 볼 때 자네의 눈에서 그걸 읽을 수 있어. 더 이상 그 애 근처에 얼씬거리지 마."

제라르가 두 걸음 뒤로 물러나 고개를 숙였다.

바솔로뮤는 노박을 보았다. 아무런 표정도 없는 멍한 얼굴이었다.

루크레시아는 조종석에서 가볍게 뛰어내린 보디가드 겸 운전수에게 고개를 돌렸다. "링링, 그 애를 감방으로 데려가."

노박은 헬리콥터에서 내려서 눈길 한번 주지 않고 프랑스인 집사의 앞을 지나치다가, 집사가 우산을 내밀자 그것을 받아 들었다.

바솔로뮤 옆에 있는 문이 열렸다. 몰링이 그의 팔을 붙잡고 땅으로 끌어 내렸다.

"도와줘서 고맙소." 바솔로뮤는 검은 조끼에 버튼을 채우지 않은 위장 무늬 셔츠를 입은 근육질 레슬링 선수처럼 보이는 남자를 노려보며 말했다. "하지만 나 혼자 걸을 수 있소." 그는 말을 더하려 했지만, 눈 앞에 펼쳐진 광경에 말문이 막혔다. 우거진 열대우림의 빛나는 초목들 가운데 자리 잡은 헬기 착륙장 끝에 유리와 스틸 육각형들로 이루어진 거대한 돔이 서 있었다. 그것은 우거진 수풀들이 지붕을 이루는 곳까지 높이 뻗어있었고 경기장만 한 크기였다. 그가 놀라움에 멍하니 쳐다보고 서 있을 때, 하늘에서 마치 강물이 쏟아지는 것처럼 비가 퍼부어 그의 속살까지 흠뻑 적셨다.

몰링이 투덜대며 그를 밀쳤다. 바솔로뮤가 비틀거리며 앞으로 나갔고, 루크레시아도 내려서 그의 옆에 섰다. "어떻게 생각해?" 목구멍을 울리며 말했다. "실험실로 완벽하지 않아?"

"믿을 수가 없군." 그가 속삭였다.

루크레시아가 돔을 향해 성큼성큼 걸어갔고, 바솔로뮤는 부랴부랴 뒤따라갔다. "위에서는 이곳이 보이지 않아." 그녀가 단언했다. "그리고 여기서 볼 수 있는 건 빙산의 일부에 불과해." 그녀가 돔을 향해 손을 흔들며 말했다. "시설의 3분의 2가 지하에 있거든."

"3분의 2가?" 바솔로뮤는 믿을 수 없는 눈으로 두리번거렸다. 바이옴으로 들어가는 출구가 보이지 않았다. 온갖 식물들과 수백 년은 자란 듯한 거대한 케이폭 나무[아메리카 열대지방 원산지의 키가 큰 교목]들이 중앙의 돔과 그보다 크기가 좀 더 작은 여섯 개의 다른 돔들 사이에 우거져 있었다.

루크레시아 커터가 착륙장 끝에 도달하자, 땅에서 승합차 한 대는 들어갈 만한 크기의 직사각형 구멍이 열렸다. 그러더니 풀이 덮인 보이지 않는 문이 아래로 꺼지며 비스듬한 터널이 드러났다. 불빛이 깜빡이는 가운데 루크레시아가 휘청거리며 경사로를 내려갔다.

바솔로뮤는 그녀를 따라 쏟아지는 빗속에서 벗어나 흰 돌바닥에 발을 디뎠다. 터널 내부 벽은 번쩍이는 흰색 폴리카보네이트로 되어 있고, 천정에는 바둑판 모양 조명이 설치되어 있었다. 그들 앞에서 거대한 육각형 문이 올라가며 열렸다. 문 옆에는 은발이 고슴도치처럼 뻗치고 유머라고는 없는 얼굴에 연한 푸른 눈을 가진 장신의 남자가 서 있었다. 그 남자는 증오의 눈빛을 감추지 않고 바솔로뮤를 쳐다봤다.

바솔로뮤가 악수를 청하지도 않고 말했다.

"헨리크 렌카, 오랜만이군."

제 **5** 장

아르카디아

루 크레시아 커터는 헨리크 렌카의 앞을 성큼성큼 지나쳤고, 헨
리크 렌카는 바솔로뮤에게 등을 돌리며 종종걸음으로 그녀
의 옆으로 갔다. "루시, 돌아와서 기뻐. 내가 말이지ー"

그녀가 손을 내저어 그의 말을 막았다. "주거 돔에서 헤라클레스
실을 바솔로뮤가 쓸 수 있게 준비해줘. 최대한 편안하게 만들어줘.
바솔로뮤가 부탁하는 건 뭐든 가져다주고. 그리고 헨리크, 우리 손
님에게 친절하게 굴도록 해."

바솔로뮤는 한두 걸음 뒤에서 그들을 따라갔다.

"헤라클레스실이라고?" 헨리크가 으르렁거리듯 말했다.

"그래, 그렇게 말했어. 어서 가봐."

"하지만 나도 얘기를 좀 들어야 하잖아. 영화제 시상식에서 무슨 일이 있었어? 계획대로 실행한 거야?"

"곡물바구미를 풀었어. 세상에 알렸지. 바이오돔은 경계 태세에 돌입했고, 하늘을 감시하기 위해 사이보그 딱정벌레들을 숲 지붕으로 보냈어."

"그럼 난 당신을 도와야지. 저자를 위해 베개나 부풀릴 게 아니라." 그가 엄지손가락으로 어깨너머 바솔로뮤를 가리키며 말했다.

루크레시아가 키틴질 발톱으로 헨리크 렌카의 옷깃을 붙잡고 바닥에서 들어 올렸다. "내 목숨이 달려 있는 상황에 이 바이오돔을 방어하는 데 널 끼워줄 순 없지."

"제발! 그건 실수였어. 내가 어떻게 하면 믿어주겠–"

그녀가 그를 놓아버렸고, 그는 비틀비틀 뒷걸음질 치다가 바닥에 넘어졌다. 루크레시아는 발톱으로 빙그르 돌아서 위로 스르르 올라가며 열리는 또 다른 육각형 문을 통과했다. 바솔로뮤의 눈도 문을 따라 위로 올라갔다. 그 순간 각종 식물과 꽃, 딱정벌레, 새, 짐승이 가득한 초록의 낙원이 눈앞에 펼쳐졌다.

"저자를 왜 데려온 거야?" 헨리크 렌카가 고함쳤다. "저자는 우리와 한편이 아니야. 당신을 배신할 거야."

"네가 그런 것처럼?" 루크레시아가 침을 뱉고 어깨너머로 그를 노려보았다. 그는 그녀의 뜨거운 증오 앞에서 고개를 돌렸다. 그녀는 그에게 손짓을 하며 말했다. "먼 길을 왔으니 바솔로뮤는 배가 고플 거야. 주방에 가서 음식을 주문해서 바솔로뮤의 방으로 보내도록 해."

헨리크는 루크레시아 커터와 바솔로뮤 커틀을 차례로 쏘아보더니 비틀비틀 일어나서 쿵쾅거리며 나갔다.

"링링, 바이옴의 상태에 관한 최신 정보를 가져다줘. 어떤 일이 닥치건 준비를 해둬야 하니까."

링링이 앞으로 나와서 자신의 옆에 서자 바솔로뮤는 화들짝 놀랐다. 그때까지 그녀가 그곳에 있다는 사실조차 몰랐었다. 그녀는 묵례를 하고 나갔다.

"그래, 내 아르카디아[고대 그리스 펠로폰네소스 반도 중부 산악지대 지명으로 이상향을 상징하는 곳] 돔을 어떻게 생각해?" 루크레시아가 한결 기분 좋은 목소리로 물었다.

"나, 나는 뭐라고 말해야 할지 모르겠어." 바솔로뮤는 말을 더듬었다. "이런 건 처음 봐서."

"이리로 와." 루크레시아가 인간 팔을 그의 팔에 걸고 동굴 같은 돔으로 들어갔다. "아르카디아를 보고 나면, 노아의 방주는 그냥 조각배에 불과하다고 생각하게 될 거야."

강물이 구조물 한쪽에서 물거품을 일으키며 솟구쳐 광활한 공간을 통과해서 반대쪽으로 쏟아졌다. 바솔로뮤는 가까운 강둑에서 큼직한 민물 거북이 세 마리와 물 건너편에서 대형 수달 가족을 보았다.

"불개미를 조심해." 루크레시아가 가리키는 방향으로 눈을 돌린 바솔로뮤는 자신의 오른발에서 불과 1센티미터 떨어진 곳에서 불개미 떼가 부산하게 이동하고 있는 것을 발견했다. 지나가는 길에 만나는 것마다 죄다 없애버리는 무서운 녀석들이었다. "그리고 육식성 물방개나 피라냐에게 물어뜯기고 싶지 않으면 수영은 하지 마."

"이 모든 게 당신 작품이야?" 바솔로뮤가 숨을 죽이고 쉰 목소리로 말했다. "믿을 수가 없군." 고개를 살짝 흔들며 시선을 위쪽으로 돌리니 높이가 100미터는 됨직한 투명한 육각형들로 이루어진 스틸과 유리 재질의 지붕이 눈에 들어왔다. 폭우가 지나가고, 회색 안개가 점차 걷히며 파란 하늘이 모습을 드러내고 있었다. "이게 언제부터 여기에 있었지? 어떻게 이걸 지었고? 식물들은 또 어떻게 심은 거야? 참, 땅은 또 어디서 났고?" 대답할 틈도 없이 그의 입에서 계속 질문들이 쏟아져 나왔다. "무슨 말이냐면, 여긴 아마존이잖아! 대체 허가는 어떻게 받은 거야?"

"에콰도르 정부가 빚이 좀 있었어." 루크레시아가 대답했다. "그래서 열대 우림의 일부를 팔려고 내놓고 석유 시추를 목적으로 최고 입찰가를 제시한 석유회사에 넘기려던 참이었어. 그때 내가 끼어들어서 같은 액수를 제시하면서 더 작은 면적의 땅을 요구했지. 연구에 필요한 백만 헥타르의 땅만 말이야. 게다가 여기서 석유 시추를 하지 않을 것이고 여기 사는 원주민 부족을 보호하겠다는 보증도 했어. 내가 죽으면 이 땅은 그들에게 상속될 거야."

"원주민 부족을 엄청 생각하는 척하는군." 바솔로뮤는 놀라움을 숨길 수 없었다.

"그게 아냐." 루크레시아가 시선을 돌렸다. "그들은 열대우림 생태계의 일부야. 난 그들을 기꺼이 보호할 거야."

바솔로뮤는 자신이 보고 들은 것에 어안이 벙벙했다. 그는 어깨를 뒤로 빼고 몸을 꼿꼿이 폈다. 더 이상 머리가 무겁지 않았다. 장거리 헬리콥터 여행에서 온 피곤과 두통이 말끔히 사라졌다. "그런데 당신이 말하는 그 유명한 실험실은 어디에 있지?"

"여기 아르카디아 돔에." 루크레시아가 재미있어하는 얼굴로 대답했다. "우리 아래에는 내 곤충 사육장이 있어." 그녀가 발톱으로 흙길을 쿵쿵 밟았다.

"곤충 사육장? 한번 보고 싶군. 전부 유전자 이식 곤충들인가? 솔직히 사이보그 딱정벌레라는 것도 궁금해. 그게 뭐지?"

"한 번에 하나씩만, 바솔로뮤." 루크레시아가 길에서 벗어나 폭포수처럼 늘어진 덩굴식물을 한쪽으로 젖히니 금속 재질의 승강기 문이 드러났다. "꼭 과자점에 온 아이 같아."

"이상해. 뭐랄까 몸이 한결 가볍고 힘이 나는 것 같고..." 바솔로뮤가 그녀를 따라 승강기를 타며 말했다. "... 젊어진 기분이야!"

"아르카디아의 산화성 대기 때문이야. 산소 농도가 30%지."

"지구의 대기보다 9%나 높군." 바솔로뮤가 반은 사람이고 반은 딱정벌레인 루크레시아 커터의 얼굴을 응시하며 말했다. 인간의 코

위에 자리 잡은 겹눈과 그 아래의 큰 턱과 왜소한 아래턱, 자유자재로 움직이는 더듬이가 모두 인간의 두개골에 자리 잡고 있었다. 그녀는 더 이상 선글라스와 가발을 쓰고 있지 않았다. 자신이 누구인지 감출 필요가 없었기 때문이다. "당신, 거대 곤충들을 다시 부활시키고 있군!"

"흥! 정답을 눈앞에 두고 이제야 그런 말을 하다니. 당신 추리력도 대단치는 않군." 그녀가 자신의 몸을 가리키며 연극적인 제스처를 취했고, 그 순간 승강기 문이 열렸다. "바솔로뮤, 정말이지 당신도 감 떨어지지 않게 조심해야겠어."

바솔로뮤는 긴 다리로 성큼성큼 걸어가는 그녀에게 맞춰 속도를 높였고, 높은 산화성 대기에서는 달리는 것이 훨씬 쉽다는 것에 경이로움을 느꼈다. 기분이 아주 좋았다. "당신은 육각형을 좋아하는군."

"육각형은 마법에 가까운 과학이야." 루크레시아가 대답했다. "자연은 육각형을 좋아하지. 꿀벌에게 물어봐. 아니면 내 눈을 들여다보든가." 그가 볼 수 있도록 그녀가 고개를 돌렸다. "내 눈은 육각형 세포로 이루어져 있어."

바솔로뮤는 루크레시아에게 가까이 다가갔다. "아름답군." 그는 흔들리지 않는 눈빛으로 그녀의 얼굴을 유심히 보며 말했다.

순간 그녀의 몸이 경직되고 그의 시선을 피해 목이 움츠러들었다. 그녀의 뒤에서 문이 올라가며 열리는 동안, 바솔로뮤는 그녀가 키틴질과 담즙으로 이루어진 몸속에 여전히 자신에 대한 감정을 품고 있는 게 아닌지 생각했다. 그녀는 그동안 짐짓 그에게 아무런 감정도 없는 것처럼 행동했지만, 그는 그녀에게서 어떤 감정의 동요를 느꼈다.

그녀가 몸을 돌려 실험실로 들어갔다. "소개하고 싶은 사람이 있어."

실험실은 육각형 바닥에 두 면에만 벽이 세워진 개방형 구조로 되어있었다. 허리 높이의 은색 난간이 아르카디아의 밀림과 실험실을 가르고 있었다. 몸이 왜소해서 실험실 가운이 너무 커 보이는 젊은이가 강화 유리 벽 앞에 놓인 각종 다이얼과 스위치로 덮인 비스듬한 책상 앞에 서 있었다. 그 책상의 끝부분에 설치된 직사각형 강화스틸 문이 유리 너머 실험실로 들어가는 유일한 길이었다. 실험실 안에서 바솔로뮤는 바닥에서 천장까지 이어진 원통형 공간을 보았다. '저게 바로 용화실이군!' 그는 액체가 든 원통 안에 둥둥 떠 있는 달걀 모양의 대형 캡슐을 응시하며 캡슐 바닥에 어지럽게 둥지를 이루고 있는 전선과 튜브 가닥들을 눈으로 훑었다. 그것이 어떻게 작동하는지 궁금했다.

"이쪽은 스펜서야." 반들거리는 하얀 실험실 작업대 표면에 루크레시아 커터의 얼굴이 비쳤다. "바이옴 실험실의 보조 연구원이지."

"마담 커터!" 스펜서가 직사각형 안경을 통해 정신없이 눈을 깜빡이며 고개를 숙여 인사했다. "돌아오셨군요!"

"스펜서, 이쪽은 바솔로뮤 커틀 박사야. 우리와 함께 일하러 왔어. 네가 이분에게 이곳을 둘러보도록 안내하면서 우리가 여기서 어떻게 일하는지 설명해 주면 좋겠어. 앞으로 넌 이분을 보조하게 될 거야."

"예, 마담." 스펜서는 바솔로뮤와 악수를 할 때 놀란 것처럼 보였다. "실례하지만, 혹시 그 바솔로뮤 커틀 박사님이신가요?"

"아마 그런 것 같군." 스펜서의 실험실 가운의 가슴 주머니에서 커다란 쇠똥구리가 머리를 쏙 내미는 것을 의식하며 바솔로뮤가 대답했다.

"만나 뵙게 돼서 영광입니다." 스펜서가 미소를 짓자, 안경 아래에서 통통하고 귀여운 두 볼이 마치 야생 능금처럼 볼록하게 튀어나왔다. 바솔로뮤는 그가 얼마나 어릴까 생각했다. 기껏해야 다쿠스보다 너덧 살 정도 많을까?

"그냥 편하게 대하게." 그가 스펜서의 어깨에 한 손을 올리고 말했다.

"인사는 그쯤 해두지." 루크레시아가 가로막았다. "할 일이 있어."

바솔로뮤가 스펜서에게 윙크를 한 다음 그녀를 따라갔다.

"바이옴은 육각형 바닥 위에 세워졌어." 그녀가 걸으면서 말했다. "아르카디아 돔은 강을 수용할 수 있도록 설계했지. 우린 흐르는 물에서 전력을 생산해서 충전해 두었다가 사용해."

"강을 이용해서 이곳 전체에 전력을 공급한다고?"

"이곳은 폭포 언저리에 있거든. 물살이 강하지. 하지만 그게 다는 아냐. 우린 태양광 발전도 이용해."

"인상적이군." 바솔로뮤가 대답했다.

"아르카디아 돔의 양쪽에는 지하 통로로 연결되는 작은 돔이 하나씩 있어." 그녀가 한 손을 들어 그들이 향하고 있는 돔을 가리켰다. "당신이 알아둬야 할 곳은 주거 돔과 의무실, 그리고 휴게 공간이 있는 보급 돔이야."

"아, 탁구대도 있나?" 바솔로뮤가 루크레시아에게 애교스럽게 미소 지었다. "난 탁구가 좋더라고." 바솔로뮤는 스펜서가 억지로 웃음을 참는 소리를 들었지만, 루크레시아는 그의 무례를 무시했다. "탁구대가 없어? 그거 유감이군. 다른 돔들에는 뭐가 있지?"

"한 돔에는 보안실과 발전실, 시설 통제실, 서버 룸이 있고, 한 돔에는 감방과 냉장실, 그리고 마지막 돔은 내 개인 공간이야."

모퉁이를 돌 때 바솔로뮤는 우렁찬 폭포수 소리를 들었고 곧이어 앞에 있는 유리 벽을 보고 걸음을 딱 멈추었다. 그는 울창한 우림의 전경에 충격을 받았다. '바이옴은 높은 곳에 있군. 적어도 산 중턱쯤인 것 같아.' 그가 생각했다. 안개에 싸인 운무림은 아름답고 야성적이었으며 그것이 간직한 비밀과 신비는 강력한 자석과도 같았다. 그는 유리 벽으로 가서 그의 발밑에 있는 깎아지른 절벽을 따라 수 킬로미터 아래로 떨어지는 우렁찬 폭포수를 내려다보았다.

스펜서가 그의 옆으로 왔다. "절대 익숙해지지 않을 거예요."

그때 링링이 복도에 나타났다. 루크레시아는 손짓으로 두 사람에게 그 자리에 있으라는 신호를 보내고 링링과 이야기를 하러 갔다.

"스펜서." 바솔로뮤가 다급하게 속삭이며 말했다. "내 말 잘 들어, 나는..."

스펜서가 고개를 살짝 저으며 천장을 향해 눈을 굴렸다. 카메라였다.

"난 음... 자네와 일하는 것이 무척 기대된다는 말을 하고 싶었어. 그리고..." 바솔로뮤가 마치 고개를 끄덕이듯 머리를 앞으로 기울이고 입이 카메라에 잡히지 않는 순간 나지막하지만 분명한 목소리로 재빨리 말했다. "난 루크레시아를 막고 너를 집에 데려가기 위해 여기 왔어." 그가 다시 고개를 똑바로 들었다. "자칫하면 내가 이 하얀 미로에서 길을 잃기 쉬울 텐데, 그럴 때 자네 도움이 필요할 것 같네."

스펜서의 눈이 바솔로뮤의 얼굴을 훑으며 진실의 기미를 살폈다.

"그동안 여기서 해온 일에 대해 좀 더 알 수 있다고 생각하니 흥분되는군." 바솔로뮤가 양손을 맞잡았다. "루크레시아가 첨단 과학 연구에 나를 끼워주기로 약속했거든. 루크레시아의 연구는 정말 매혹적이야. 그녀의 유전자 이식 개발은 정말 특별하지. 그녀는 무시할 수 없는 실력자가 되었더군."

스펜서가 고개를 끄덕였다. "굉장히 강력하시죠. 이제 마담을 이

기려면 천만 대군이 필요할 겁니다."

"그래." 바솔로뮤가 카메라를 의식해 공감한다는 듯 고개를 끄덕였지만, 낮은 목소리로 말했다. "골리앗은 소년 다윗에게 무너졌지만 말이야."

"그건 그냥 이야기일 뿐이죠, 커틀 박사님." 스펜서는 나이답지 않게 애늙은이처럼 말했다. "이건 현실입니다. 아주 엄연한 현실이죠."

"스펜서, 이야기란 그것이 보편적 진리를 말할 때만 계속 전해지는 법이라네." 바솔로뮤는 유리에 비친 루크레시아가 돌아서는 모습을 보고 어조를 바꿨다. "일단 실험실에서 일하기 시작하면 자네가 내게 가르쳐줄 게 틀림없이 많을 걸세. 난 상황을 빨리 이해할 필요가 있거든."

"바솔로뮤, 당신에게 보여주고 싶은 게 있어." 루크레시아가 아주 흡족한 목소리로 말했다. "그런 다음에 스펜서가 당신 방을 보여줄 거야." 그들은 그녀를 따라 요리조리 굽어진 복도와 터널을 통과해 마침내 흰색 가죽 소파와 대형 평면 벽걸이 텔레비전이 있는 방으로 들어갔다.

"당신도 마음에 들 거야." TV가 깜빡이며 켜지는 동안 루크레시아 커터가 말했다. "내가 호주에 두 번째 크리스마스를 안겨줬지." 그녀가 검은 발톱으로 화면을 가리켰다.

월드와이드 네트워크 뉴스에서 시드니 항의 사진을 보여주고 있었다. 화면이 도시 영상에서 해변으로 넘어가더니, 보이는 곳마다 살찐 금속성 녹갈색 풍뎅이 수십만 마리가 여기저기 기어 다니거나 어설프게 날개를 퍼덕이고 있었다. 나뭇가지가 풍뎅이들의 무게에 축 늘어져 강물에 거의 닿을 듯했다.

"서식지 파괴 때문에 불쌍한 크리스마스 비틀[풍뎅이의 일종으로 호주에서 크리스마스 즈음에 찾아온다고 해서 붙여진 이름]이 사라지고 있다는 거 알아? 그 소식을 듣고 너무 슬퍼서 내가 호주 총리에게 수십억 마리를 보냈지." 그녀가 머리를 뒤로 젖히고 떠벌였다.

화면이 호주 총리의 관저인 키리빌리 하우스로 넘어갔다. 관저 건물은 융단처럼 뒤덮은 딱정벌레에 가려져 거의 보이지도 않았다.

"이 치사한 장난으로 대체 뭘 얻고 싶은 거야?" 바솔로뮤가 경멸을 감추지 못하고 물었다.

"호주의 사탕수수 수확량이 브라질에 이어 세계 제2위라는 거 알아?" 루크레시아가 뒷다리에 체중을 싣고 똑바로 서며 말했다. "총리에게 크리스마스 비틀과 함께 제안서도 보냈지. 내게 충성을 맹세하는 대가로 브라질에 딱정벌레들을 풀어서 사탕수수 산업을 초토화시키겠다고 제안했어. 크리스마스 비틀을 거기 보낸 건 내가 약속을 이행할 능력이 있다는 걸 보여주기 위해서야. 그럼 호주는 나의 통치에 복종하는 최초의 나라가 될 거야. 그리고 곧 미국이 뒤따르겠지. 밀 수확물을 잃은 후에 내 명령 하나면 콩 수확물도 잃을 수 있다는 걸 알게 될 테니 말이야."

"꿈도 야무지군." 바솔로뮤가 고개를 절레절레 내저었다. "미국 대통령이 당신의 통치에 복종하는 일은 없을 거야."

"그럴까?"

그때 문을 두드리는 소리가 나더니 댄키시가 조용히 들어왔다.

루크레시아가 그 폭력배를 보고 놀란 듯 물었다. "무슨 일이야?"

"음, 저희가 헬리콥터로 짐을 가지러 갔었는데ー" 그가 긴장한 것이 역력한 표정으로 잠시 말을 멈추었다. 그의 눈은 내내 바닥에 고정되어 있었다.

"갔었는데ー?"

"헬리콥터 짐칸의 빗장이 부러져 있고, 짐이 모두 사라졌습니다. 텅 비어 있었어요. 비행 중에 떨어진 모양입니다."

"이 멍청이들!" 루크레시아가 목소리를 쉿소리로 말하며 위협적으로 그를 향해 다가갔다.

"마담." 갑자기 링링이 나타났다. "미국 대통령에게서 전화가 왔습니다."

"하하!" 그녀는 즉시 댄키시와 잃어버린 짐을 잊고, 뒤로 휙 돌아서 사탕수수 찌꺼기 냄새가 풍기는 섬뜩한 입을 벌리고 활짝 웃으며 의기양양하게 바솔로뮤를 보았다.

"봤지? 결국 나한테 모두 굴복하게 될 거야. 그러지 않으면 제 나라 국민들이 굶주리게 테니까."

제 **6** 장

헬리콥터 은신처

"**험**프리?" 피커링이 앙상한 집게손가락으로 사촌의 뚱뚱한 엉덩이를 찌르며 쇳소리로 말했다. "일어나! 어서 일어나 라고! 내 말 들려? 제발!" 험프리가 드르렁드르렁 코까지 골며 잠들 어있는 것이 짜증스러웠다. 피커링은 혹시 야생짐승이 그들을 발견 했을 때 잡아먹히지 않으려고 헬리콥터 짐칸에 먼저 들어갔었다. 그 런데 지금 험프리의 산더미 같은 몸 때문에 안에 꼼짝없이 갇힌 신세 가 되었고, 소변을 보고 싶은 생각이 간절했다. "험프리 갬블, 당장 일어나, 이 멍청아! 그는 손을 들어 잠자고 있는 사촌의 엉덩이를 찰 싹찰싹 때렸다.

험프리가 코를 킁킁거리며 거대한 바윗덩이처럼 피커링을 향해 돌아누웠고, 그 바람에 피커링의 몸이 헬리콥터 벽면에 짓눌렸다. 피커링이 몸부림치며 꽥꽥거렸다. "날 터져 죽게 할 참이야!"

"뭐라고?" 험프리가 일어나 앉아 방귀를 뀌었다.

"우, 우웩..." 피커링이 헛구역질을 하며 말했다. "속이 다 썩었냐?"

험프리는 흐리멍덩한 눈으로 피커링을 보았다. "아이고, 맙소사, 우리가 아직도 망할 밀림에 있는 거야?"

"아아악, 으으, 아악!" 피커링이 씩씩거렸다.

"쉬잇, 누가 듣겠어. 그냥 엉덩이로 트림한 건데 뭘 그래." 험프리가 소시지처럼 생긴 손가락으로 눈을 비볐다. "지금 몇 시지?"

"내가 시간을 어떻게 알아? 둘 다 시계가 없는 건 마찬가지잖아!" 피커링이 쏘아붙였다. "내가 아는 건 밖이 환해지고 있고, 들키기 전에, 아니면 질식해 죽기 전에 여기서 나가야 한다는 것뿐이야."

"조심하지 않으면, 내가 널 질식시킬 거야." 험프리가 두 손을 들고 위협하자, 피커링이 즉시 조용해졌다. "이건 나도 어쩔 수 없어." 험프리가 투덜거렸다. "어제 먹은 자주색 열매 때문일 거야. 그것 때문에 가스가 찼어."

그가 짐칸 문을 향해 돌아누워 발로 문을 밀어서 열고는 발을 먼저 뺀 뒤 바닥에 닿을 때까지 몸을 움직거려 짐칸에서 빠져나왔다. 그런 다음 피커링에게 손을 내밀었고, 피커링은 그 손을 잡고 험프리에게 몸을 지탱하며 재빨리 내려왔다.

바깥 공기는 고요했다. 마치 왈츠를 추는 유령처럼 소름 끼치는 안개가 그들 주위를 떠돌았다. 숲속 공터 한쪽에서 습기를 머금은 나뭇잎들이 위협적으로 번뜩였다. 피커링은 두려움에 압도되었다. 문득 런던의 탁한 공기와 딱정벌레들을 발견하기 전의 삶이 그리워졌다. 그 순간 루크레시아 커터가 그들을 방문한 날과 그녀가 약속한 돈이 떠올랐고, 갑자기 가슴이 뛰기 시작했다. 그들은 그녀가 약속을 지키게 하도록, 마땅히 받아야 할 50만 파운드를 받기 위해 여기 온 것이다.

피커링은 모든 감각을 곤두세우고 험프리를 따라 숲으로 들어갔다. 해가 뜨고 있는데, 괜히 헬리콥터 근처에서 얼쩡거리다가 루크레시아 커터의 부하들에게 들키기라도 하면 낭패였다.

착륙 직후 처음 헬리콥터 짐칸에서 탈출했을 때 그들은 일단 숲 언저리로 가서 몸을 숨겼다. 헬리콥터에서는 사라진 짐 때문에 한바탕 난리가 났다. 짐이 분실된 사실을 루크레시아 커터에게 누가 말할 것인지를 두고 댄키시와 몰링, 크레이븐이 난투극을 벌였다.

피커링은 걱정스러웠다. "우리가 헬리콥터에 있었다는 걸 인정하면 짐을 모두 버린 게 우리라는 걸 저들이 알게 될 거야."

"그런데 왜 저렇게 야단법석인지 모르겠군." 험프리가 대답했다. "그래 봐야 그냥 옷 가방일 뿐이잖아."

그들은 루크레시아 커터를 직접 만나서 그녀와 시간을 보내고 싶은 마음에 헬리콥터에서 짐을 버린 것뿐이라고 설명할 수 있을 때까지 일단 눈에 띄지 않고 시간을 벌기로 작정했다. 루크레시아만 따로 만나서 그녀를 만나기 위해 그들이 감내한 모든 수난을 설명하면, 그녀의 기분이 우쭐해질 것이라고 확신했다. 그는 로맨스 소설을 많이 읽었기 때문에 남자가 사랑을 위해 목숨을 거는 것을 여자들이 얼마나 좋아하는지 알고 있었다. 그러고 나면 그들은 그녀가 빚진 돈 문제에 대해 이성적으로 얘기할 수 있으리라고 피커링은 확신했다.

험프리는 피커링만큼 확신할 수 없었고, 착륙한 순간부터 점점 더 기분이 나빠졌다. 헬리콥터 짐칸에서 열흘 밤을 갇혀있다 보니 반쯤은 제정신이 아니었고 배가 몹시 고팠다. 하와이나 플로리다 해변에 있는 별장으로 가고 있다고 상상했었는데, 막상 헬리콥터에서 내려 보니 수백 마일 내에 패스트푸드 레스토랑 하나도 없는 밀림 한가운데인 것을 보고 경악을 금치 못했다. 그렇지 않아도 말수가 적은 험프리의 입에서 나오는 것은 투덜거림과 콧방귀와 죽이겠다는 협박뿐이었다. 피커링은 빨리 먹을 것을 찾지 못하면 험프리가 자신을 잡아먹을 것이라고 확신했다.

여기가 어디인지, 어느 나라에 있는지 알 수 없었고, 길을 잃거나 목숨을 잃을지도 모를 우림 속으로 들어갈 수도 없었기에 루크레시아 커터를 만날 방법을 찾을 때까지 일단 이 근처에 숨어있기로 했다. 숲에서 보낸 첫날 밤은 그야말로 고문이었다. 그들은 반은 사람이고 반은 해골인 모습으로 숲 바닥에서 썩어가고 있는 흰색 실험실 가운 차림의 시신에 발이 걸려 넘어졌고, 아무래도 바이옴으로 올라가서 문을 두드리는 것은 좋은 생각이 아니라고 판단했다. 게다가 밖에서 건물 전체를 한 바퀴 돌고 나서 그곳에 문이 없다는 것을 깨달았다. 지칠 대로 지치고 짜증이 잔뜩 난 상태에서 그들은 뿌리 부분에 움푹한 구멍이 파여 있는 큰 나무를 발견했다. 험프리는 거기가 잠을 자기에 편안한 장소라고 생각하고, 편안한 잠자리를 만들기 위해 구멍에서 나뭇잎을 한 아름 꺼낸 순간 그곳에 살고 있는 어마어마하게 큰 적갈색 타란툴라 독거미를 보고는 기겁을 했다. 독거미는 두 개의 앞다리를 들며 쉿쉿거리더니 송곳니를 드러내며 그에게 달려들었다. 험프리는 비명을 지르며 뒤로 자빠졌고, 피커링이 독거미에게 나뭇가지를 집어 던졌다. 두 사람은 숲속으로 달아났다.

피커링은 나무 위에서 잠을 자자고 제안했지만, 험프리가 나무에 올라가는 것은 무리였다. 마침내 교대로 한 사람은 쓰러진 나무 위에 누워서 자고 한 명은 보초를 서기로 합의했다. 피커링은 밤새 들려오는 고함원숭이의 울음소리에 벌벌 떨며 앉아있었다. 그리고 그의 차례가 되어 막 잠이 들자마자 험프리가 그를 흔들어 깨웠다. 험프리는 눈을 크게 뜨고 공터 한쪽에서 그들을 지켜보고 있는 커다란 재규어를 조용히 가리켰다. 험프리는 최대한 큰 소리로 고함치며 덤벼서 재규어를 쫓아버렸다. 겁에 질린 두 사촌은 한달음에 헬리콥터로 달려와서 짐칸에 들어가 문을 닫고 새벽까지 자다 깨기를 반복했다.

그날 밤의 공포를 겪은 뒤, 그들은 당분간 짐칸을 침실로 삼기로 했다. 낮에는 숲 언저리에서 어슬렁거리며 먹을 것을 찾고 루크레시아가 밖으로 나오기를 기다리며 보냈다. 그들은 기다리고 또 기다렸다. 크레이븐과 댄키시, 몰링과 링링, 프랑스인 집사까지 봤지만 어쩐 일인지 루크레시아 커터는 한 번도 밖으로 나오지 않았다.

지금껏 겪은 공포로도 부족했는지, 피커링은 누군가 지켜보고 있는 것 같은 느낌을 지울 수 없었다. 어쩌면 숲의 모든 나뭇가지와 굴에서 그들을 지켜보는 동물들일지도 모르지만, 그는 분명 인간의 눈이 지켜보고 있는 것 같은 느낌이 들었다. 그래서 숲에서 바스락거리는 소리가 날 때마다 화들짝 놀라 두리번거리곤 했다.

밤에는 얼굴에 손수건을 대고 그것이 루크레시아 커터의 뺨이라고 상상했다. 그녀의 이름만 떠올리면 가슴이 쿵쾅거렸다. 용기를 내야 했다. 어떻게든 험프리와 자기 자신의 사기를 북돋워야 했다. 그는 밀림과 싸우는 것이 그녀의 마음을 얻는 방법이며, 결국은 진정한 사랑과 트렁크를 가득 채울 만큼의 현찰로 보답을 받을 것이라고 확신했다.

제 **7**장

전사와 비행사

"**난** 불안해." 베르톨트가 속삭였다.

"괜찮을 거야." 다쿠스가 작은 소리로 말했다. "일단 우리가 탑승권을 판독기에 올려놓고 카메라를 쳐다본 다음, 저기 있는 줄들 중 하나에 설 거야." 그가 이마로 가리켰다. "저들은 딱정벌레가 아니라 폭발물과 무기를 찾고 있어."

"그건 나도 아는데, 그래도 심장이 뛰고 메스꺼워."

베르톨트는 얼굴에 푸른빛이 감도는 것처럼 보였다. "저쪽으로 건너가면 기분이 좀 나아질 거야." 다쿠스가 말했다.

베르톨트가 고개를 끄덕였다.

맥스 삼촌과 버지니아가 공항 신문 가판대에서 성큼성큼 걸어 나왔고, 뭔가 열심히 말을 하고 있는 베르톨트의 엄마 칼리스타 블룸과 점잖게 고개를 끄덕이는 버지니아의 엄마 바바라 월리스가 그 뒤를 따랐다.

"무슨 문제가 있나요?" 다쿠스가 삼촌의 찡그린 미간과 어두운 표정을 보며 물었다.

버지니아가 그와 베르톨트 앞에 『데일리 메신저』를 내밀었다. "전 세계 정부들이 루크레시아 커터에게 폭격을 하겠다고 위협하고 있어! 사실은 네 아빠와 루크레시아 커터라고 말하고 있지만..."

"뭐라고요?" 다쿠스가 벌떡 일어났다.

베르톨트가 버지니아에게 신문을 가져갔다. "잠깐만 있어 봐. 여기 세계 강대국들이 표적 공격의 가능성을 '논의하고' 있다고 되어 있어. 실제로 그렇게 하겠다는 게 아니고." 그가 안경을 콧등 위로 밀어 올리며 다쿠스를 보았다. "그냥 겁주기 위한 허풍일 수도 있어."

"그럴 수도 있지." 맥스 삼촌이 고개를 끄덕였다. "그들이 그 여자가 있는 곳을 모르길 바라야겠구나."

"루크레시아 커터는 멍청하지 않아." 버지니아가 다쿠스를 향해 말했다. "이 일을 미리 예측하고 대비할 거야. 난 너희 아빠가 무사할 거라고 확신해, 다쿠스."

"너희들 무슨 얘기를 하기에 얼굴이 그렇게 심각한 거니?" 바바라가 칼리스타 블룸과 가까이 다가오며 물었다.

"아무것도 아니에요." 베르톨트가 신문을 접어서 겨드랑이에 끼며 다정하게 미소 지었다.

"갈 준비는 다 한 거니, 꼬꼬마 베르톨트?" 칼리스타 블룸이 얼굴을 붉히는 아들을 보며 미안한 듯 킬킬거렸다. "아! 미안. 이제 그렇게 부르지 않기로 했는데 내가 또 깜빡했네. 왜 이렇게 정신이 없는지."

"그래요, 엄마. 준비 다 됐어요." 베르톨트가 일어나서 제 어머니를 끌어안았다. "얌전히 있어야 해요." 그가 쇳소리로 말했다. "기억나세요? 반딧불이들 말이에요."

"얘, 당연하지. 어떻게 잊을 수 있겠니? 네 상의에 새 안감을 꿰매는 걸 돕느라고 밤을 새우다시피 했는데."

"쉬이잇!" 베르톨트가 엄마를 노려보았다.

"아, 꼬꼬마 베르... 아니, 베르톨트." 그녀가 다정하게 아들의 볼을 꼬집었다. "아무도 듣는 사람 없어!"

다쿠스가 빙그레 웃었다. 베르톨트는 규칙을 어기는 걸 싫어했지만, 그들은 딱정벌레들을 프라하로, 거기서 에콰도르로, 거기서 다시 아마존 밀림으로 데려갈 방법에 대해 오랫동안 진지하게 고민했다. 그 결과 제일 나은 방법은 베이스캠프 딱정벌레들을 각자 나눠서 몸에 지니는 것이었다. 베르톨트는 윗옷 안감에 꿰맨 작은 주머니에 반딧불이 스물일곱 마리를 숨겼고, 뉴턴은 자기가 가장 좋아하는 장소인 베르톨트의 부스스하고 숱진 은발 속 깊숙한 곳에 자리 잡았다. 다쿠스는 전투와 비행에 능한 헤라클레스장수풍뎅이와 아틀라스장수풍뎅이, 가뢰, 폭탄먼지벌레, 쇠똥구리를 캔버스 천으로 된 벨트 주머니와 바지 주머니에 숨겼다. 세 아이 모두 밀림 트레킹을 위해 준비한 다리 부분에 주머니가 달린 카키색 전투복 바지를 입고 있었다. 박스터와 제일 큰 딱정벌레들은 다쿠스의 벨트 주머니에 숨었고, 그보다 작은 폭탄먼지벌레와 가뢰, 쇠똥구리는 참나무 톱밥과 축축한 이끼가 채워진 다리 쪽 주머니에 분산되어 있었다.

버지니아는 바지 주머니에 알통다리잎벌레와 무당벌레, 기린목바구미, 비단벌레를 담아왔다. 마빈은 방울 머리끈으로 위장하고 그녀의 땋은 머리 끄트머리에 착 달라붙어 있었다.

그들은 모두 바바라 윌리스가 크리스마스 선물로 준 생존용품과 휴대용 흡충관, 파자마와 속옷, 세면도구, 방수 바람막이와 티셔츠가 담긴 배낭을 갖고 있었다. 가벼운 몸으로 여행해야 하기에, 커다란 여행 가방은 하나만 가져왔고, 거기에 딱정벌레를 돌보는 데 필요한 장비와 접이식 주머니칼, 침낭, 캠핑용품이 모두 들어있었다.

"좋아. 이제 출국 절차를 밟을 차례다." 맥스 삼촌이 다쿠스를 보며 말했다. "준비되었니?"

다쿠스가 고개를 끄덕였다.

"날 따라와라." 맥스 삼촌이 말하자, 버지니아와 베르톨트가 각자 어머니에게 입을 맞추며 작별을 고했다.

"행운을 빈다." 바바라 윌리스가 딸에게 말했다. "난 네가 무척 자랑스럽단다, 버지니아."

다쿠스는 그녀의 눈에 눈물이 차오르는 것을 보고 방해하고 싶지 않아서 맥스 삼촌에게 눈을 돌렸다.

일행이 탑승권을 판독기에 읽히고 카메라를 바라보며 얼굴 사진을 찍는 동안 삼촌이 말했다. "내가 경보기를 모두 울리게 해서 주의를 끌 테니까 그때까지 뒤에서 기다리고 있도록 해." 그는 성큼성큼 앞으로 걸어가서 어느 줄에 설지 지시하는 여자에게 모자를 살짝 들어 인사했다.

다쿠스와 베르톨트, 버지니아는 각자 컨베이어벨트로 가서 코트와 배낭을 플라스틱 바구니에 담았다. 맥스 삼촌은 소지품 바구니를 엑스레이 검색대로 통과시키고 전신 검색대로 가서 안으로 발을 내디뎠다. 그때 왱하는 소리가 울리고 경광등이 깜빡였다. 반대편에 서 있던 남자 보안 요원이 맥스 삼촌에게 뒤로 물러나라고 말했지만, 맥스 삼촌은 그러지 않고 그를 향해 다가갔다.

"아이고! 대체 이게 무슨 소립니까?" 맥스 삼촌이 큰 소리로 고함쳤다.

"저기요, 선생님! 뒤로 물러나 주십시오." 보안 요원이 소리쳤다.

"제 시계 때문일까요?" 맥스 삼촌이 소매를 말아 올리고 커다란 금속 시계를 보여주었다.

"선생님, 뒤로 물러나세요!"

다쿠스가 두 엄지손가락으로 벨트 주머니의 똑딱단추를 풀었다. "준비됐니, 박스터?" 그가 열린 주머니에서 그를 올려다보고 있는 반짝이는 눈을 보며 속삭였다.

맥스 삼촌은 뒤로 물러나서 엉뚱한 방향으로 갔다. 보안 요원은 인내심을 잃고 호각을 불었다. 아이들이 있는 쪽에 서 있던 여자 보안요원이 맥스 삼촌 쪽으로 이동했다. 다쿠스는 재빨리 장수풍뎅이를 빼내서 공중에 던졌다. 박스터는 겉날개를 열고 호박색 날개를 펼쳐 날아올랐다.

"어서 가! 어서!" 다쿠스가 속삭였고, 다른 딱정벌레들도 박스터를 따라 공항 천장으로 날아올랐다.

"아악!" 한 여자가 비명을 지르며 천장을 가리켰다. "박쥐다!"

그때 베르톨트가 여자 보안요원을 향해 걸어가며 물었다. "제가 검색대를 통과해야 할 차례인가요?"

"아니. 이 남자분이 돌아가서 다시 통과해야 해."

"이게 누구 가방이지?" 검색대 뒤에서 한 보안요원이 물었다.

"아, 제 겁니다!" 맥스 삼촌이 외치며 그를 향해 걸었다.

"어서 이리 돌아오세요, 선생님!" 원래의 보안요원이 고함쳤다. "시계와 신발을 벗고 전신 검색대를 다시 통과해주십시오."

"아이고!" 맥스 삼촌이 말했다. "거, 참 헷갈리는군. 어디 먼저 가야 합니까?"

여자 보안요원이 맥스 삼촌의 팔을 잡아당겨 검색대를 통과시켰

고, 그러자 시계 때문에 다시 경고음이 울렸다. 줄을 서 있던 사람들이 모두 혼란스러워 갈팡질팡하는 영국인의 역할을 완벽하게 연기하는 맥스 삼촌을 빤히 쳐다보았다.

"실례하지만, 아직도 제 차례가 안 왔나요?" 베르톨트가 다시 물었다.

"그래, 가라. 어서 가." 여자 요원은 그를 쳐다보지도 않고 손을 흔들었다. 베르톨트는 검색대를 통과했고, 경고음은 나지 않았다. 보안 요원들은 모두 맥스 삼촌이 미안해하며 등산화를 벗고 손목시계를 풀며 혼잣말로 요즘 기술에 대해 장황한 넋두리를 늘어놓는 모습을 지켜보고 있었다.

다쿠스가 다음 순서로 전신 검색대를 통과했고 그 뒤를 버지니아가 따랐다. 그들은 서로에게 활짝 웃으며 배낭을 어깨에 둘러멨다. 베르톨트는 철제 빔 아래서 그들을 기다리고 있었다. 철제 빔에는 커다란 딱정벌레들이 자리 잡고 있었다.

세 아이는 보안 검색대를 뒤로하고 각자의 배낭 입구를 크게 벌렸다. 다쿠스가 위를 쳐다보고 어금니로 바람을 빨아들이면서 높은 째잭 소리를 냈다. 한순간 스물한 종의 딱정벌레들이 모두 낙하를 시작해 날개를 펴고 방향을 틀어 가방 안으로 내려앉았다. 아이들은 배낭을 닫고 맥스 삼촌이 무엇을 하고 있는지 둘러보았다.

맥스 삼촌은 사각팬티와 러닝셔츠가 나올 때까지 옷을 벗어 던지고 몇 년 전에 있었던 자전거 사고 때문에 다리에 금속 핀이 박혀 있다며 망할 놈의 검사대를 통과하기 위해 다리를 잘라낼 수는 없지 않으냐고 떠들어댔다. 다쿠스는 삼촌에게 엄지를 치켜세웠고, 삼촌이 그 신호를 보자마자 연기를 멈추었다.

"아, 어떻게 된 건지 이제야 알겠군." 그가 사파리 모자를 머리에서 들어 올려 보안요원에게 건넸다. "이 모자에 놋쇠 징이 박혀 있답니다." 그가 폴짝 뛰어서 검색대를 통과했다. 이번에는 경고음이 울리지 않았다. "짜잔!" 그가 의기양양하게 외쳤다.

보안요원은 머리를 흔들며 컨베이어 벨트의 바구니에 모자를 놓고 맥스 삼촌에게 손짓을 해 통과시켰다. 맥스 삼촌은 선반에서 옷과 신을 집어서 다시 착용했다. "자, 이제 내 수하물은 뭐가 문제요?" 그가 배낭을 비우고 있는 보안요원에게 물었다.

그 남자는 물병 세 개를 들어 올렸다.

"그게 왜 거기 있지?" 맥스 삼촌이 소리쳤다.

"이런, 세상에! 이런 정신머리를 봤나. 백 번, 천 번 미안합니다." 보안요원이 그것들을 쓰레기통으로 가져갈 때 맥스 삼촌이 고개를 끄덕였다. "물론 버리셔도 됩니다. 그냥 물일 뿐인걸요. 그럼 끝난 거요? 아무튼 굉장했소." 그가 모든 보안요원에게 손을 흔들었다. "다들 고맙소, 정말 수고가 많았어요."

출국 라운지에 이를 때까지 아이들은 맥스 삼촌보다 앞서서 걸었다. "삼촌, 훌륭했어요!" 버지니아가 킬킬거렸다.

"아이고, 고맙구나, 버지니아." 맥스 삼촌이 등산화 끈을 묶으며 환하게 웃었다. "딱정벌레들의 위치는 다 확인했니?"

"네." 다쿠스가 고개를 끄덕였다. "하지만 큰 것들은 아직 제 배낭에 있어요. 으스러지거나 다리라도 떨어지기 전에 원래 주머니로 되돌려 놔야 해요."

맥스 삼촌이 장애인용 화장실 문을 가리켰다. "너희 셋이 저리로 들어가서 딱정벌레들을 정리하면 어떻겠니? 내가 망을 볼 테니까."

다쿠스가 고개를 끄덕였고, 버지니아와 베르톨트가 그를 따라 화장실로 들어가 문을 닫았다. 5분 뒤 그들은 밖으로 나왔다. "준비됐어요." 다쿠스가 말했다.

"좋아. 그럼 X 탑승구로 가자. 거기가 개인 전세기용이야." 맥스 삼촌이 사파리 모자를 다시 쓰며 말했다. "따라오렴."

활주로에서 낡은 갈색 가죽 재킷에 카키 카고바지를 입은 모티가 그들을 기다리고 있었다. 그녀는 공항 출입구에서 아이들이 걸어 나오는 것을 보고 경례로 맞이했다.

"이제 비행 준비가 다 된 건가?" 그녀가 물었다.

다쿠스의 헐렁한 초록색 점퍼 옷깃에서 박스터가 기어 나와 다리를 흔들었다.

"네." 다쿠스가 그 장수풍뎅이에게 미소를 지으며 대답했다. "준비됐어요."

그들이 줄을 서서 모티실라의 듬직한 검은색 비치크래프트 90 모델 경비행기 '베르나데트'에 올라탈 때, 다쿠스는 짜릿한 흥분이 밀

려오는 것을 느꼈다. 드디어 그는 루크레시아 커터에 맞서 싸우러
가는 길에 올랐다.

ICE

제 **8** 장

"**이** 해를 못 하겠어요." 다쿠스가 국제곤충학회가 열리는 파노라마 홀에서 커튼이 쳐진 무대 옆 공간에 서서 말했다. "다들 어디 있는 거죠?"

"그게 무슨 말이야?" 애플야드 교수가 황금빛 커튼 사이로 머리를 빼고 물었다. 희끗희끗한 그의 눈썹이 올라가며 이마의 주름이 깊은 고랑을 이루었다.

"곤충학자들이요." 다쿠스가 강당 곳곳에 보이는 노란색 빈 좌석들을 가리키며 말했다. "왜들 오시지 않은 거죠? 이게 얼마나 중요한 문제인지 모르는 걸까요?"

"다쿠스, 다들 왔잖니." 애플야드 교수가 객석을 내다보며 대답했다.

"하지만 겨우 몇백 명뿐인걸요."

"음, 물론 세계의 모든 곤충학자가 이 회의에 왔다고는 말할 수 없지만, 여기 모인 사람들은 전 세계의 모든 주요 대학과 동물원, 박물관의 대표들이야."

다쿠스는 한 대 얻어맞은 기분이었다. 충격적이었다. "하지만 곤충들은 너무 중요하잖아요. 이 땅에, 세계 생태계에, 그리고 인간에게요. 더 많은 과학자들이 모일 거라고 생각했어요."

"안타깝게도 곤충학이 종종 간과되는 과학인 건 사실이지. 동물학이나 생물학의 일부로서가 아니면 대학에서 곤충학을 가르치는 경우도 극히 드물고." 애플야드 교수가 어깨를 으쓱했다. "곤충학계는 규모는 작지만 열정적이란다. 역사적으로 늘 열성적인 아마추어의 열정에 의존했지. 바로 너처럼 말이다."

"하지만 교수님." 다쿠스가 그의 소매를 잡았다. "저는 수천 명의 곤충학자가 올 거라고 생각했어요."

"대체 무슨 생각을 한 거냐? 포충망과 흡충관을 가진 사람들의 군대를 아마존으로 이끌고 가려고 했니?" 애플야드가 허허 웃다가 다쿠스를 내려다보더니 웃음을 멈추었다. "아, 그랬던 모양이구나." 그가 찡긋했다. "미안하다."

다쿠스는 강당을 둘러보며 가슴이 내려앉았다. "이 사람들로는 충분치 않아요." 딱정벌레의 습격에 관한 기사들이 신문에 수시로 실리고 있는 상황을 떠올리며 말했다. 속이 울렁거렸다. 자신들이 하려는 일이 쉽지 않을 거라고 예상은 했지만, 지금은 아예 불가능할 것처럼 느껴졌다. 그는 과학자들을 자세히 살펴보았다. 벌레 문양의 니트 티셔츠를 입은 여자들과 친절해 보이는 대머리 남자들, 머리를 길게 기른 젊은 남자 두어 명, 그리고 다쿠스가 지금껏 본 중에 가장 긴 수염을 가진 노인이 있었다. 다쿠스는 두꺼운 안경과 트위드 재킷, 비대칭으로 자른 머리, 나비 문양 스카프를 눈여겨보았다. 하나 같이 사람 좋고 점잖아 보이는, 그리고 싸움에 있어서는 레이스 장갑만큼이나 쓸모없어 보이는 젊고 늙은 남녀들. 이들은 그가 루크레시아 커터의 딱정벌레 군단과 싸우기 위해 아마존으로 이끌고 가려고 꿈꾸었던 열성적인 곤충학자 군단의 모습이 아니었다.

"이미 진 게임이야, 박스터."

그의 어깨에 앉아있던 박스터가 뒷발로 일어서며 고개를 저었다.

"박스터가 옳아. 그 여자는 혼자잖아." 버지니아가 다쿠스 옆으로 올라와서 말했다. "루크레시아 커터와 싸우는 데 필요한 건 과학자 군단이 아니라 그 여자의 딱정벌레들이 초래한 파괴와 싸울 곤충학자들이야."

"믿음을 가져." 베르톨트가 말했다. "저분들 모두가 우리를 도와주실 거야."

"자, 이제 시작하자." 애플야드 교수가 속삭였다. 그는 무대 중앙의 연단으로 걸어 나가서 마이크가 잘 작동하는지 톡톡 건드려보았다. 예의 바른 박수 소리가 잦아들었다.

"안녕하세요. 제 목소리 들리십니까?" 사람들이 질문에 반응해 예의상 나지막이 웅얼거리는 소리가 들렸다. "제가 이 자리에 선 것은 로스앤젤레스 영화제 시상식에서 있었던 루크레시아 커터의 선언 이후 지난 몇 주 동안 뉴스에서 계속 보도된 초시류의 습격에 대해 이야기하기 위해서입니다. 이 곤충들은 인간의 식량 공급과 농업 경제에 재앙에 가까운 파괴를 초래하고 있습니다. 오늘 전 세계에서 온 우리 곤충학자들은 이 문제를 어떻게 해결해야 할지 결정해야 합니다."

"대체 그 말도 안 되는 주장들을 믿으라는 겁니까?" 객석에서 퉁명스러운 목소리가 외쳤다. "언제부터 과학계가 패션 디자이너의 황당무계한 선언을 맹목적으로 믿게 된 겁니까?" 그가 비웃었다.

"제가 듣기로는 그 여자는 그냥 얼굴마담이고, 모든 게 다 커틀 박사의 작품이라고 하던데요."

다쿠스는 커튼 사이로 얼굴을 내밀고 누가 그런 말을 한 것인지 보려 했지만, 눈에 보이는 것은 하나같이 그 말에 수긍하듯 고개를 끄덕이는 수많은 얼굴뿐이었다.

"동의합니다. 우선 우리는 그 주장의 진실을 규명하고 루크레시아 커터가 수확물을 공격하기 위해 세계로 보냈다고 주장하는 딱정벌레들의 고유한 특성을 입증해야 합니다." 애플야드 교수가 안경을 벗어 셔츠 자락으로 닦은 뒤 다시 썼다. "하지만 루크레시아 커터의 능력을 의심하는 분들에게 저는 루크레시아 커터라는 브랜드에 감춰진, 루시 존스턴이라는 이름의 뛰어난 과학자를 떠올려보실 것을 부탁합니다. 그녀는 우리가 파브르 프로젝트에서 시도한 연구의 핵심 인물이었고, 저는 여기 계신 많은 분이 그녀를 기억하고 그녀의 과학 논문을 읽었을 것이라 확신합니다." 놀란 사람들이 웅성거렸다. "자신을 루크레시아 커터라고 칭하는 인간의 옷차림과 외형을 제쳐놓고 보면, 그 여자가 루시 존스턴이라는 사실이 보일 겁니다."

이 발언은 청중들 사이에 열띤 대화를 촉발했고, 애플야드 교수는 대화가 잦아들 때까지 묵묵히 서서 기다렸다. 그리고 모두의 관심이 다시 자신에게 집중되었다는 확신이 들자 마침내 말을 이었다. "루시 존스턴 박사가 바솔로뮤 커틀 박사와 함께한 획기적인 연구를 아시는 분들이라면, 그녀가 지금 하고 있는 주장들이 물론 억지스럽기는 해도 전혀 불가능한 주장은 아님을 아실 겁니다. 이제 두 번째 문제로 넘어가겠습니다. 그녀가 유전자 변형 딱정벌레목 곤충들을 인간 사회의 구조를 공격하고 약화시키도록 조작했다는 것이 가능한 얘기냐는 질문입니다. 음, 이 질문에 대답하기 위해, 몇몇 친구들을 무대로 모시겠습니다. 환영해 주십시오. 바솔로뮤 커틀 박사의 아들인 다쿠스 커틀과 버지니아 월리스, 베르톨트 로버츠입니다."

다쿠스는 버지니아와 베르톨트를 보았고, 그런 다음 세 친구는 무대로 걸어 나왔다. 막상 안전한 무대 옆 공간을 벗어나니 다쿠스는 몹시 위축되는 기분이었다. 객석에서 들리는 웅성거림이 커졌다.

"지금 애들을 데리고 실험을 하시는 겁니까, 교수님?" 조금 전의 그 퉁명스러운 목소리가 또다시 소리쳤다. 그 남자가 세 번째 줄에 앉아있는 것이 보였다. 머리를 깔끔하게 빗어 넘기고 견장 달린 녹색 외투를 입은 모습이 마치 군인처럼 보이는 남자였다. 떠들썩한 웃음이 강당에 물결처럼 퍼졌다.

"다윈이 초시류와 친밀감을 형성했을 때 어린아이에 불과했다는 사실을 아셔야 할 것 같군요." 애플야드 교수가 대답했다. "단지 어린아이에게서 나왔다는 이유로 지혜를 무시하는 것은 무지의 소치일 것입니다."

"아이들의 말을 들어봅시다." 미국인의 것으로 보이는 묵직하게 울리는 목소리가 말했다. 다쿠스는 고개를 돌려 덥수룩한 수염에 어깨까지 오는 긴 머리가 인상적인 미국곤충학협회 티셔츠 차림의 덩치 큰 남자를 발견했다. 남자가 다쿠스에게 엄지를 척 치켜세웠다.

다쿠스가 앞으로 나왔다. "제가 오늘 친구들과 이 자리에 선 이유는 유전자 변형 딱정벌레들이 존재한다는 것을 증명하고, 아버지의 누명을 벗기고, 여러분의 도움을 요청하기 위해서입니다."

베르톨트가 무대 앞에서 무릎을 꿇고 고개를 숙였다. 뉴턴이 그의 머리에서 나와 복부에서 빛을 냈고, 스물일곱 마리의 반딧불이가 신호에 따라 윗옷 주머니에 숨겨진 작은 주머니에서 튀어나왔다. 반딧불이들은 가장 크고 가장 밝게 빛나는 뉴턴을 중심으로 날아올랐다. 뉴턴은 북극성이 되었고, 나머지 반딧불이들은 모두 자신의 자리를 찾아 허공을 맴돌며 불빛으로 밤하늘의 주요 별자리의 모습을 그려냈다.

애플야드 교수의 신호에 따라 극장 조명이 어두워졌다. 그러자 곤충학자들은 북두칠성과 오리온자리를 가리키며 경외의 탄식을 내뱉었다.

버지니아가 앞으로 나오며 말없이 물구나무를 섰다. 마빈이 그녀의 땋은 머리에서 무대 위로 떨어졌다. 바지 주머니에 있던 비단벌레와 기린목바구미들도 사뿐히 내려앉아 빛나는 선홍색 알통다리잎벌레 옆으로 행진했다. 머리 위의 카메라가 켜지고 딱정벌레들의 긴 줄을 보여주는 영상이 무대 뒤 화면에 나타났다. 버지니아가 거울 게임을 시작하며 갖가지 자세와 몸짓으로 이루어진 침묵의 춤을 추었고, 딱정벌레들은, 때로는 쌍을 이루어, 그녀의 동작을 그대로 재현했다.

"이게 뭐야?" 예의 그 군인처럼 생긴 남자가 소리쳤다. "깜짝쇼인가?"

다쿠스가 사사건건 초를 치는 남자를 노려보았다. 그리고 곤충학자들이 볼 수 있도록 어깨에서 박스터를 높이 쳐든 다음 공중으로 높이 날렸다. 박스터가 겉날개를 들고 속날개를 펼쳐 진동하며 몸을 곤충학자들을 향하게 하고 다쿠스 머리 위에서 맴돌았다. 다쿠스가 어금니의 침을 이용해 찌륵 거리는 곤충의 울음소리를 흉내 내자,

풍뎅이 합창단이 바지에 달린 깊은 주머니와 벨트 주머니에서 나왔다. 딱정벌레들은 다쿠스 앞에서 대형을 이뤄 일정한 패턴으로 날아서 제일 위에 있는 박스터를 중심으로 회전하는 이중나선 모형을 만들었다.

집에서 총연습을 했지만, 지금 여기서 공연을 하고 있으려니 어쩐지 바보 같다는 느낌이 들었다. 곤충학자들의 수가 생각보다 적어서 화가 났고, 자신을 이곳에 보낸 아빠에게도 화가 났다. 그리고 무엇보다 이 절박한 시간에 자신이 이런 깜짝쇼나 하고 있다는 사실이 화가 났다. 그 군인 같은 남자는 마치 서커스를 보는 듯 빈정거리며 의심하는 표정이 역력했고, 다쿠스는 내부에서 뜨거운 분노가 치솟는 것을 느꼈다.

다쿠스는 머리를 뒤로 젖히고 고르지 못한 음으로 고성을 질렀고, 갑자기 이중나선을 이루었던 딱정벌레들이 폭발하듯 흩어졌다가 다시 급하게 대형을 이루어 솟아오르더니 박스터를 필두로 청중을 향해 곤두박질쳤다. 반딧불이들은 별자리 모양을 깨고 청중들의 머리 위에서 정신없이 불빛을 깜빡이며 춤을 추었다. 버지니아의 곡예단은 무대 가장자리로 종종거리며 기어가서 겉날개를 올리고 준비 자세를 취했다.

"그 정도면 충분하다, 다쿠스..." 애플야드 교수가 준엄하게 말했다. "친구들을 불러들여라."

다쿠스가 손바닥을 쭉 편 채 손을 들고 소리쳤다. "딱정벌레들! 내게 돌아와!"

공중에 떠 있던 딱정벌레들이 여전히 대형을 이루어 공중제비를 돌며 급상승하더니 다쿠스의 손으로 돌아와 그의 팔에 내려앉았다가 주머니로 들어갔다. 마지막으로 박스터가 다쿠스의 어깨에 내려앉았다.

버지니아와 베르톨트는 자신의 딱정벌레들이 안전하게 돌아와 다쿠스 옆에 서도록 조처했다.

"이번엔 즉흥적인 면이 좀 있었어." 베르톨트가 속삭였다.

"정말 인상적이었어!" 버지니아가 쉿소리로 말했다.

"지금 보신 것처럼—" 애플야드 교수는 강당 곳곳에서 깜짝 놀라 웅성거리는 사람들 때문에 목소리를 높여야 했다. "유전자 변형 딱정벌레가 존재한다는 것은 허구가 아닙니다. 루크레시아 커터가 그런 딱정벌레 군단을 통제한다는 것도 마찬가지죠."

"하지만 왜요?" 누군가 소리쳤다. "그 여자가 원하는 게 뭡니까?"

"음, 그건 아직 두고 봐야 합니다." 애플야드 교수가 대답했다. "하지만 어쨌거나 루크레시아 커터가 전 세계 정부에 통치권을 요구하는 것처럼 보입니다. 그녀는 세계를 지배하기를 원합니다."

경악 속에 침묵이 흘렀다.

애플야드 교수가 말을 이었다. "그리고 그것을 달성할 수단으로 인간의 식량 공급을 이용할 계획이죠. 그녀는 세계를 포위하고 있습니다."

"하지만 우리가 그걸 어떻게 막을 수 있죠?"

"어떻게 그 여자를 막을 수 있습니까?"

"저 애의 아버지가 이 공격의 배후가 아니라는 것을 우리가 어떻게 압니까?" 또 그 군인 같은 남자가 다쿠스를 가리키며 말했다. 다쿠스는 사람들의 얼굴에 나타난 공포를 읽고 가슴이 내려앉았다. 그는 답을 찾고 동지를 찾고 군대를 찾기 위해 프라하에 왔는데, 강당을 둘러보니 방금 자신들의 눈으로 직접 본 것을 믿지 못하고 의심과 혼란에 빠진 어른들만 보일 뿐이었다. 루크레시아 커터를 막고 아빠를 구하는 것은 결국 자신과 딱정벌레들이 혼자 감당해야 할 몫이라는 것을 깨달았다.

그는 돌아서서 무대 밖으로 나갔다.

"다쿠스!" 버지니아가 그의 등 뒤에서 소리쳤다. "어디 가는 거야? 돌아와!"

다쿠스는 걸음을 멈추지 않았다.

제 *9* 장

어디에 쓰는 물건인고?

"**넌** 거기 남아 있어야 했어." 베르톨트가 분장실로 들어와서 소파에 털썩 주저앉는 다쿠스를 보며 말했다.

"아니." 다쿠스가 고개를 저었다. "우리가 말하는 게 사실이라고 설득하기 위해 쇼를 할 수는 없어." 박스터는 다쿠스가 동그랗게 모아 쥔 손 안에 앉아있었다. 다쿠스는 박스터를 얼굴 가까이 가져갔다. "저 사람들은 대체 눈이 있는 걸까? 대체 어떤 상황인지 보이지 않는 거야? 저들이 어떤 행동을 취할지 말지를 결정하기도 전에 루크레시아 커터가 벌써 전 세계를 손아귀에 넣게 생겼는데 말이야." 박스터가 앞다리를 들고 다쿠스의 코를 쓰다듬었다. "아, 난 괜찮아,

박스터. 내 걱정은 하지 마." 그가 미소 지었고, 그러자 장수풍뎅이
도 입을 벌려 미소로 화답했다.

"다쿠스." 버지니아가 맞은편 의자에 앉으며 말했다. "우리도 전
적으로 동의해. 하지만 네가 뛰쳐나간 뒤에 유키 이시카와 박사님이
무대 위로 올라왔어. 내내 객석에 계셨나 봐."

"이시카와 박사님이 여기 계신다고? 난 못 봤는데." 다쿠스가 꼿
꼿이 몸을 펴고 앉았다.

그들은 그린란드에서 유키 이시카와 박사를 만났었다. 박사는 영화제 시상식에 함께 가기를 거부했지만, 그의 지혜 덕분에 다쿠스는 박스터를 추위에서 구할 수 있었고 할리우드 극장에서 벌어진 전투에서 이길 수 있는 아이디어를 얻었다.

"사람들은 박사님을 마치 제다이 전사처럼 대했어." 베르톨트가 고개를 끄덕이며 다쿠스 옆에 앉았다.

"맞아. 정말 대단하시더라." 버지니아의 갈색 눈이 빛났다. "영화제 시상식에서 우리가 흡충관에 모은 딱정벌레와 루크레시아 커터가 텍사스에 풀어놓은 유전자 변형 곡물바구미 표본을 가져오셨어. 그리고 자신이 관찰한 내용을 다른 곤충학자들에게 말했지."

"박사님이 발견한 첫 번째 사실은 그 여자가 사육하는 딱정벌레들은 수명이 짧다는 거야." 베르톨트가 말했다.

"성충이 되면 하루나 이틀 만에 죽는대." 버지니아가 덧붙였다.

"그리고 대부분 수컷으로 보인대." 베르톨트가 말했다.

"그래서 박사님이 딱정벌레의 습격에 대처할 두 가지 아이디어를 냈어." 버지니아가 말했다. "하나는 암컷의 페로몬으로 수컷의 주의를 딴 데로 돌린다는 거야."

"곤충학자들이 딱정벌레들을 농작물에서 멀리 유인하기 위해 페로몬 트랩을 만들 거야." 베르톨트가 설명했다. "그런 다음 불임충 방사법을 이용해서 딱정벌레가 교미를 해도 새끼가 생기지 않도록 불임 수컷만 방사하는 거야!"

"곤충학자들은 모두 이 문제를 어떻게 해결할지를 두고 활발하게 이런저런 아이디어를 내놓고 계셔." 버지니아가 말했다. "영화제 시상식 때 네가 사용한 것 같은 자연 포식자나 피해를 입지 않은 작물을 보호하기 위한 다른 방법들을 제안하고 있어."

"그럼 우린 아무것도 안 하는 거네." 다쿠스가 퉁명스럽게 말했다. "페로몬 트랩을 설치해서 사건을 해결한다. 그것참, 대단한 계획처럼 들리는군."

"네가 좋아할 줄 알았는데." 베르톨트가 풀이 죽어서 말했다.

"딱정벌레의 공격을 해결한다고 아빠가 돌아오는 데 도움이 되진 않잖아? 아빠의 누명을 벗기는 데도 말이야. 안 그래?" 다쿠스가 버지니아에게 인상을 찌푸렸다. "여기 온 건 시간 낭비야. 난 우리와 함께 아마존으로 가서 루크레시아 커터와 싸울 용감한 곤충학자들이 넘쳐날 줄 알았어. 그들이 우릴 도와줄 거라고 아빠가 그랬는데, 저들 중 절반은 아빠에게 죄가 있다고 생각하잖아."

버지니아가 손을 허리에 올리고 말했다. "너희 아빠는 저 사람들이 루크레시아 커터와 싸울 거라고 말씀하신 적 없어. 저들이 우리를 구체적으로 어떻게 도울 건지 딱 꼬집어 말씀하시지는 않았잖아. 안 그래?"

"다쿠스, 곤충학은 학문이야." 베르톨트가 부드럽게 말했다. "스포츠가 아니라고. 곤충학자들이 무기를 휘두르는 근육질이 아닌 건 당연하잖아. 안 그래?"

"그래. 하지만 아무튼 우린 저 사람들의 도움 따윈 필요 없어."
다쿠스가 턱을 내밀고 말했다. "세상에 맞서는 건 늘 우리와 딱정벌
레들뿐이야."

"우리는 세상과 한편이야, 이 바보야." 버지니아가 그를 놀려서
웃게 만들려 했다. "세상과 다른 편인 건 루크레시아 커터지."

"에헴." 세 아이가 돌아보니 맥스 삼촌이 벽에 기대어 서서 그들
의 대화를 듣고 있었다. "그 '우리'에 나도 끼어있길 바란다, 다쿠스."

그때 문 두드리는 소리가 났다.

"실례합니다." 그 수염이 덥수룩한 덩치 큰 미국인 남자가 문을
열고 고개를 들이밀었다. 그는 발그레한 볼과 친근한 파란 눈을 가
졌고 팔에 딱정벌레 문신이 있었다. 한쪽 팔은 사슴벌레, 다른 팔은
아틀라스 딱정벌레 문신이었다. "다쿠스 커틀을 찾고 있는데." 그는
방으로 들어왔다. "내가 악수를 청해도 될까?"

다쿠스가 어색하게 일어나서 남자의 손을 잡고 흔들었다.

"나는 미국곤충학회에서 온 행크라고 해." 그는 티셔츠를 가리켰
다. "우리는 농작물 보호를 돕기 위해 여러분들이 하고 있는 모든 일
을 고맙게 생각해. 이시카와 박사님이 말씀하시길, 만약 여러분이
그린란드로 날아와서 존스턴 박사의 실험에 대해 경고하지 않았다면
ICE에 오시지 않았을 거라더군."

다쿠스는 볼이 화끈 달아오르는 것을 느꼈다. 버지니아는 팔짱을
끼고 '그거 봐. 내가 뭐랬어?' 하는 표정으로 그를 보았다.

"고맙습니다…"

"내 성은 버튼이야." 그가 빈 의자를 가리키며 물었다. "앉아도 될까?"

"그럼요." 모두 고개를 끄덕이는 가운데 베르톨트가 말했다. "저희가 무엇을 도와드릴 수 있을까요 버튼 씨."

"사실은 내가 여러분에게 도움이 될 만한 뭔가를 가지고 있는 것 같아서 말이야." 그가 검은 가죽 주머니의 지퍼를 열었다. "난 이 정체불명의 장치가 어디에 쓰는 물건인지 도무지 모르겠어." 그가 성냥 상자 크기의 정사각형 검은 화면을 건넸다. "화면을 켜면 안에 여섯 개의 육각형이 포함된 흰색 육각형에 불이 들어오는데, 그걸 눌러도 아무런 반응이 없어."

"왜 이게 저희에게 도움이 될 거라고 생각하세요?" 다쿠스가 장치를 켜고 어리둥절한 눈으로 내려다보며 말했다.

"그걸 할리우드 극장 밖 뒷골목에 버려진 옷더미 속에서 찾았으니까."

"무슨 말씀인지 모르겠어요." 다쿠스가 행크를 보며 말했다.

"거기서 찾은 물건들은 루크레시아 커터의 헬리콥터가 이륙하기 직전에 누군가 버린 그녀의 짐으로 보이는데, 혹시 딱정벌레들의 농작물 습격을 막는 데 도움이 될지도 모른다는 판단에서 미국곤충학회로 전달되었지. 대부분 옷가지와 쓸데없는 잡동사니였지만, 우린 그 사이에서 이 정체불명의 물건을 발견했단다."

베르톨트가 쏜살같이 튀어나와 다쿠스의 손에서 장치를 잡아챈 뒤 유심히 살펴보았다.

"고맙습니다." 다쿠스가 말했다.

"아니, 고마운 건 나지." 행크가 머리를 숙였다. "도움이 될 만한 게 더 있으면 좋을 텐데. 애플야드 교수님이 그동안 너희들이 루크레시아 커터의 공격을 막기 위해 한 일들을 얘기해주셨단다. 정말이지 용감했어."

다쿠스가 베르톨트를 보며 물었다. "그게 뭔지 알겠어?"

"고급 TV 리모컨처럼 보이는데."

"저희가 가져가도 될까요?" 다쿠스가 물었다.

"물론이지. 이건 너희들 거야. 내가 도와줄 만한 게 더 있기만을 바랄 뿐이지." 행크가 손바닥으로 의자 팔걸이를 두드렸다. "듣자 하니 대규모 딱정벌레 사냥에 나설 계획이라며? 나도 너희들과 함께 갈 수 있다면 좋을 텐데. 난 엽총을 잘 다루거든. 그런데 루크레시아 커터가 어디에 있는지 찾을 방법이라도 있니?" 그가 고개를 갸우뚱하며 물었다. "전 세계에서 그 여자를 찾고 있고, 그 여자의 은신처를 찾기만 하면 당장 죽여 버릴 사람들이 수두룩한데 말이야."

다쿠스가 맥스 삼촌을 한번 쳐다보고는 "죄송해요."라고 말하며 고개를 저었다.

"무슨 일이건 내가 필요하면 이리로 연락하렴." 그가 쪽지를 내밀었다. "난 워싱턴으로 돌아가서 딱정벌레 공격에 대처할 최선의 방법을 백악관에 조언해야겠다. 이시카와 박사님이 발견한 내용이 큰 도움이 될 거야. 당장은 우리가 바랄 수 있는 최선은 피해 억제일 거야. 이 공격이 우리 경제에 심각한 피해를 입혔으니 말이다."

다쿠스가 쪽지를 받아들었다. 행크 버튼이 떠나려고 일어서는데 문가에 익숙한 얼굴이 나타났다. "이시카와 박사님." 그가 고개 숙여 인사했다. "여기서 또 뵙게 되네요."

베르톨트와 버지니아는 눈으로 행크 버튼의 머리의 움직임을 쫓다가 미소 지으며 방으로 들어오는 이시카와 박사를 보았다.

"다시 만나서 반갑네, 다쿠스 커틀." 유키 이시카와 박사가 눈가에 주름을 잡으며 다정하게 미소 지었다. "이번 여행이 잘 되길 바라는 마음에서 이걸 가져왔지." 그가 천 가방에서 아주 작은 대나무 곤충집을 꺼냈다. 그의 목에 걸려있는 아름다운 분홍색 사마귀목 곤충이 들어있는 것과 비슷했다. "자네들의 딱정벌레들 거야. 아마존에는 포식자들이 많거든. 포식자가 얼마나 위험할 수 있는지 우린 알잖아?" 그가 눈을 반짝이며 웃었다. "영화제 시상식에서 자네의 행동은 인상적이었다네. 내가 갔어도 그보다 잘하지는 못했을 거야."

다쿠스는 또 한 번 얼굴이 달아오르는 것을 느꼈다. "고맙습니다. 박사님이 모든 생명체에게 포식자가 있다는 말씀을 해주시지 않았다면 새를 풀 생각은 못했을 거예요."

"아, 하지만 그걸 생각해 내고 이 모든 차이를 만든 건 바로 자네야." 이시카와 박사가 그에게 세 개의 우리 중에 가장 큰 것을 다쿠스에게 건넸다. "이건 박스터를 위한 걸세. 이걸로 밀림에서 안전하게 보호해주게."

"이번에는 저희와 함께 가실 건가요?" 다쿠스가 물었다.

이시카와 박사는 고개를 저었다. "난 여기서 중요한 할 일이 있어. 내가 루시 존스턴의 유전자 이식 군단을 무장 해제하는 데 큰 도움이 될 수 있을 거야. 그러니 여기 남아야 해."

"이번에는 꼭 도와주셔야 해요." 다쿠스는 이시카와 박사에게 더 가까이 다가섰다. "제발요. 우린 그곳 상황이 어떤지 전혀 몰라요. 수적으로도 밀리고요." 다쿠스의 입에서 쥐어짜는 목소리가 나왔다. 그는 눈물을 삼키기 위해 눈을 깜빡였다. "어떻게 그 여자와 싸워야 할지 모르겠어요." 그가 인정했다.

이시카와 박사가 어깨를 살짝 들썩이고는 말했다. "그렇다면 싸우지 말아야겠지."

다쿠스가 답답한 마음에 한숨을 내쉬었다. 왜 이시카와 박사님은 항상 수수께끼 같은 말만 하시는 걸까?

"자네는 비틀 보이야." 유키 이시카와 박사가 깊은 우물처럼 검고 고요한 눈으로 다쿠스를 응시했다. "그것이 어떤 의미인지는 오직 자네만 알 걸세." 그가 손으로 다쿠스의 이마를 건드렸다. "생각을 하게." 그가 잠시 말을 멈추었다가 다시 이었다. "과학자가 되도록 해. 관찰하고, 호기심을 갖고, 질문하는 거야." 그가 손가락을 내려 다쿠스의 심장을 가리켰다. "자네가 옳다고 느끼는 일을 하게." 마치 복잡한 수수께끼를 푼 것처럼 그는 만면에 미소를 짓고는 고개를 끄덕였다. "그래. 비틀 보이는 자신이 옳다고 느끼는 일을 해야 해."

제 *10* 장

노박의 악몽

노박은 숨을 헐떡이며 벌떡 일어나 앉아 밭은 숨을 내쉬었다. 그녀는 조명이 침침한 흰색 방 침대에 있었고, 이불은 걷어 차서 벗겨져 있었다. 또 그 꿈이었다. 눈을 감고 손을 가슴에 댔다. 가슴 안쪽에서 심장이 뛰는 것을 느끼며 뛰는 속도가 좀 느려지기를 바랐다. 그것은 온전히 그녀에게 속한 그녀의 심장이었고 그렇게 두 려운 듯 빨리 뛸 필요가 없었다. 심장이 열심히 펌프질을 해서 그녀 의 온몸에 혈액을 순환시키는 것처럼 그녀도 열심히 심장을 보호하 려 했다.

조심스럽게 숨을 들이쉬니 빠르게 뛰던 심장 박동이 진정되었다.

노박은 자신이 들이쉬는 공기에 대해 생각했다. 인간은 공기를 폐로 들이쉬어 혈액에 산소를 공급할 필요가 있고, 이렇게 폐로 숨을 들이쉬는 한 그녀는 여전히 인간이었다.

꿈속에서 그녀의 눈에 어둠이 가득 차더니 새까맣게 변해갔다. 감각이 예민해지고 온몸의 털이 곤두서서 주변에 대한 정보를 그녀에게 전달했다. 그녀는 그것을 떨쳐버리고 무시하려 애썼다. 메이터처럼 되고 싶지 않았다. 그렇게 될 바에는 차라리 죽는 편이 나았다.

노박은 자신의 까만 키틴질 정강이와 갈고리발톱이 달린 발을 내려다보며, 그것이 보이지 않도록 무릎을 가슴으로 당기고 두 팔로 다리를 감싸 안았다. 정상적인 소녀가 될 수 있다면 무슨 짓이라도 하고 싶었다. 용화실로 들어가기 전으로 시간을 되돌릴 수만 있다면. 그때 도망쳤어야 했다. 하지만 그때는 그들이 자신에게 무슨 짓을 하려는지 상상하지 못했다.

무릎에 턱을 괴고 오른팔 손목에 걸린 도톰한 은색 팔찌를 내려다보았다. 그리고 볼록하게 솟은 터키석 장식에 대고 속삭였다. "헵번, 깨어 있니?" 보석 아래의 경첩이 벌어지며 예쁜 무지갯빛 줄무늬가 있는 비단벌레가 나타났다.

"아, 미안, 헵번. 내가 방해했니?"

비단벌레는 겉날개를 들고 속에 있는 날개를 활짝 펼쳤다가 도로 접고 노박의 무릎 위로 기어 올라갔다.

"난 무서워, 헵번." 노박이 속삭였다. "다시는 용화실에 들어가고 싶지 않아. 어떻게든 여기서 나가야 해."

비단벌레는 장식용 방울처럼 예쁜 머리를 노박의 턱에 대고 비
볐다.

노박이 미소 지었다. "아, 고마워, 내 작은 친구." 그녀가 손가락
을 들어 헵번의 등을 부드럽게 쓰다듬었다. "나도 사랑해. 지금 당장
은 네가 내 유일한 친구야."

그녀는 다쿠스를 생각했다. 다쿠스가 자신을 데려가겠다고 약속
하는 순간, 그녀의 어머니가 그녀를 그의 손에서 낚아챘고, 이와 함
께 안전한 삶에 대한 모든 희망도 멀어졌다. 그녀는 다쿠스가 약속
을 지킬 것임을 알았다. 그는 그녀에게 올 방법을 찾으려 할 것이다.
하지만 누구도 그녀를 찾을 수 없다. 아마존 밀림이 얼마나 광대한
곳인가. 이번에는 다쿠스가 그녀를 구하러 오지 못할 것이라고 노박
은 생각했다. 어쩌면 그러고 싶은 마음이 없을지도 모른다. 따지고
보면 다쿠스의 아버지는 그를 배반하고 아들이 아닌 메이터를 선택
하지 않았는가!

노박은 이를 갈았다. 바솔로뮤가 다쿠스에게 한 짓을 생각하면
그가 정말 미웠다. 그녀의 어머니는 자신에게 잔인하지만, 적어도
친절하고 자상한 척은 하지 않았다. 사랑하는 척도 한 적이 없었다.

노박은 무릎 위에 앉은 헵번을 들고 다리를 쭉 뻗어 갈고리발톱
이 달린 발을 내려다보았다. 다쿠스는 이 발이 멋지다고 말했었다.
그녀에게 벽 위를 걸을 수 있냐고 물었었다. 실제로 시도해서 해내

기 전까지는 자신도 그 답을 몰랐었다. 그녀의 발은 끝으로 가면서 점점 좁아지는 뾰족하고 딱딱한 두 개의 발톱으로 이루어져 있다. 발톱 사이에는 칼처럼 날카로운 가시가 숨겨져 있어 링링의 뺨에 상처를 입히기도 했다. 노박은 자신의 몸으로 무엇을 할 수 있는지 시험해 본 적이 없었고, 오히려 용화로 생긴 변화들을 남들에게, 심지어 제라르에게도, 숨기려고 애썼다. 평소에는 발에 붕대를 칭칭 동여매고 두꺼운 타이츠를 신어서 검은 정강이를 가리고 다녔다. 그러나 이제 여기, 이 감방에서 그녀는 속수무책이었고, 그녀가 두 번째 용화를 피하는 데 도움이 될지도 모르는 유일한 무기는 바로 그녀의 딱정벌레 유전자 때문에 갖게 된 특징들뿐이었다.

그녀는 두 손으로 헵번을 감싸 안고 갈고리발톱으로 일어섰다. "네가 도와줘야 해, 헵번." 그녀가 속삭였다. "내 진짜 모습이 어떤지 알아낼 필요가 있어."

헵번이 날개를 퍼덕여 노박의 손에서 날아올라서 그녀의 얼굴 앞에서 공중 정지했다. 그러더니 격려의 몸짓으로 앞다리를 흔들었고, 노박이 웃었다.

"알았어, 알았어." 노박은 고개를 푹 숙이고 눈을 감은 채 숨을 깊이 들이쉬었다. 그런 뒤 목덜미에서 숱진 은발 머리를 가르고, 검은 깃털 모양의 더듬이 두 개를 차례로 빼냈다. 그러자 머리 위로 마치 두 개의 깃털 부채 같은 더듬이가 굽이치며 솟아올랐다. 그녀는 호흡에 집중하며 모든 털이 곤두서고 있는 피부를 생각했다. 눈이

머리 뒤로 넘어가며 어둠이 차오르는 것이 느껴졌다.

이것은 꿈이 아니었다. 그녀가 만들어낸 현실이었다.

몸에 돋은 미세한 은색 털들이 파르르 떨렸다. 삼각형을 이루는 하얀 감방의 벽들 너머의 세상이 일련의 소리로, 냄새로, 가로막힌 느낌으로 그녀의 의식 속에 들어왔다. 그녀는 감방 밖 의자에 앉아 있는, 숨소리가 거칠고 몸 냄새가 강한 남자를 감지했다.

"댄키시야." 노박이 속삭였다. "그자가 보여."

그녀는 머리를 들고 주먹을 쥐었다. 그녀의 인간 근육과 키틴질 발이 어떻게 함께 작동하는지 테스트할 필요가 있었다. 그녀는 빙그르 돌아 벽까지 뛰어가서 두 발을 모두 들어 벽에 올렸지만, 그 순간 바닥으로 떨어지며 팔꿈치를 바닥에 쿵 찧었다.

"아야!" 그녀가 일어나서 좁은 방에서 갈 수 있는 한계까지 최대한 반대쪽 벽으로 걸어가서 다시 한번 시도했다. 이번에는 벽을 대각선으로 뛰어오르며 회반죽에 발톱을 박아 긁힌 자국을 냈다. 이제 발에 힘이 들어간 것을 느끼며 그녀는 속도를 늦춰 산책하듯 천천히 천장 중앙으로 걸어가서 박쥐처럼 거꾸로 매달렸다. 그녀의 갈고리 발톱은 믿을 수 없을 만큼 강력했고 그녀의 체중을 쉽게 견뎌냈다.

은빛 머리가 거꾸로 늘어지고, 검은색 편모 더듬이가 이리저리 움직이며 주변의 세상을 감지했다. 노박의 딱정벌레 눈은 어두운 방에서 인간의 눈보다 사물을 더 세밀하게 감지했다. 주변의 모든 것이, 심지어 공기까지도 훨씬 더 직감적으로 느껴졌다.

헵번이 날아올라 노박의 얼굴 앞에서 맴돌다가 춤을 추기 시작했다. 노박은 기뻐하는 딱정벌레에게 미소 지었다.

"봤지, 헵번?" 그녀가 말했다. "우린 자매야."

제 *11* 장

스커드

"**이** 봐, 크립스." 노박은 으르렁대는 듯한 댄키시의 목소리가 들렸다. "여긴 왜 온 거야?"

"여자애가 먹을 걸 가져왔어요."

"헵번, 빨리." 노박이 천장을 밀며 갈고리발톱이 달린 발을 떼고는 공중제비를 돌며 두 팔을 활짝 펼친 채 한쪽 무릎을 세운 자세로 착지했다. 그런 뒤 손목을 뻗어 팔찌 보석 아래의 공간을 열었다. 헵번이 재빨리 내려가 허둥지둥 숨겨진 방으로 들어갔다. 노박이 부리나케 뚜껑을 닫은 다음 더듬이를 머리 뒤로 눕히고 구불거리는 끝부분을 목덜미로 쑤셔 넣었다. 그런 뒤 손으로 은발 머리를 쓸어 넘겨

깃털 모양 더듬이를 가렸다. 곧이어 머리를 앞으로 숙여 딱정벌레 눈을 들여보내고 다시 인간의 눈을 드러냈다. 마지막으로 다리를 꼬고 앉아 담요를 무릎에 덮어서 최대한 온순하고 겁에 질린 모습으로 보이려고 최선을 다했다.

문에서 작은 노크 소리가 났다. 문이 열리며 흰색 실험실 가운을 입은 젊은이가 나타났다. 젊은이가 미소를 띠며 쟁반을 들고 천천히 들어왔다. 그가 들어오자 조명이 켜졌다.

"안녕, 난 스펜서라고 해." 그가 직사각형 안경을 통해 눈을 깜빡이며 말했다. "내가, 음, 먹을 걸 좀 가져왔어." 그가 쟁반을 내려다보았다. 쟁반에는 둥그런 은색 뚜껑이 덮인 접시와 물 한 잔이 있었다.

"고마워요. 거기 놓으면 돼요." 노박이 말했다.

스펜서가 어설프게 쟁반을 바닥에 내려놓다가 은색 뚜껑이 벗겨져 접시에 담긴 멜론과 바나나 조각이 나오자 어쩔 줄 모르고 계속 사과하며 뚜껑을 다시 덮는 모습을 노박은 재미있게 지켜보았다.

"난 노박이에요." 그녀가 말했다.

"어, 그래. 알아. 그러니까…" 그가 몸을 쫙 폈다. "네 어머니가─"

"난 어머니가 없어요." 노박이 말을 잘랐다. "어떤 엄마가 딸에게 이런 취급을 하겠어요?" 그녀가 감방을 가리키며 말했다.

"어어, 그건 그래… 그러니까 내 말은 우리 어머니라면 안 그럴 거라는 얘기야."

스펜서의 가운 윗주머니에서 개구리를 닮은 작고 까만 얼굴이 쏙 올라왔다. 철갑을 두른 듯 단단한 머리 양쪽에는 두 개의 구슬처럼 반짝이는 눈이 달려 있었다.

"어머!" 노박이 손뼉을 치며 말했다. "오빠도 딱정벌레가 있네요!"

"스커드! 숨어 있으랬잖아." 스펜서가 나무랐다.

"아니, 괜찮아요. 난 딱정벌레를 좋아해요." 노박이 무릎으로 일어났다. "안녕? 스커드, 이게 애 이름이에요?"

"맞아. 스커드. '스커드 미사일' 할 때 스커드야. 재밌는 게 뭐냐면..." 스펜서가 싱긋이 웃었다. "얘는 쇠똥구리거든."[scud라는 단어는 오물, 배설물이라는 뜻도 있다.] 노박이 그 농담을 이해하지 못해 미간을 좁히자, 스펜서의 얼굴이 빨개졌다. "너도 작은 친구가 있구나!" 그가 노박의 팔찌를 보며 고개를 끄덕였다.

노박이 아래를 내려다보았다. 팔찌 뚜껑이 이미 열려 있고, 흥분한 헵번이 기어 나오고 있었다. 일단 복부가 빠져나오자, 헵번은 겉날개를 펼치고 곧장 스펜서에게 날아가서 콧잔등에 내린 뒤 빙글빙글 맴돌며 몇 초마다 그에게 뽀뽀를 했다.

"헵번!" 노박이 소리쳤다. "지금 뭐하는 거니?"

"아주 애교가 많은 치포가스트라 자바니카[Cyphogastra javanica, 비단벌레의 학명]네." 스펜서가 웃으면서 헵번을 코에서 떼어 안경을 통해 자세히 들여다보았다. "아니! 그럴 리가." 그가 갑자기 동요했다. "이 딱정벌레 어디서 났니?"

"왜요?"

"난 얘를 알아." 헵번이 스펜서의 엄지손가락을 끌어안는 동안 그는 모든 각도에서 헵번을 유심히 살펴보았다. "하지만 거의 5년 동안 못 봤는데."

노박이 일어섰다. "같은 딱정벌레라는 걸 어떻게 알죠?"

"농담해? 난 얘를 잊어본 적이 없어. 얼마나 예쁜지 봐!" 헵번이 마치 패션쇼에 선 모델처럼 자신의 손바닥 위를 앞뒤로 활보하는 모습을 지켜보며 스펜서가 빙그레 웃었다. "그리고 얘도 그걸 알아."

노박의 맥박이 빨라졌다. "그렇다면 다쿠스 커틀도 알겠네요?"

"바솔로뮤 커틀 박사님의 아들인가? 아니, 몰라." 스펜서가 고개를 저었다. "내가 알아야 하나?"

"하지만 다쿠스가 헵번을 내게 가져왔어요. 딱정벌레 산에서."

"딱정벌레 산? 그게 뭔데?"

"다쿠스는 딱정벌레 산에 사는 딱정벌레들의 수호자예요. 거긴 각종 똑똑한 딱정벌레들이 가득한, 머그잔으로 이루어진 놀라운 곳이죠. 아니, 적어도 예전엔 그랬어요." 말하는 도중에 메이터가 그곳을 불태워버린 사실이 떠올라 목소리가 점점 작아졌다.

"각종 딱정벌레라고?"

"그래요. 그리고 다쿠스도 딱정벌레 친구가 있어요. 박스터라는 장수풍뎅이예요."

"맙소사, 그 딱정벌레들이 살아있었다고?" 스펜서가 탄성을 질렀다.

그때 문을 쿵쿵 두드리는 소리가 났다. "안에서 뭐 하는 거야?"

"잠깐만요." 스펜서가 큰 소리로 대답한 뒤 목소리를 낮춰 흥분으로 인해 떨리는 목소리로 속삭였다. "믿을 수가 없어! 내가 딱정벌레를 탈출시켰을 때 이 세상에서 잘 살아갈 수 있을지 확신하지 못했지만, 그래도 거기 그냥 놔둘 수는 없었거든."

"그게 무슨 말이에요? 걔들을 탈출시켰다고요?" 노박이 물었다.

"여기 있는 스커드와 헵번처럼 지능이 높은 딱정벌레들은 루크레시아 커터의 실험실에서 사육된 애들이야. 인간의 DNA를 몸에 지니고 있지. 정확하게 말하자면 커틀 박사님의 DNA를." 그가 직사각형 안경을 콧등 위로 밀어 올렸다. "감금된 상태에서 딱정벌레들의 삶은 잔인했어. 다들 자유를 원했지." 그가 어깨를 으쓱했다. "그래서 어느 날 걔들을 엄마의 케이크 상자에 넣어 몰래 실험실 밖으로 빼내 와서 풀어줬지."

"오빠가 한 거였군요! 정말 용감해요!" 노박이 가슴 앞에서 두 손을 맞잡았다. "메이터가 화내지 않았어요?"

"노발대발했지." 스펜서가 고개를 끄덕였다. "그게 내 짓이라는 것을 알고는 깡패 부하들을 보냈어." 그가 감방 문을 가리키며 말했다. "그들은 나를 붙잡고 묘한 냄새가 나는 천으로 입을 막았고, 난 기절했지. 깨어나 보니 여기 바이옴에 갇혀 있었어. 그때부터 난 아래층 곤충 사육장을 돌보며 그녀의 실험을 위해 건강한 딱정벌레들을 공급하게 되었지."

"오빠는 노예예요?" 노박은 기가 막혔다.

"일 자체는 나쁘지 않아. 사실을 말하자면 난 이 일이 제법 좋아." 스펜서가 희미하게 미소 지었다. "하지만 엄마가 보고 싶고 걱정돼. 엄만 내가 어디에 있는지 몰라." 그가 한숨을 쉬었다. "그래도 어쨌든 그 딱정벌레들은 탈출했고, 난 항상 걔들이 어떻게 됐는지 궁금했어." 그의 표정이 밝아졌다. "만일 커틀 박사님의 아들이 돌보고 있다면 안심할 수 있겠어. 딱정벌레 산을 만들 정도였다면 번식을 한 게 틀림없어. 언제 한번 보고 싶다."

노박은 딱정벌레 산에 무슨 일이 일어났는지 스펜서에게 말하지 않는 편이 좋겠다고 생각했다. "먹을 걸 가져다줘서 고마워요." 그녀가 은 뚜껑을 집어 들며 말했다. "배고팠거든요."

"좋아." 스펜서가 주먹을 꼭 쥐었다 펴며 말했다. "음, 그리고… 당분간 이게 마지막 식사가 될 거야."

"네?" 노박이 그를 보았다.

"루크레시아 커터가 모레 널 용화할 계획이거든. 기계에 들어가기 전에 적어도 24시간은 금식해야 해."

"알겠어요." 노박이 그를 올려다보았다. "설마 케이크 상자를 가져와서 나를 몰래 빼내 주지는 못하겠죠?"

스펜서가 침을 삼키고 고개를 저었다. "미안해." 그가 속삭였다.

"어서 나와, 크립스!" 댄키시가 고함쳤다. "문제에 휘말리기 싫으니까."

"나 때문에 슬퍼하지 마요, 스펜서 오빠." 노박이 손을 뻗어 그의 볼을 쓰다듬었다. "메이터는 이럴 목적으로 날 사육했지만, 난 죽으면 죽었지 다시는 용화실에 들어가지 않을 거야."

스펜서는 고개를 떨구었다. 노박은 그가 우는 거라고 생각했지만, 대신 그는 이렇게 속삭였다.

"내가 도울 수 있다면 도울게. 약속해."

제 *12* 장

천문 시계

맥스 삼촌은 일행을 이끌고 신속하게 구시가 광장으로 들어가 크리스마스와 관련된 물품을 파는 좌판들이 가득 들어찬 시장을 누볐다. "프라하까지 와서 여길 안 보고 갈 수는 없지!" 그가 민트그린과 벌꿀색, 비둘기색 건물들을 가리켰다. 건물들은 다쿠스가 예전에 초콜릿 상자에서 본 사진들과 똑같아 보였다. "그리고 저건 현재 작동하는 것 중 세계에서 가장 오래된 천문 시계란다! 정말 아름답지 않니?"

다쿠스는 시청 외벽에 걸린 어마어마한 시계 장치를 올려다보았다. 그것은 청동 원판들과 황금색 기호들로 이루어져 있었으며, 움직이는 시곗바늘 끝에는 태양과 달의 천체 모형이 달려 있었다. 마침 정각을 알리는 종소리가 울리고, 죽음을 형상화한 해골 모형이 종을 치는 것이 보였다. 종소리 하나하나가 다쿠스의 가슴에서 최후의 심장박동처럼 울렸다. 시계 꼭대기에 12 사도가 나타났지만 다쿠스는 고개를 돌렸다. 지켜볼 여유가 없었다. 시간은 그의 편이 아니었다. 전 세계가 아버지와 루크레시아 커터를 찾고 있고, 그들을 찾으면 폭탄을 보낼 것이었다.

맥스 삼촌은 일행을 이끌고 맹렬한 속도로 카를 교를 건넜다. "이 다리는 1357년 카를 4세 치세 때 착공되었단다." 그가 성을 가리키며 말했다. "저건 세계에서 가장 크고 가장 놀라운 성들 중 하나지." 그가 말하면서 서둘러 일행을 버스에 태웠다. "저 성을 둘러볼 시간이 없어서 참 아쉽구나."

다쿠스는 이렇게 동화에 나오는 곳처럼 보이는 도시에 가본 적이 없었다. 버스가 출발할 때 그는 멀어지는 성을 응시했다. '이게 동화라면, 난 영웅이어야 해.' 그는 생각했다. 가슴이 쿵 내려앉았다. 영웅은커녕 지금처럼 자신이 무력하게 느껴진 적이 없었다.

그가 자신의 어깨 위에 자랑스러운 듯 앉아있는 박스터를 내려다보았다. 마치 사기꾼이 된 기분이었다. 곤충학자들 중에 그들과 함께 아마존에 가는 사람은 아무도 없었다. 단 한 명도. 그들은 모두 각자의 나라로 돌아가 딱정벌레의 습격에 맞서 싸워야 했다. 모두들 다쿠스가 영화제 시상식에서 루크레시아 커터를 저지했기 때문에 그녀와 대적할 상대가 될 거라고 생각하는 모양이지만, 사실은 그렇지가 않다는 것을 그는 알았다. 그녀는 괴물 같았고, 그때 새들을 풀어놓은 것은 반사적이고 즉흥적인 생각이었다. 자신은 특출한 뭔가를 한 적이 없었다. 전에는 곤충학자들이 도움을 주고 함께 아마존에 가줄 거라고 철석같이 믿었기에 닥쳐올 전투가 두렵게 느껴지지 않았다. 하지만 회의에 참석한 후부터 두려움이 그의 내면을 갉아먹고 있었다.

바츨라프 하벨 공항은 프라하 도심에서 차로 이동하면 멀지 않은 거리에 있었다. 다쿠스와 버지니아, 베르톨트는 맥스 삼촌을 따라 제3터미널로 들어갔다. 개인 전세기용 작은 콘크리트 건물이었다. 일행들을 모아놓고 맥스 삼촌이 낮은 목소리로 말했다. "모티는 검색대 너머 베르나데트 옆에서 기다리고 있단다. 우린 또 보안검색대에서 딱정벌레들을 통과시켜야 해. 그러고 나면 비행기로 갈 수 있어."

세 아이가 고개를 끄덕였다. 그들은 무엇을 해야 할지 알고 있었다. 맥스 삼촌은 금속 재질의 물건으로 온몸을 도배하여 탐지기에서 미친 듯 경보를 울리게 만들었다. 양 손목에 찬 시계며 양말대님, 목걸이, 벨트, 끝에 금속이 달린 신발 끈, 주머니마다 굴러다니는 동전까지, 상상할 수 있는 모든 것을 몸에 지녔다. 보안요원들이 갈팡질팡하며 연신 미안하다고 말하는 영국인 남자 주위로 모여드는 동안, 딱정벌레들은 조용히 그들의 머리 위로 날아갔고, 아이들은 천진난

만한 얼굴로 검색대를 통과했다.

활주로에 나가니 베르나데트가 마치 도움을 주려고 내민 손처럼 계단을 밖으로 펼친 채 그들을 기다리고 있었다.

"안녕하세요, 모티 아줌마!" 버지니아가 말하며 부조종석으로 폴짝 뛰어 들어갔다. "이륙할 때 도움 필요하세요?"

모티가 버지니아에게 미소 지었다. "내 선에서 해결할 수 있을 것 같다만, 혹시 필요하면 네게 말하마."

마침내 맥스 삼촌이 비행기 문으로 들어와서 지상 근무원들에게 엄지를 치켜세워 계단을 치우게 했다. "이륙 준비됐습니다, 기장님." 그가 모티에게 큰 소리로 말하고는 빙그레 웃었다. "승객 여러분은 모두 자리에 앉아 안전벨트를 매시기 바랍니다."

"에콰도르까지 얼마나 걸릴까요?" 다쿠스가 물었다.

"간단한 여행이 아니야." 맥스 삼촌이 대답했다. "우선 리스본으로 가서 연료를 채운 다음 거의 아홉 시간 동안 카라카스까지 날아가야 해. 거기서 다시 연료를 채우고 에콰도르의 키토로 가야 하지. 중간 기착까지 모두 합치면 스무 시간쯤 걸리겠구나."

"밤낮으로 하루를 꼬박 비행하는 거네요!" 버지니아가 놀라며 말했다. "멋져요!"

"엄마가 괜찮으면 좋겠어요." 베르톨트가 눈을 깜빡였다. "지금쯤 날 많이 보고 싶어 할 텐데."

"우리가 도착하기 전에 누구도 바이옴을 찾지 못하기를 바랄 뿐이에요." 다쿠스가 말했다.

"루크레시아 커터는 이렇게 오랫동안 그곳을 꼭꼭 숨겨둘 수 있었잖니." 맥스 삼촌이 다쿠스의 등을 토닥였다. "찾기가 쉬울 리 없지. 이제 자리에 가서 딱정벌레들을 가방에 넣고 좌석을 꼭 붙들어라."

다쿠스가 고개를 끄덕였다. 안전을 위해 이륙하는 동안 베이스캠프 딱정벌레들은 여행 가방 안에 있어야 했다. 딱정벌레들이 나무 톱밥이 채워진 가방에 줄지어 들어가서 각자의 취향대로 구석구석에 자리를 잡는 동안 다쿠스가 머릿수를 셌다. 바이옴이 쉽게 발견되지 않을 거라는 맥스 삼촌의 위로에도 다쿠스의 기분은 나아지지 않았다. 그는 아빠가 무사하기를, 몸이 다치지도, 루크레시아 커터의 감방에 갇히지도 않았기를 바랐다. 어떻게 바이옴에 들어가서 아버지를 찾아야 할지 생각하니 고개가 푹 수그러졌다. 이번에는 지난번에 루크레시아와 싸웠을 때와는 상황이 달랐다. 훨씬 더 위험했다. 그들은 그녀와 싸우기 위해 밀림 깊숙이 들어갈 것이다. 그가 누군가를 죽일 수 있는 부류가 아니라는 버지니아의 말이 귓전에 울렸다. 자신은 할 수 있다고, 꼭 그래야 한다면 그렇게 하겠다고 스스로에게 다짐했지만, 마음 깊은 곳에는 버지니아의 말이 맞을지도 모른다는 두려움이 존재했다.

다쿠스는 루크레시아 커터가 거느린 수십억 마리의 딱정벌레들을 생각하며 여행 가방을 내려다보았다. 한때는 이쪽 딱정벌레들도 많았는데. 모두 함께였다면 뭔가 할 수 있었을 것이다. 하지만 지금 은? 한숨이 나왔다. 그들은 대책이 없을 만큼 수적으로 열세였다.

다쿠스는 목 위로 기어오르는 박스터의 발톱 때문에 간질간질함 을 느꼈다.

"이봐, 박스터. 어디 가는 거니?" 다쿠스가 보려 했지만 장수풍뎅 이는 이미 그의 뒤통수 쪽으로 사라져 짙은 갈색 머리를 헤집고 기어 오르고 있었다. 다쿠스는 눈을 들어 위를 보았다. 딱정벌레의 감촉 이 느껴졌지만 보이지는 않았다. "지금 뭐 하는 거니?" 박스터가 더 듬더듬 앞으로 기어와서 날개를 펼치고는 뒷다리로 다쿠스의 앞머리 두 가닥을 붙잡고 다쿠스의 머리에서 몸을 날렸다. 이어서 그네를 타듯 휘청하며 몸을 앞으로 뻗어 올려 다쿠스의 고개를 위로 잡아당 기더니 다시 휘청하며 그의 코앞으로 내려와 시계추처럼 좌우로 왔 다 갔다 하며 네 개의 남는 다리를 바보처럼 흔들고 입을 크게 벌려 활짝 웃었다.

"알았어, 알았어." 다쿠스가 웃었다. "기운 내려고 노력해볼게, 이 웃기는 딱정벌레야." 그가 박스터를 집어서 이시카와 박사가 준 대나무 곤충집을 외투 주머니에서 꺼냈다. "넌 여행 가방에 들어가 지 않아도 돼." 그가 박스터의 가슴에 뽀뽀했다. "이제 이게 있으니 까 항상 내 옆에 있을 수 있어." 박스터가 여섯 개의 다리로 다쿠스 의 엄지를 감싸고 꼭 끌어안았다.

다쿠스는 박스터를 작은 대나무 곤충집에 넣고 바나나 조각을 넣어줬다. 그런 뒤 끈을 목에 걸고 곤충집을 녹색 점퍼 안으로 넣었다. 장수풍뎅이를 가슴 가까이에 두니 마음이 편안했다.

다쿠스는 여행 가방 지퍼를 채우고 좌석에 묶은 뒤 자신의 좌석으로 가서 앉았다.

베르톨트가 그의 옆자리에 앉았다. "이륙 준비가 끝났네." 그가 안경 너머로 다쿠스를 보며 말했다. "안전벨트를 하는 게 좋겠어."

다쿠스가 고개를 끄덕이고 무릎 위로 안전벨트를 맸다. 그는 창밖으로 바츨라프 하벨 공항을 보았다. 프라하 여행이 시간 낭비였다고 느껴지는 건 어쩔 수 없었다. 이곳에서 루크레시아 커터와 싸우고 싶어서 몸이 근질근질한 곤충학자 부대를 만날 거라고 생각했는데, 오히려 방 안을 가득 채운 우유부단한 과학자들의 의심만 받았다. 아마존으로 곧장 갔더라면, 어쩌면 벌써 아빠와 노박, 스펜서를 바이옴에서 빼냈을지도 모를 일이었다.

"왜 그렇게 조용해?" 베르톨트가 말했다.

"난 괜찮아." 비행기가 속력을 높이며 활주로를 쏜살같이 달려 땅에서 떠오르는 동안, 다쿠스는 눈을 감고 좌석 손잡이를 꼭 쥐었다. 머릿속 캄캄한 암흑 한가운데서 천문 시계 위의 해골이 울리는 종소리가 들렸다. '우린 시간이 없어.' 그는 생각했다.

버지니아가 베르톨트에게 속삭이는 목소리가 들렸다. "다쿠스는 괜찮아?"

"음, 그래. 좀 피곤한 것 같아."

"안전벨트 등이 꺼지면 난 조종석으로 갈 거야. 너도 갈래?"

"아니." 베르톨트가 대답했다. "난 여기서 책이나 읽을래." 그가 목소리를 낮췄다. "다쿠스가 괜찮은지 지켜봐야 할 것 같아."

제 **13** 장

포식자와 피식자의 땅

비행기 문이 열리자마자 에콰도르의 더운 공기가 느껴졌다. 다쿠스는 점퍼를 벗어 허리에 묶고 박스터가 어깨 위로 기어오를 수 있도록 대나무 곤충집을 열어주었다. 이곳은 적도와 가까워서 여름과 우기, 이렇게 두 계절만 있다고 맥스 삼촌은 말했었다. 1월은 우기 한가운데에 속했고, 그러니 더운 날씨에도 굵은 빗방울이 마치 오래전에 헤어진 반가운 친척을 만나는 듯 땅으로 달려들었다.

다쿠스와 베르톨트, 버지니아는 베르나데트에서 우르르 내려 맥스 삼촌이 높이 들고 있는 무지개 줄무늬 대형 골프 우산 아래서 비를 피하며 공항 건물로 들어갔다. "내가 지프차를 빌려 놨지." 맥스 삼촌이 알킬레르 데 코체스[Alquiler de Coches, 스페인어로 '렌트카'를 뜻한다.]라고 손 글씨로 쓴 판지 간판이 창문에 붙어 있는 회색 임시 건물을 향해 걸으며 말했다. "여기서 차를 타고 시내를 빠져나가서 셀바 비다 롯지라는 산장으로 갈 거야. 거기가 자동차로 갈 수 있는 가장 깊은 우림 지역이지. 거기서 하룻밤 묵고 내일 밀림 탐험을 시작할 거야." 그가 지평선을 바라보며 한숨을 쉬었다. "시간이 많지 않아서 참 아쉽구나. 키토는 내가 제일 좋아하는 도시들 중 한 곳인데. 모두에게 관광을 시켜줄 기회가 있었으면 좋았을 것을."

"전에도 여기에 와보셨어요?" 버지니아가 물었다.

"어, 그래. 툴리페에 있는 고고학적 유적지를 연구했었지. 그곳은 기원전 800년부터 서기 1,600년까지 윰보족이 세운 매혹적인 유적지란다."

맥스 삼촌이 시동을 거는 동안 모티가 지프차 조수석에 올라탔고, 버지니아와 다쿠스, 베르톨트는 뒷좌석으로 기어올랐다.

"키토는 에콰도르의 수도인데, 고대 잉카 도시의 토대 위에 세워졌지." 맥스 삼촌이 엔진의 소음을 뚫고 소리쳤다. "이 주변에는 흥미로운 유적들이 많단다."

"잠깐만요. 안전벨트가 없어요!" 베르톨트가 외쳤다.

"아, 그럼. 꼭 붙잡는 게 좋겠구나." 지프차가 공항을 벗어나 덜컹거리며 도로를 달리자 맥스 삼촌이 껄껄 웃으며 말했다. 방수포로 된 지붕 위로 계속 비가 퍼부었다. "키토가 세계에서 두 번째로 높은 곳에 있는 수도라는 거 아니?" 그가 어깨너머로 돌아보며 말했다. "안데스 산맥 자락에 있거든. 적도에서 두 번째로 가까운 도시이기도 하지. 게다가," 그가 신이 나서 소리쳤다. "활화산 바로 옆이야!"

"화산이라고요?" 베르톨트가 놀라서 꽥꽥거렸다.

"우리의 대모험에 완벽한 장소네요." 버지니아가 기뻐하며 말했다.

"걱정해야 할 건 화산이 아니야." 모티가 아는 체하며 말했다. "지진이지."

"지진이요?" 베르톨트가 거의 울 것 같은 목소리로 물었다.

"굉장해!" 버지니아가 다쿠스를 보며 미소 지었다. "마침내 여기 오게 돼서 좋아. 그렇지 않니?"

다쿠스가 고개를 끄덕이며 에콰도르 농장의 선명한 녹색과 연갈색 식물들을 바라보았다. 이곳에서는 색들이 달라 보였다. 몇 시간 동안 맥스 삼촌은 운전을 하면서 곳곳에 보이는 산과 화산, 식물들에 대해 알려주고 에콰도르의 역사를 이야기해주었다. 다쿠스는 줄곧 눈 앞에 펼쳐진 울창한 숲으로 뒤덮인 산들을 응시했다. 아버지가 루크레시아의 포로 신세로 저기 어딘가에 숨어있다.

"내가 가요, 아빠." 그가 속삭였다. 유일하게 그 말을 들을 만큼 가까이 있던 박스터가 이빨로 그의 목을 살살 문질렀다. 다쿠스는 가끔 딱정벌레가 어느 누구보다 자신을 잘 이해한다는 사실이 말도 안 되는 일이라고 느껴졌지만, 또 가끔은 완벽하게 수긍이 가기도

했다.

런던에서 출발을 기다리는 동안 다쿠스는 그 시간이 끔찍하다고 생각했는데, 막상 이곳 에콰도르에 와보니 더더욱 끔찍한 기분이었다. 머릿속의 생각들이 마치 뇌운처럼 계속 서로 충돌하며 가슴에 두려움의 빗방울을 뿌렸다. 바이옴은 그저 내부에 실험실과 곤충 사육장이 있는 건물일 뿐이라고 스스로 되뇌어 보았다. 그러나 그 딱정벌레들은 루크레시아 커터의 딱정벌레들이었다. 수백만 마리에 이르는 강력하고, 사나운 딱정벌레 군단이었다.

다쿠스는 영화제 시상식 이후 계속 머리를 쥐어짜며 루크레시아 커터의 딱정벌레 군단을 파괴할 방법을 궁리했지만, 그때마다 한 가지 생각이 자꾸만 그의 발목을 잡았다.

'만일 내가 그 여자의 딱정벌레를 죽인다면, 내가 그 여자와 다를 바 없게 되는 건 아닐까?' 다쿠스는 그녀가 숨어 있을 숲으로 뒤덮인 산을 올려다보았다. '그녀의 딱정벌레를 파괴하는 나와 딱정벌레 산을 불태운 그녀가 무엇이 다른가?'

사실은 그는 어떤 딱정벌레도 죽이고 싶지 않았다. 절대로. 비록 루크레시아 커터의 딱정벌레라 하더라도.

다쿠스는 집게손가락으로 박스터의 날카로운 뿔을 만졌다. 박스터와 딱정벌레 산의 다른 친구들은 모두 한때는 루크레시아 커터의 딱정벌레였다. 그들은 그녀의 실험실에서 나왔다.

버지니아의 말이 질책처럼 느껴졌다. '난 네가 누군가를 죽일 수 있는 사람이라고 생각하지 않아.' 다쿠스는 버지니아를 쳐다보았다. 비가 그쳤고, 그녀는 무릎을 꿇은 자세로 방수포 지붕 한쪽을 벗기고 있었다. 그런 뒤 지붕이 있던 자리보다 더 높은 곳까지 머리를 뺐다. 바람이 그녀의 땋은 머리를 세차게 잡아당겼고, 마빈은 떨어지지 않으려고 필사적으로 매달렸다.

"저거 봐! 닭이야!" 버지니아가 손가락으로 가리키며 고함쳤다. "바나나도 있어! 저기! 저기! 젖소 좀 봐."

'난 모험가가 아니야.' 다쿠스가 문득 깨달았고, 그와 동시에 가슴이 내려앉았다. '모험가는 버지니아지.' 예전에 맥스 삼촌이 아버지에 대해 해준 말이 떠올랐다. '네 아빠의 모험은 생각 속에 있었단다. 자연의 구조 자체를 탐구하고, 가능성을 실험하는 모험이었지. 그리고 그 모든 게 머릿속에서 이루어졌지.'

'어쩌면 난 아빠와 비슷한지도 몰라.' 다쿠스는 박스터를 내려다보았다. 장수풍뎅이는 엘더베리 같은 눈을 깜빡이지도 않고 자신을 빤히 쳐다보고 있었다. '어쩌면 과학자 체질인지도 몰라.' 박스터가 입을 활짝 벌리고 웃었다. '여기서 딱정벌레를 옹호하는 사람은 누구일까?' 그가 생각했다. '아무도 없어. 왜 모든 것이 늘 인간 위주일까?' 그는 고개를 돌려 창을 통해 유정과 농장에 의해 군데군데 끊어진 우거진 식생을 바라보았다. 그는 비틀 보이다. 어쩌면 그가 구조해야 할 대상은 아버지와 노박, 스펜서만이 아닐 것이다. 그의 마음에 작은 계획의 씨앗이 싹텄다.

도로를 벗어나 흙길로 접어드니, 열린 창문 사이로 주황색 진흙이 튀었고 버지니아는 좋아서 까악 소리를 질렀다. 지프차가 마구 덜컹거려서 다쿠스는 혹시 자신의 혀를 깨물세라 이를 악물었다.

"어어어어, 어어어어, 어어어어!" 버지니아는 입을 벌리고 들쭉날쭉한 진동음을 즐겼다. 지프차가 큰 나무들로 이루어진 작은 숲의 건너편에 있는 호숫가에서 갑자기 멈추자 그녀는 입을 다물었다. "우와!" 버지니아는 좌석 위로 올라가서 주변을 둘러보았다. "진짜 놀라운 곳이에요!"

"다들 괜찮니?" 맥스 삼촌이 돌아보며 물었다.

"멀미가 나요." 베르톨트가 작은 소리로 솔직하게 말했다. "다 온 건가요?"

"아니, 아직." 맥스 삼촌이 손가락으로 호수 건너편을 가리키며 말했다. "산장은 물 건너에 있단다. 여기서부터 배를 타고 가야 하지."

베르톨트는 끙끙댔지만, 버지니아는 지프에서 한시라도 빨리 뛰어내리고 싶어 안달이었다.

오솔길은 선착장으로 이어졌다. 선착장이라고 해봐야 기둥에 얹혀 수면 위에 떠 있는 나무 널빤지에 불과했다. 호수 건너편 숲속에 숨어있는 나무 구조물이 다쿠스의 눈에 들어왔다. 청색 방수천이 덮인 당장이라도 부서질 것 같은 낡은 모터보트가 벌써 물 건너에서 통통거리며 그들에게 오고 있었다. 호숫가에서는 모기떼가 수면 위에 구름처럼 모여 윙윙거리고, 이따금 저녁거리를 찾는 눈이 툭 튀어나온 연갈색 잠자리가 그 사이를 뚫고 들어갔다.

"편안한 침대에서 하룻밤 묵어갈 거야." 맥스 삼촌이 지프차 뒤 칸에서 여행 가방을 꺼내며 말했다. "그러니 맘껏 즐기시게나."

"전 다시 해먹으로 돌아갈 날을 고대하고 있어요." 다쿠스가 말했고 맥스 삼촌이 웃었다.

"여긴 내가 본 곳 중 최고야." 선착장 끝에서 버지니아가 자신의 옆으로 걸어온 다쿠스에게 말했다. "LA보다도 좋아."

"숲의 냄새가 느껴지니?" 다쿠스가 호수 건너 울창한 숲을 바라보며 미소 지었다.

버지니아가 고개를 끄덕였다. "이곳 전체가 촉촉한 나무의 냄새를 내뿜고 있어. 그리고 눈부시게 아름다워."

버지니아가 옳았다. 이곳은 세상에서 가장 놀라운 곳이었다. 다쿠스는 높은 나뭇가지 위에서 붉은색과 녹색 털을 가진 사랑앵무새 한 쌍을 발견했다. 그리고 문득 영화제 시상식을 떠올리며 목에 걸린 대나무 곤충집을 어깨까지 들어 올렸다.

"안으로 들어가, 박스터. 여긴 포식자와 피식자의 땅이라는 걸 잊어선 안 돼. 네가 잡아먹히는 건 싫으니까." 그는 버지니아를 쿡쿡 찌르며 말했다. "너도 마빈을 곤충집에 넣어. 저거 봐." 그가 새들을 가리켰다.

베르톨트는 조심스럽게 발을 끌며 그들 옆으로 왔다. 뉴턴은 벌써 그의 목에 두른 작은 곤충집에 들어가 있었다. "그걸 모자처럼 머리에 묶는 게 어때?" 버지니아가 낄낄 웃었다. "뉴턴이 네 머리카락을 그리워할지도 모르니까 말이야."

선착장 옆에 배가 멈춰 섰고, 그들은 줄지어 탔다. 배가 잔잔한 호수를 미끄러지듯 건너 산장으로 향하는 동안 베르톨트마저도 미소를 지었다.

건너편 호숫가에서 갈지자로 이어진 널빤지 산책로가 그들을 산장 입구로 인도했다. 다쿠스와 버지니아가 자신들이 하룻밤을 묵을 장소를 보고 흥분해서 앞으로 달려갔다. 산장은 접수계와 식당, 휴게실이 있는 큰 목조 건물이었다. 그 건물을 중심으로 야트막한 기둥에 세워진 뾰족한 대나무 지붕의 통나무집들이 옹기종기 모여 있었다.

미구엘이라는 이름의 쾌활한 에콰도르인 산장 관리인이 활짝 웃으며 그들을 맞이하고 그들이 사용할 통나무집으로 인도했다.

"가족실입니다." 그가 문을 열며 말했다.

버지니아가 안으로 튀어 들어가 실내를 둘러보았다. "와, 멋지다!"

두 개의 커다란 더블 침대와 싱글 침대 하나가 반들반들한 목재 바닥에 있고, 침대마다 흰색 모기장이 쳐져 있었다. 방 한가운데 우아한 난초가 꽂힌 유리 화병이 놓여있는 원형 탁자가 있고, 바로 위 천장에서는 선풍기가 돌아가며 방안을 시원하게 유지해주고 있었다.

"내가 상상하던 천국의 모습이야." 베르톨트가 욕실 문을 열어 아름다운 조명이 비추는, 커피색 모자이크 타일과 흰색 자기로 만들어진 안식처를 보여주었다.

"모티와 버지니아가 침대 하나를 쓰고." 맥스 삼촌이 침대를 가리키며 말했다. "다쿠스와 베르톨트가 다른 침대를 쓰도록 해. 나는 싱글 침대를 쓰겠어. 내가 코 고는 소리를 바로 옆에서 듣고 싶은 사람은 없을 테니까."

"이런, 맙소사." 모티가 반대쪽에 있는 나무 책상 옆에 서서 말했다. 책상 위에는 각종 국제 신문들이 펼쳐져 있었다. 그녀는 『데일리 메신저』를 집어 들어 머리기사를 보여주었다.

커터 쿠튀르 의류 공장 폭격!

'다국적 군대는 전 세계에서 농산물 피해를 일으키고 있는 딱정벌레들의 잠재적 출처로 인도의 커터 쿠튀르 의류 공장을 지목했고, 인도 정부의 지원을 받아 계획된 일련의 전략적 폭격으로 지난밤 커터 쿠튀르 의류 공장은 폐허가 되었다. 사상자는 보고되지 않았으며, 현지인들은 얼마 전부터 공장이 폐쇄된 상태였다고 말했다.

나중에 목격자들은 이 공장 폭격이 도화선에 불을 붙여 길을 따라 3마일 떨어진 곳에 있는 버려진 농가의 폭발과 붕괴를 초래했다고 말했다.

이 2차 폭발로 사방 1마일에 걸친 규모의 남방장수풍뎅이와 점박이꽃무지가 방출되어 인근 농지로 몰려들었다. 절망에 빠진 농부들은 코코넛 야자와 망고 작물을 공격하는 딱정벌레의 창궐을 신고하고 있다.'

"그 여자를 폭격했어!" 베르톨트가 휘둥그레진 눈으로 다쿠스를 보았다.

"맞아." 버지니아가 모티에게 걸어가 신문을 낚아채서 읽었다. "하지만 루크레시아 커터는 곧바로 반격했어. 남방장수풍뎅이와 점박이꽃무지 떼로 말이야. 그리고 공장이 비어 있었다는 건 그 여자가 공장이 폭격당할 걸 예상했다는 것을 뜻해. 폭격해주길 원한 거지."

"하지만 그건 사람들이 바이옴을 찾으면 폭격할 수 있다는 걸 뜻하기도 하잖아!" 베르톨트가 떨리는 목소리로 말했다.

"하지만... 그들이 인도에 있는 공장을 폭격했다면..." 다쿠스는 깨달았다. "아직 바이옴에 대해 모른다는 거구나."

"어딘지 몰라도 루크레시아 커터가 지금 세상에서 가장 안전한 곳에 있다는 데 돈이라도 걸겠다." 맥스 삼촌이 한숨을 쉬며 말했다. "그리고 내 생각엔 어떤 정부건 아마존 우림에 폭탄을 투하하기 전에 한 번 더 고민할 것 같구나. 그랬다가는 지구의 생태계에 끔찍한 피해가 초래될 테니 말이다."

"당신은 그렇게 생각할 테죠." 모티가 중얼거렸다. "하지만 인간들은 아주 멍청해질 수도 있다고요."

다쿠스는 머리가 아팠다. 바깥 공기를 쐬어 머리를 맑게 할 필요가 있었다. 통나무집 밖으로 나오니 공터 건너편에 있는 전망대가 보였다. 거대한 나무 몸통에 커다란 사다리가 묶여 있었고, 꼭대기에는 사람들이 사방을 볼 수 있도록 원형 바닥이 설치되어 있었다. 다쿠스는 그곳으로 다가갔다.

"야." 버지니아가 소리치며 그의 옆으로 달려왔다. "어디 가는 거야?"

"저기 올라가서 보고 싶어." 다쿠스가 전망대를 가리켰다.

"와, 나도."

"기다려." 베르톨트가 그들을 불렀다. "뭐 하는 거야?"

"저기 올라가려고." 버지니아가 위를 가리키며 어깨너머로 소리쳤다.

베르톨트가 잠시 멈추고 높은 나무를 올려다보았다. 그러더니 침을 꿀꺽 삼키고 종종걸음으로 친구들의 뒤를 따랐다. "뱀이 없는지 꼭 확인해봐." 그가 말했다. "책에서 읽었는데 어딘가에 올라가기 전에는 항상 뱀을 확인해야 한대."

다쿠스가 먼저 올라가고, 베르톨트는 중간에, 버지니아는 마지막에 올라갔다. 꼭대기 바닥에 도착해서 다쿠스는 나무 난간에 기대고 버지니아가 휘파람을 부는 가운데, 세 친구는 물결치는 나무 우듬지 너머를 응시했다.

"마치 브로콜리의 바다 같아." 버지니아가 이렇게 말하더니 잠시 후 다시 입을 열었다. "나 배고파."

석양이 지며 하늘이 분홍빛, 노란빛으로 물들어갔다.

"루크레시아 커터가 저기 어딘가에 있어." 다쿠스가 두 손으로 턱을 괴고 말했다. "우리 아빠도."

버지니아와 베르톨트가 고개를 끄덕였다.

"너희들 생각에는..." 다쿠스가 잠시 말을 멈추었다가 다시 입을 열었다. "루크레시아 커터의 딱정벌레들이 나쁜 것 같니?"

버지니아가 인상을 찌푸리고 그 질문에 대해 생각했다.

"딱정벌레가 나쁘다고 생각은 안 해." 베르톨트가 말했다. "걔들을 나쁘게 만드는 건 루크레시아 커터지."

"그래." 다쿠스가 고개를 끄덕였다. "내 생각도 그래."

제 **14**장

흐르는 강물처럼

험프리는 나무 위에 있는 고함원숭이들에게 으르렁거렸다. 원숭이들은 나뭇가지와 커다란 열매를 그에게 던지면서 꺽꺽 고함치고 웃으며 조롱했다. "난 자연이 싫어!" 그가 피커링에게 고함쳤다. "너무 가렵고 따갑고 아파!"

이번만큼은 피커링이 분개하는 사촌에게 전적으로 동의하며 열심히 고개를 끄덕였다. 밀림은 그가 상상했던 모습이 아니었다. 적대적이고 야만적인 곳이었다. 그는 배가 고팠고 몸이 근질근질했으며 카이만[중남미 열대 지방에 서식하는 악어의 한 종류]이나 재규어의 공격을 받을까 무서웠다. 하루하루가 지날 때마다 조만간 루크레시아 커터의 대형 온실에 들어가지 못하면 이 밀림에서 죽게 될 거라는 확신이 점점 더 강해졌다. "저 큰 돔에 들어갈 방법을 찾아야 해." 그가 말했다.

"그냥 가서 우릴 들여 보내줄 때까지 창문을 두드릴 수 있잖아." 험프리가 대답했다. "그녀가 옷 문제로 화가 났어도 상관없어."

"그러게!" 피커링은 단순한 제안 앞에 말문이 막혔다.

돌멩이가 험프리의 뒤통수를 쳤다. 험프리가 위를 올려다보며 짓궂은 원숭이들에게 주먹을 휘두르며 고함쳤지만 그러다가 원숭이가 던진 코코넛에 얼굴을 정통으로 가격당했다. 그 순간 앞니 두 개가 툭 부러지며 목구멍으로 들어갔다. 그가 캑캑 기침을 해서 앞니를 정글 바닥에 뱉어냈다.

"내 이빠알!" 그가 무릎을 꿇고 나뭇잎들을 헤치며 앞니를 찾았지만, 나무 부스러기 속으로 사라져 찾을 수 없었다.

"좋아! 이 덩도면 퉁분해!" 그가 눈물을 머금고 혀짤배기소리로 말했다. "날 여기서 내보내죠. 안 그러면 널 머거버릴 거야. 그만큼 배가 고파!"

"이러지 마." 피커링이 원숭이가 또 뭔가를 던질까 봐 두 팔로 머리를 감싸며 말했다. 그들은 허둥지둥 헬리콥터 착륙장으로 돌아갔다. 원숭이의 코코넛 미사일의 위력이 점차 약해진 것을 느끼고 안도하는 순간, 피커링은 적갈색 원숭이의 똥에 맞아 머리와 팔, 어깨까지 튀었다.

"왜야?" 그가 비명을 질렀다. "왜 맨날 나만 똥 세례를 당하는 거지?"

"더거도 넌 이빨은 있따나." 험프리가 투덜거렸다.

"이런 꼴로 가서 창문을 두드릴 수는 없어." 피커링이 원숭이 똥으로 얼룩진 어깨를 내려다보며 말했다. 루크레시아 커터가 이 꼴을 보면 절대 그에게 키스하고 싶지 않을 것이다. 그는 사촌을 돌아보며 말했다. "그리고 네 꼴 좀 봐. 피범벅이 됐어."

"상관없어." 험프리가 손등으로 턱을 훔치며 웅얼거렸다.

"온실 돔 저쪽에 강이 있어. 거기서 몸을 한 번 담갔다가 창가로 가자."

"좋아." 험프리가 동의하고 물이 있는 방향으로 터덜터덜 걸어 갔다.

강에 이르기까지 거의 한 시간이 걸렸다. 강은 빗물로 불어있었다. 수면은 잔잔했지만, 물에 발을 담그기 전에 험프리와 피커링은 카이만 악어가 있는지 확인부터 했다. 근처에 그들을 잡아먹으려는 짐승이 없다고 확신한 뒤, 그들은 갈아입은 지 2주 이상 지난 바지까지 훌렁 벗고 흙탕물을 헤치며 강으로 어기적어기적 들어갔다. 바닥이 보이지 않았지만, 강이 허리까지밖에 오지 않는 것을 보고 피커링은 안도했다.

"이거 봐. 강물이 온실로 흘러 들어가고 있어!" 피커링이 하류 쪽을 가리키며 말했다. 흐르는 강물 위로 유리 돔이 서 있었다. 그는

흥분해서 손뼉을 쳤다. "강이 저기를 통과하는 것처럼 보여. 이 길로 우리가 들어갈 수 있을까?" 그가 물속에서 작대기같이 가냘픈 다리를 간신히 이끌고 강 가운데까지 휘청휘청 걸어갔다. 강한 물살이 그의 몸을 돔 쪽으로 잡아당겼다. "험프리, 와서 좀 봐." 그는 휘청거리며 앞으로 가서 나지막이 매달린 나뭇가지를 꼭 붙잡고 강바닥에서 발을 들어 올렸다. "강물이 터널을 통해 흐르고 있고, 철망이 있긴 한데 그게 이 수면까지만 내려가 있어. 그러니까 우리가 그 밑으로 잠수해서 들어갈 수 있겠어!"

"정말?" 험프리가 피커링의 뒤로 걸어가서 어두운 터널 속을 들여다보았다.

"수영해서 들어가서 숨어 있다가 생활 구역을 찾아서 멀쩡한 옷을 훔쳐 입자." 피커링이 만신창이가 된 밀짚모자 위에 애처롭게 걸려있는 영화제 시상식 아침에 입었던 꽃무늬 원피스의 잔해를 쳐다보았다. 밀림에 처음 들어올 때 원피스에서 치마를 찢어버려서 지금 그것은 땀으로 얼룩진 블라우스에 가까워 보였다. 모기가 가까이 오지 못하게 하려고 그나마 모자는 계속 쓰고 있었지만, 그럼에도 그와 험프리의 얼굴과 몸은 모기에 물려 부어오른 자국으로 가득했다. 밀림에서 벗어나고 싶은 마음이 간절했지만, 만약 어떻게든 옷을 갈아입고 루크레시아를 만날 방법이 있다면 그쪽을 선택할 것이었다.

"나쁜 생각은 아닌 것 같군." 험프리가 입맛을 다시며 수긍했다. 피커링은 사촌이 안에 들어가서 찾아 먹을 음식을 생각하고 있다는 것을 알 수 있었다.

"자, 어서." 피커링이 붙들고 있던 나뭇가지를 놓고 철망을 향해 물살을 헤치며 걸어갔다. "저기 어딘가에서 푸짐하고 맛있는 구이 요리가 있을 거야."

그들 뒤에서 탁 하고 굵은 나뭇가지가 꺾이는 것 같은 소리가 났다. 피커링과 험프리는 휙 돌아서 강 양쪽의 밀림을 훑어보았다. "대체 뭐지?" 험프리가 물었다.

"누가 우릴 지켜보고 있는 느낌 안 들어?" 피커링이 소곤소곤 말했다.

"빌어먹을 원숭이들이겠지." 험프리가 으르렁거리듯 말했다.

"아니야." 피커링이 고개를 저었다. "우리가 밀림에 처음 발을 디딘 순간부터 줄곧 그런 느낌이 들었어. 우리를 따라다니며 지켜보는 사람의 눈이 있는 것 같아."

험프리가 크게 웃으며 피커링을 밀치는 바람에, 피커링은 강물 속에서 발을 헛디뎌 넘어졌다가 캑캑거리며 일어났다.

"무슨 짓이야!" 그가 소리쳤다.

"이러지 마, 피커링." 험프리가 낄낄 웃었다. "이 밀림에서 누가 우릴 따라다닌단 말이야? 세상에 누가 그러고 싶겠냐고?"

험프리의 말이 백번 옳다고 생각했다. 피커링은 어깨를 으쓱했다. "그냥 누군가 우릴 지켜보고 있다는 느낌을 떨쳐버릴 수가 없어. 그뿐이야."

"이봐. 배에서 꼬르륵 소리가 난다고. 어서 들어가자."

험프리가 철망으로 걸어가서 머리를 숙여 흙탕물 속으로 들어갔다가 철망 건너편에서 일어났다. "식은 죽 먹기네." 그가 말했다.

피커링은 철망까지 헤엄쳐 가서 한 바퀴 돌아 후진으로 물속에 들어갔다. 그때 나무 위에서 얼핏 금발 머리 여자의 얼굴을 본 것 같았다. 그는 철망 건너편에서 창살을 잡고 튀어 올라 조금 전에 익숙한 얼굴을 본 것 같은 지점을 빤히 쳐다보았지만, 그곳에는 무성한 나뭇잎 말고는 아무것도 없었다.

"아무래도 내가 미쳐가고 있는 모양이야." 그가 고개를 저으며 중얼거렸다.

"예전에도 그랬잖아, 피커링." 험프리가 코웃음을 쳤다. "트레일러가 달린 우스꽝스러운 자전거를 떠올려 봐. 거리에서 온갖 쓰레기를 주워 와서 그걸 팔 수 있다고 생각한 건 또 어떻고?" 그가 크게 껄껄 웃으며 고개를 저었다. "완전 제정신이 아닌 거지!"

피커링이 얼굴을 찌푸렸다. "글쎄, 적어도 난 이빨은 있어."

제 15 장
포식자의 웅덩이

피커링은 사촌을 따라 흙탕물을 헤치며 어두운 터널로 들어갔다. 눈앞에서 전진하고 있는 흐릿한 살찐 등판에 집중했다.

"여기 철망 같은 게 또 있어." 험프리가 말했다. "지나가려면 또 아래로 들어가야 해."

"그럼 그렇게 해." 피커링이 퉁명스럽게 붙였다.

험프리가 머리를 숙여 물속으로 들어가더니 한참 만에 반대편으로 다시 올라왔다.

"이 철망은 훨씬 더 깊어." 그가 씩씩거리며 말했다. "거의 못 나올 뻔했어."

"내겐 문제가 안 될걸." 피커링이 고소해하며 코를 잡고 아래로 들어갔다.

강바닥과 철망 하단 사이에는 1미터 정도의 틈이 있었다. 피커링은 험프리가 그 틈으로 몸을 욱여넣으며 느꼈을 공포를 생각하고 입가에 회심의 미소를 지으면서 건너편으로 폴짝 뛰어 올랐다.

"젠장, 더 이상 철망이 없으면 좋겠어." 험프리가 앞으로 더 가야 할지 확신하지 못하고 투덜댔다. 이쪽 터널은 거의 칠흑 같은 암흑이었고, 이제 강물이 윗배 부분까지 찼다.

"또 나오면 내가 먼저 들어갈게." 피커링이 대답했다. "자, 어서. 여기까지 왔잖아. 너 배고프다고 했잖아?"

"그래." 험프리가 동의했다.

터널 속을 앞장서 걷던 피커링은 우르릉 소리를 들었다. 험프리가 손을 뻗었지만, 물살이 먼저 피커링을 앞쪽으로 끌어당겼다. 갑자기 바닥이 밑으로 꺼지고 피커링이 비명을 질렀다. 험프리의 손이 피커링의 머리채를 낚아챘고, 피커링은 두 손을 번쩍 들어 사촌의 팔을 붙잡았다. 그는 강물이 쏟아지는 폭포의 낭떠러지에 겨우 매달려 있었고, 그가 휩쓸려 내려가지 않은 것은 순전히 험프리의 체중 덕분이었다. 그는 험프리의 팔을 붙잡고 기어 올라와 두 다리를 험프리의 육중한 몸통에 감았다. 두 사람은 어둠 속 낭떠러지를 내려다보았다.

"저 아래까지 높이가 얼마나 될까?" 피커링이 물었다. 터널 벽은 금속으로 되어 있었고, 천장과 측면이 매끄러웠다.

"이제부터 알아봐야지." 험프리가 말했다.

"난 저기 내려가지 않을 거야!" 피커링이 외쳤다. "목이 부러질 거라고!"

"안 그럴지도 모르잖아." 험프리가 짐짓 이성적인 어조로 말했다.

"하지만 그럴지도 모르잖아!"

"흠. 난 밀림으로 돌아가지 않을 거야." 험프리가 말했다. "여기가 제대로 된 식사를 하러 가는 길이라면–" 그가 어둠 속을 가리키며 말했다. "저건 내가 갈 길이야."

"나더러 미쳤다더니, 대체 누가 미친 거냐?" 피커링이 험프리의 허리에서 다리를 풀고 겁에 질려 주변을 두리번거렸다.

"내가 저 모서리로 가서 미끄럼을 타고 내려갈게." 험프리가 피커링을 쳐다봤다. "원한다면 내 무릎에 앉아도 돼."

피커링은 놀라서 목을 꼿꼿이 세웠다. 이것은 험프리가 그간 그에게 했던 말 중에 가장 친절한 말이었다. "정말?"

"난 우리 둘을 지탱할 만큼 쿠션이 충분하니까." 험프리가 싱긋 웃고는 몸을 낮추면서 물살에 휩쓸려 모서리를 넘어가지 않기 위해 왼손으로 터널 벽을 단단히 짚고는 폭포 위에서 다리를 늘어뜨리고 앉았다. 그리고 한 손으로 무릎을 탁탁 쳤다. "자, 어서. 피커링."

피커링이 험프리의 무릎 위로 기어 올라가 눈을 감았다.

"준비됐나?" 험프리가 물었다.

피커링이 고개를 끄덕였다.

"하나, 두울, 세엣!"

피커링은 험프리가 자신의 등을 떠미는 것을 느꼈고, 비명을 지르며 혼자 폭포에서 굴러떨어졌다. 잠시 후 그는 폭포가 미끄럼틀처럼 경사져 있다는 것을 깨달았고, 곧이어 몸이 튕겨져 나와서 희미한 불빛이 비치는 작은 웅덩이 속으로 빠졌다.

"죽었냐?" 험프리가 그에게 소리쳤다.

"이 가증스럽고 사악한 배신자 미련퉁이야!" 피커링이 괴성을 질렀다.

대답이 없었지만 잠시 후 험프리가 마치 대포알처럼 우르릉거리며 폭포를 타고 내려와서 엎드린 자세로 웅덩이 속으로 쿵 하고 떨어졌다.

"너 때문에 죽을 뻔했잖아!" 피커링이 소리쳤다.

"어쨌든 살아 있잖아?" 험프리가 어깨를 으쓱했다. "그리고 우린 저녁 식사에 좀 더 가까워졌어." 그가 두리번거렸다. "여긴 어디지?"

"저길 봐." 피커링이 육각형 문의 윤곽을 향해 헤엄쳤다. "아이고, 여긴 물살이 세." 그가 더 힘차게 헤엄쳤다. "자꾸만 뒤로 당겨져." 그가 미친 듯 개헤엄을 치면서 물살과 싸우며 문 가까이 가기 위해 집중했다.

"아야!" 험프리가 비명을 질렀다. "떨어져!"

"난 네 근처에 있지도 않은데 무슨 소리야!" 피커링이 앞으로 가기 위해 손으로 물을 뒤로 보내며 소리쳤다.

"너 말고. 아오!" 험프리가 물 표면을 철썩철썩 쳤다. "여기 뭔가 살아있는 게 있어. 이게 날 깨물어."

겁에 질린 피커링이 물속에서 허우적거리며 더 빨리 발길질을 했다. 어서 문에 도달해야 했다. "그게 뭔데?" 그가 소리쳤다. "상어? 악어?"

"아니." 험프리가 울부짖듯 말했다. "작아. 작은 것들이 엄청 많아. 아아악!" 그가 반은 헤엄치고 반은 걸어서 피커링을 향해 다가왔다.

"저리 떨어져. 난 깨물리기 싫단 말이야." 피커링이 기겁을 하며 괴성을 질렀다. 육각형 문 아래쪽에 돌출된 턱이 있었고, 이제 거의 그곳에 가까워졌다. 그는 긴 팔을 내밀고 몸을 앞으로 던져 그것을 꼭 붙잡았다. 여기서는 물살이 약해져서 더 이상 뒤로 당겨지지 않았다. 그는 아래에서 위로 서서히 문을 더듬거렸다.

"손잡이가 없어!" 그가 절망적으로 외쳤다.

"안되에에ㅔㅔㅔㅔㅔㅔㅔㅔ!!!!" 험프리가 비명을 질렀다. "도와줘! 여기서 좀 꺼내줘!"

피커링이 반쯤 물속에 빠진 채 버둥대는 사촌을 당혹스러운 눈으로 쳐다보았다. 당장이라도 상어 머리가 물속에서 올라와서 험프리를 찢어놓을 것 같았다. "그게 뭐야?" 공포로 가슴이 요동쳐 토할 것만 같았다.

"팬티 속에 들어갔어!" 험프리는 한 손을 속옷에 밀어 넣어 검은색 형체들을 한 움큼 꺼냈다. "이것들이 내 거시기를 깨물어!"

"그게 뭔데?" 피커링은 작고 까만 짐승들을 보고 급격하게 두려움이 찾아들었다.

"망할 놈의 딱정벌레야!" 험프리가 그것들을 내던지며 격하게 분노를 터뜨렸다.

"헤엄치는 딱정벌레라니! 딱정벌레가 헤엄칠 수 있는 거 알았어?"

고함치는 험프리를 보며 피커링이 고개를 가로저었다.

"난 이 세상의 어떤 끔찍한 생물보다 딱정벌레가 제일 싫어." 그가 연신 주먹으로 물을 쳐댔다. "죽어! 죽어! 죽으란 말이야! 아, 아아아악!"

"진정해. 딱정벌레일 뿐이잖아." 피커링이 호통을 쳤다. "누가 우리 소리를 듣겠어." 이제 험프리를 깨무는 괴물이 상어가 아니라 곤충이라는 것을 알았으니 한결 대담해진 것이다. "아얏!" 그 순간 뭔가가 그의 팔꿈치를 꼬집었다. 수면을 내려다보니, 희미한 주황색 불빛 속에 숟가락만 한 흑갈색 형체들이 어른거리는 것이 보였다. 그는 물을 밀어내려 했지만 검은 형체들은 계속 덤벼들었다. 그리고 잠시 후 그는 배에서 허벅지까지 수천 군데가 깨물리고 있는 것을 느끼고, 몸부림치며 곤충들을 털어내려 했다. "아아아악! 내 젖꼭지!" 딱정벌레들이 물린 자국을 또 물기 시작하자 울부짖었다. "대체 이건 무슨 딱정벌레 종이야?" 그는 가슴을 찰싹찰싹 때리며 귀찮게 깨무는 녀석들을 죽이려 했다.

"물방개지." 위에서 바보 같은 목소리가 말했다.

피커링은 위를 보았다. 문이 열려 있었다. 댄키시가 허리를 숙이고 피커링의 팔을 잡아 웅덩이에서 끌어올린 뒤 바닥에 내동댕이쳤다. 딱정벌레들은 물속으로 후퇴했다.

험프리는 물살에 지장을 받지 않고 도리깨질을 하며 다가왔고, 댄키시가 그를 끌어올려 주고는 험프리가 엉덩이를 흔들고 팬티를 잡아당겨 남아있는 곤충들을 꺼내려는 것을 웃으며 지켜보았다.

댄키시가 주머니에서 작은 사각형 검은 화면을 꺼냈다. 그것을 건드리니 하얀 육각형이 나타났다. "크레이븐? 내가 지금 딱정벌레 연못에서 뭘 발견했는지 넌 짐작도 못할걸. '백화점'의 두 얼간이들이야... 그래! 그자들 말이야!"

제 16 장

운무림

다쿠스와 버지니아, 베르톨트는 새벽에 일어나서 오지 탐험에 나설 채비를 했다. 전투복으로 갈아입고 주머니에 베이스 캠프 딱정벌레와 작은 젤리 통을 넣었다. 베르톨트는 카키색 셔츠의 단추를 채우고 바지 속에 셔츠 자락을 집어넣은 뒤 옷깃을 잘 폈다. 다쿠스와 버지니아는 베르톨트처럼 제대로 입지 않고 마치 검은 티셔츠에 재킷을 걸쳐 입듯 대충 입었다. 세 친구 모두 작은 흡충관과 물병, 생존 물품, 개인 소지품이 든 배낭을 챙겼다. 베르톨트는 집에서 엄마의 사진을, 버지니아는 눈이 하나뿐인 도트라는 이름의 테디 베어 쿠션을, 다쿠스는 『딱정벌레 수집가의 핸드북』을 챙겨 왔다.

다쿠스는 아마존에 많은 위험이 도사리고 있다는 것을 알았지만, 가장 큰 걱정은 딱정벌레에 관한 것이었다. 딱정벌레는 새들과 다른 굶주린 짐승들의 먹잇감이라는 것을 읽은 적이 있었다. 배고픈 원숭이의 재빠른 손이 그의 어깨에서 박스터를 낚아채 가기라도 하면 큰 낭패였다. 이시카와 박사의 선물이 새삼 고맙게 느껴졌다. 박스터가 목에 걸린 대나무집에 들어 있으니 안심이었다.

맥스 삼촌은 그들을 숲으로 데려가 줄 안젤로라는 현지 가이드를 고용했지만, 그에게 최종 목적지는 말해주지 않았다. 모티는 산장에서 직원이 깊은 숲에 산다는 마녀에 대해 속삭이는 것을 들었고, 맥스 삼촌은 자신들이 향하는 곳이 어디인지 언급하지 않는 게 상책이라고 판단했다. 바이옴의 좌표가 찍힌 지도를 배낭 속에 안전하게 넣고, 모두들 맥스 삼촌과 안젤로의 뒤에 줄지어 섰다. 모티가 맨 뒤에 따르면서, 그들은 루크레시아 커터의 은신처를 찾으러 나섰다.

숲은 놀랍도록 어두웠다. 햇빛이 숲 지붕을 겨우 뚫었지만 바닥까지는 미치지 못했다. 나무들이 내뿜는 습기로 공기가 탁했고, 일행은 묵묵히 걸었다. 머리 위의 숲은 조용한 것과는 거리가 멀었다. 새들이 서로 부르고 대답하며, 짝을 찾는 고독한 외톨이의 음울하고 애절한 애가哀歌를 뚫고 야단스럽게 짹짹거렸다. 어딘가에 숨어있는 두꺼비와 개구리가 쉰 목소리로 합창하고 원숭이의 야유와 함성이 나무에서 나무로 반사되었지만, 그런 불협화음 속에서도 소리만 들릴 뿐 어떤 동물도 눈에 보이지는 않았다.

분명 더운 공기에 산소가 포화되어 있는데도, 다쿠스는 호흡할 때 폐로 들어가는 공기가 산소에 대한 몸의 갈증을 채워주지 못하는 것처럼 느껴졌다. 지구상에서 가장 다양한 생물 종이 서식하는 곳으로 깊이 들어갈수록 숨을 쉬기가 점점 더 힘들어졌다. 한 시간가량 걸은 뒤, 일행은 잠시 멈추고 휴식을 취했다. 다쿠스는 숲의 지붕을 올려다보며 왜 소리는 들리는데 동물을 전혀 볼 수 없는지 궁금해했다. 잠시 가만히 있다가 그의 초점이 이동했다.

"저것 좀 봐!" 그가 나뭇가지에서 거꾸로 매달려 잠을 자는 나무늘보를 가리키며 외쳤다. "나무늘보다!"

"어디?" 버지니아가 돌아보았다.

"나도 저렇게 잠을 잘 수 있으면 좋겠네." 맥스 삼촌이 빙그레 웃으며 말했다.

그리고 그때 비가 왔다. 다쿠스는 그때까지 '몬순'이라는 단어를 이해하지 못했었다. 폭우가 내려 봐야 얼마나 내리겠냐고 생각했다. 그러나 이건 영국에서 내리는 비와는 달랐다. 이것은 겨우 1미터 앞도 보기 힘든 집중호우였다. 가이드는 계속 걷는 것이 위험하다는 것을 몸짓으로 알리고 악천후를 피할 수 있는 공간으로 인도했다. 그들은 폭우가 잦아들기를 기다리며 자신들이 걸어온 길이 갈색 시냇물로 변해 거기서 수달 두 마리가 헤엄치고 있는 모습을 지켜보았다.

그리고 조금 전에 갑자기 비가 쏟아졌던 것처럼, 갑자기 비가 그치고 해가 나왔다. 즉시 공기가 습기로 탁해졌고, 공기 속 습기가 살갗 위에 응축되어 물방울을 형성하고 있는 것인지, 아니면 마치 불필요하게 껴입은 옷처럼 밀도가 높은 따뜻한 공기가 몸에서 땀을 배출시키고 있는 것인지 구분할 수 없었다. 다쿠스의 짙은 갈색 머리가 얼굴에 달라붙었고 평소에는 황록색이 감돌던 두 볼이 분홍빛으로 달아올랐다.

그들은 걸으면서 맥스 삼촌이 산장에서 얻어온 샌드위치와 과일을 먹었다. 처음에는 아무것도 아닌 것에 놀라서 호들갑을 떨던 그들도 시간이 흐르면서 아무렇지 않게 덩굴 식물을 옆으로 헤치고 이끼 낀 바위를 기어오르고 뒤틀린 나무뿌리에 발이 걸려 넘어져도 그저 조용히 투덜거릴 뿐이었다.

정오가 되었을 무렵 맥스 삼촌은 오늘 제법 먼 길을 왔고 이제 하룻밤 야영할 곳을 찾아야 한다고 선언했다. 그들은 잠시 멈춰서 물병의 물을 마셨고, 가이드는 길을 따라 조금만 더 가면 공터가 있다고 알려주었다.

"다쿠스!" 베르톨트가 손짓하며 다쿠스를 불렀다. "이리 와서 이것 좀 봐." 그는 나무 아래 서서 나무의 몸통을 올려다보고 있었다. "비단벌레의 일종처럼 보이는데, 아주 예뻐."

베르톨트가 나무에 가까이 가려고 바닥에 깔린 나뭇잎을 헤치며 발을 옮길 때, 다쿠스는 거기서 뱀의 머리가 올라오는 것을 보았다. "베르톨트!" 그가 친구에게 달려가며 소리쳤다.

베르톨트는 비명을 지르며 비틀비틀 뒷걸음치다가 바닥에 넘어졌고, 그 순간 뱀의 머리가 쏜살같이 앞으로 돌진했다. 안젤로가 공격하는 뱀에게 달려들며 작대기를 뱀의 목에 꽂아 땅에 고정시킨 후 집어 올려 멀찌감치 던져버렸다.

"베르톨트! 괜찮니?" 버지니아와 다쿠스는 숲 바닥에 쓰러져 있는 친구를 부축해 일으켰다.

"응, 아야! 안젤로 씨, 고맙습니다." 베르톨트가 일어서려 하면서 움찔했다. "뱀의 공격은 피했지만 발목을 접질린 것 같아." 그가 짐짓 용감한 얼굴을 하고는 절뚝이며 나무에서 멀찌감치 떨어졌다. "난 괜찮아. 잠깐만 있으면 돼."

다쿠스가 맥스 삼촌을 쳐다보았다.

"야영할만한 곳을 찾을 때까지 내가 널 업으면 어떻겠니?" 맥스 삼촌이 베르톨트에게 제안했다.

"아뇨. 정말 전 괜찮습니다." 베르톨트가 창백한 얼굴로 말했다.

"아니, 그래야겠다." 맥스 삼촌이 배낭을 벗어 모티에게 건넸다. "자, 어서 업혀라. 어두워지기 전에 야영 준비를 해야 하니까."

베르톨트가 버지니아의 부축을 받아 맥스 삼촌의 등에 업혔다. "깃털처럼 가볍구나, 베르톨트!" 맥스 삼촌이 외치며 안젤로를 뒤쫓아 갔다.

"저건 큰삼각머리독사야!" 버지니아가 다쿠스에게 속삭였다. "하마터면 베르톨트가 죽을 뻔했어."

다쿠스가 고개를 끄덕였다. "하지만 무사하잖아." 그가 바닥을 살피며 걸었다. 머리를 들고 일어나는 살무사의 모습이 자꾸만 떠올라 심장이 쿵쾅거렸다.

"나한테 구급상자가 있으니까 야영지를 꾸리자마자 발목에 붕대를 감아주마." 모티가 베르톨트에게 말했다.

그들은 마침내 아름드리나무들에 둘러싸인, 주변 땅보다 약간 높이 솟아있는 공터에 도착했다. 안젤로가 공터 저쪽에 높이 걸려있는 긴 장대를 가리켰다. 쓰러진 가느다란 나무줄기를 누군가 두 그루의 나무 사이에 걸쳐놓은 것이었다. 이곳은 야영지로 자주 이용되는 것처럼 보였다. 심지어 검게 탄 불구덩이의 흔적까지 있었다.

맥스 삼촌은 타프라고 하는 접힌 방수포를 꺼냈다. 그리고 한쪽 귀퉁이에 돌을 묶고는 방수포를 장대 너머로 던졌다. 그러고는 돌을 제거하고 방수포를 잡아당겨 방수포의 네 귀퉁이와 측면에 달린 고리로 버팀줄을 통과시켰다. 그와 안젤로는 주변 나무들을 타고 올라가 버팀줄을 나무 몸통에 묶고 방수포를 펼쳐서 공터 전체를 덮는 지붕을 만들었다. 그곳은 일행들이 비를 피할 수 있는 대피처가 되었다.

다쿠스와 버지니아는 그 안으로 들어가서 꼼지락거리며 배낭을 벗었다. 그리고 투명한 모기장 텐트 안에 주황색 낙하산 천이 매달려 있는 해먹을 꺼냈다.

"네 거 이리 줘. 내가 매달아줄게." 다쿠스가 엉금엉금 기어들어와 옆에 앉는 베르톨트에게 말했다.

"그래, 잠자리 준비는 다쿠스와 버지니아에게 맡기는 게 좋겠다." 모티가 배낭에서 세면도구를 빼낸 뒤 돌돌 말린 붕대를 꺼내며 말했다. "발목 좀 보자."

버지니아와 다쿠스는 중앙에 서 있는 나무에 다섯 개의 해먹을 묶고, 각 해먹의 발 부분을 공터에 빙 둘러있는 다른 나무에 묶어서 대피처 아래에 주황색 별 모양을 이루도록 했다. 그런 다음 불을 피웠던 자리를 파내어 화덕을 만들고 맥스 삼촌이 비닐봉지에 담아 배낭에 넣어온 마른 부싯깃을 꺼내서 불을 피웠다. 그러는 동안 맥스 삼촌은 땔감으로 쓸 만한 너무 젖지 않은 나무를 주워왔다.

베르톨트는 한쪽 발을 모티의 무릎에 얹고 중앙에 있는 나무에 등을 기대고 앉았고, 모티는 조심스럽게 등산화와 양말을 벗겼다. 다쿠스는 베르톨트의 발목이 퉁퉁 붓고 자주색 멍이 든 것을 보았다.

"이런, 심하네." 그녀가 중얼거리며 붕대를 풀었다. "삔 것 같은데."

"하지만 괜찮겠죠?" 베르톨트가 불안해하며 물었다. "내일은 걸을 수 있을 거예요."

"물론 그렇겠지." 모티가 말했지만, 그녀의 목소리는 어쩐지 확신이 없게 들렸다.

제 **17** 장

거대 딱정벌레

다쿠스는 동틀 녘에 잠에서 깼다. 그는 침낭에서 기어 나와 모기장 텐트를 젖히고 축축한 아마존의 아침 속으로 걸어 나왔다. 사방에서 물이 줄줄 흘렀지만, 적어도 하늘에서 비는 오지 않았고, 타프 밑의 땅은 대체로 말라 보였다.

모티는 벌써 깨서 땅바닥에 다리를 꼬고 앉아 지난밤 타다 남은 불씨를 되살리고 있었다.

"좋은 아침이에요." 다쿠스가 다른 사람들을 깨우고 싶지 않아 조용히 말했다.

"좋은 아침이다, 다쿠스." 그녀가 얇은 입술로 퍼그처럼 미소 지으며 대답했다. "커피를 마실 수 있을 만큼 불을 지피려는 중이야. 낡은 연료통에 넣을 연료가 필요해서 말이야." 그녀가 자신의 가슴을 톡톡 치며 말했다. "오늘 갈 길이 먼데 내 다리는 너처럼 젊지 않아."

"베르톨트가 걸을 수 있을까요?" 다쿠스가 물었다.

"본인이 그러고 싶어 해." 모티가 말했다. "간밤에 내가 산장에 다시 데려다주겠다고 말해봤는데, 무척 당황하더구나." 그녀가 잠시 말을 멈췄다가 고개를 끄덕이며 말했다. "난 베르톨트가 해낼 수 있을 거라고 확신한다." 그녀가 나뭇가지를 가리키며 말했다. "네 삼촌이 간밤에 지팡이를 만들어줬어."

다쿠스가 긴 Y자 모양 막대기와 그 옆에 그보다 짧은 네 개의 막대기를 보았다.

"나머지는 뭐예요?"

"우리들 거지. 걸을 때 앞에 뱀이 없는지 확인하는 용도야. 안젤로가 곳곳에 뱀이 있다고 했어."

커피 냄새에 공기가 향기로워지자, 나머지 사람들도 움직이기 시작했다. 버지니아는 베르톨트가 해먹에서 내려오는 것을 도왔다. 베르톨트는 한결 나아졌다고 말했지만, 다쿠스는 그 말을 믿을 수 없었다. 베르톨트는 오른쪽 발에 체중이 실릴 때마다 통증 때문에 얼굴을 찡그렸다.

안젤로가 숲속에서 나타나서 타프와 해먹을 해체하는 것을 도왔다.

한 시간이 채 못 되어 그들은 배낭을 모두 싸고 다시 걷기 시작했다.

베르톨트는 맥스 삼촌이 만들어준 목발을 효과적으로 이용했다. 목발을 겨드랑이에 끼고 걸을 때마다 거기에 체중을 실었다. 그러나 속도가 느리고 지치는 것은 어쩔 수 없었다. 버지니아가 옆에서 걸으며 기운을 북돋기 위해 즐겁게 재잘거렸고, 모티가 두 사람 옆에서 걸었다.

다쿠스는 한시라도 빨리 바이옴을 찾고 싶은 마음에 안젤로, 맥스 삼촌과 함께 앞장서서 걸었다. 아침 시간이 지나면서 일행의 더딘 행군에 다쿠스의 가슴에는 주체할 수 없는 답답함이 쌓여갔다. 그는 안젤로가 길과 장애물을 살피면서 숲을 거침없이 헤쳐 나가는 것을 감탄스럽게 지켜보았다. 숲에 나무들이 점점 빽빽해져서 걸어다니기가 어려워지자, 안젤로는 마체테라는 커다란 정글도를 칼집에서 뽑아 나뭇가지를 난도질해 길을 냈다.

그들은 점심을 먹고 베르톨트에게 쉴 시간을 주기 위해 걸음을 멈추었고, 그동안 안젤로는 길을 내기 위해 미리 출발했다. 다쿠스는 샌드위치를 부리나케 먹어치우고 일어나서 그의 뒤를 따랐다. 그때 안젤로의 비명 소리가 들렸고, 다쿠스는 눈을 부릅뜨고 서둘러 앞으로 갔다. 그 소리는 빽빽한 잡목 숲에서 나왔다. 그는 재규어를 보게 될 각오를 하고 지팡이를 꽉 쥐었다. 그때 안젤로가 마치 올림

픽에 출전하는 허들 선수처럼 세 개의 나무뿌리를 폴짝 뛰어넘어 쿵 쾅거리며 그를 향해 달려왔다. 다쿠스는 한쪽으로 비켜나서 공포에 질린 안젤로와 충돌하는 것을 간신히 모면했다.

"운 몬스트로! 몬스트로!" 가이드가 고함쳤다.

"뭔데 그래요? 키에스?" 맥스 삼촌이 뛰어올라 안젤로의 팔을 잡았다. "키에스?"

"운 에스카라바호 기간테!" 안젤로가 길 뒤쪽을 가리키며 흥분해서 말했다. "우노 델로사니말레 델라스 브루하스! 운 에스카라바호 기간테!" 그가 몸을 비틀어 맥스 삼촌의 손아귀에서 빠져나와 그날 아침에 자신이 낸 길로 달리기 시작했다.

다쿠스는 '에스카라바호'라는 단어가 '딱정벌레'를 뜻하는 스페인어라는 것을 알았다. 그는 슬금슬금 앞으로 갔다. '기간테'는 아마 크다는 뜻일 것이다. 다쿠스는 가이드가 떨어뜨린 마체테 정글도를 집어 들었다.

"박스터." 그가 목에 걸린 대나무집 속의 장수풍뎅이에게 속삭였다. "위험이 느껴지니?"

박스터가 고개를 저었고, 다쿠스는 자신감 있게 앞으로 나아갔다. 뒤에서 딱 소리가 들렸다. 어깨너머로 돌아보니 맥스 삼촌과 버지니아가 바로 뒤에 서 있었다. 그는 커다란 칼을 삼촌에게 건넸다. 그들은 나뭇가지가 베어나간 자리를 보고 가이드가 어디까지 왔었는지 알 수 있었다. 그들이 손대지 않은 무성한 나뭇잎 커튼에 도달했을 때, 다쿠스는 맥스 삼촌을 쳐다보았고 삼촌은 고개를 끄덕이며 마체테를 높이 쳐들었다. 다쿠스는 나뭇잎 커튼을 한쪽으로 밀고 외마디 비명을 지른 뒤 칼이 필요 없다는 것을 알리기 위해 손을 들었다. 그는 비틀비틀 앞으로 가서 크기가 아기 코끼리만 한 거대 헤라클레스장수풍뎅이 앞에서 무릎을 꿇었다. 딱정벌레는 뿔이 잘려나가서 등에 붙어있었다. 다리 하나가 없었고 나머지 다섯 개의 다리가 허공에서 힘없이 허우적대고 있었다. 눈이 말라 보였다. 다쿠스는 딱정벌레가 죽어가고 있다는 것을 직감했다.

"버지니아, 빨리 바나나 좀 줘." 다쿠스가 다급하게 소리치며 발을 굴렀다.

다쿠스는 조심스럽게 딱정벌레의 옆쪽으로 갔다. 딱정벌레는 일종의 전투를 치른 것 같았다. 상대는 어쩌면 카이만일 수도 있지만, 아마도 겁에 질린 남자일 가능성이 컸다. 다쿠스는 딱정벌레를 진정시키기 위해 입으로 짤깍 소리를 내며 옆으로 다가가 두 팔로 얼룩덜룩 반점이 있는 가슴을 껴안고 맥스 삼촌에게 말했다. "좀 도와주세요." 두 사람이 함께 딱정벌레의 다리가 땅에 오도록 천천히 뒤집어 놓았다.

"자, 됐다." 다쿠스가 딱정벌레의 겉날개를 쓰다듬었다. "한결 낫지?"

거대 딱정벌레의 다리가 힘이 다할 때까지 마치 흙에서 헤엄을 치듯 천천히 숲 바닥을 긁어 30센티 정도 땅속으로 파고들었다.

버지니아가 돌아와서 무릎을 꿇고 바나나를 모두 꺼냈다. 다쿠스가 껍질을 벗겨 조각낸 뒤 딱정벌레의 머리 밑으로 손을 뻗어 아래턱 앞으로 가져갔다. 진동하는 더듬이로 과일을 감지한 딱정벌레는 입을 벌렸고, 다쿠스는 조심스럽게 바나나를 먹였다.

"괜찮을까?" 길에서 모티 옆에 서 있던 베르톨트가 물었다.

다쿠스는 고개를 저었다. "아닐 것 같아."

"우리가 할 수 있는 일이 뭔가 있을 거야." 버지니아가 갈라진 목소리로 말했다.

다쿠스는 눈물을 참으며 계속 고개만 저을 뿐이었다.

"가이드가 이게 '마녀의 괴물'이라고 했단 말이지." 맥스 삼촌이 혼잣말을 했다. "여기서 마녀란 루크레시아 커터를 말하는 것 같다." 그가 다쿠스를 쳐다봤다. "내가 산장에서 가이드를 구하려 했을 때 사람들이 이쪽 방향으로 오는 것을 거부하더라. 이곳이 나쁜 마법에 걸려 있다고 했어. 그래서 가이드를 찾기 위해 마을로 내려가야 했고, 거기서 안젤로를 찾았지. 하지만 미구엘이 보였던 미신적인 태도 때문에 우리가 어디로 가려는지 털어놓지는 않았단다."

"그렇다면 그곳에 가까워졌다는 거네요." 모티가 말했다.

"이 딱정벌레는 지금까지 내가 본 가장 아름다운 생명체 중 하나야." 다쿠스가 입술을 깨물었다. 뿔이 잘려나간 부분은 벨벳처럼 부드러웠다. 그는 부드럽게 그곳을 쓰다듬으며 달래는 소리를 냈다. "애 좀 봐. 정말 멋져." 그가 속삭였다. "애가 공중에서 나는 걸 상상해봐!"

"자연에는 이런 게 없어." 버지니아가 딱정벌레를 사이에 두고 다쿠스의 건너편에 앉아 딱정벌레의 가슴 주변에 나 있는 솜털을 쓰다듬으며 말했다. "그 여자의 딱정벌레가 분명해."

다쿠스가 박스터의 대나무 집을 들어 올리고 말했다. "우리가 얘를 위해 뭐든 해줄 게 있을까, 박스터?"

박스터가 고개를 숙이자 다쿠스의 고개도 아래로 축 처졌다. "그래. 없을 줄 알았어."

"우린 계속 가야 한다, 다쿠스." 맥스 삼촌이 부드럽게 말했다. "아직 갈 길이 남았고, 이제 가이드도 없어."

"이렇게 남겨두고 갈 수는 없어요." 다쿠스가 일어나서 두리번거렸다. 그는 떨어진 나뭇가지를 끌고 와서 딱정벌레 위에 기대어 세웠다. "포식자들이 보지 못하도록 숨겨놔야 해요. 평화롭게 죽을 수 있게 말이에요."

버지니아가 고개를 끄덕이고 벌떡 일어나서 거대 헤라클레스풍뎅이를 숨기는 작업을 도왔다. 곧 그들은 촘촘한 위장막을 만들었다. 다쿠스는 자신이 할 수 있는 최선을 다한 것에 만족하며 물러섰다. 그는 맥스 삼촌을 보며 말했다. "이제 갈 준비 되었어요."

그들은 다시 배낭을 메고 걷기 시작했다. 다쿠스와 버지니아는 지도를 읽었고, 맥스 삼촌은 앞장서서 마체테를 휘두르며 걸었다.

그들이 천천히 두 시간쯤 걸었을 때, 베르톨트가 비틀거리며 고통의 비명을 질렀다. "야영 준비를 해야 할 것 같아요." 모티가 말했다. "안젤로가 도와줄 수 없으니 어제보다 시간이 더 많이 걸릴 거예요."

맥스 삼촌이 동의하며 고개를 끄덕였다. "마땅한 자리를 찾는 즉시 행군을 멈춥시다."

다쿠스는 속도를 늦추고 베르톨트의 겨드랑이에 한쪽 팔을 끼고 부축하여 친구가 자신을 목발처럼 이용할 수 있게 해주었다.

"고마워, 다쿠스." 베르톨트가 미소 지으며 눈을 깜빡였다. "내색하고 싶지 않았는데 목발에 기대서 걷느라 겨드랑이가 다 까졌어."

"넌 아주 잘하고 있어." 다쿠스가 친구에게 미소 지었다. "도움이 필요하다고 말하지 그랬어."

"폐를 끼치고 싶지 않아서." 베르톨트가 눈을 깜빡이며 말했다.

그들은 20분가량 걷다가 "쉬이이잇!"하고 소리치는 버지니아의 목소리에 발을 멈추었다. 그녀는 손가락을 입술에 대고 있었다. "저기 뭔가 있어." 그녀가 숲 지붕을 가리키며 속삭였다. "한 십 분쯤 우릴 따라오고 있어."

다쿠스는 놀라서 위를 올려다보았다. "걱정 마라." 맥스 삼촌이 손으로 눈을 보호하며 숲 지붕을 올려다보았다. "아마 원숭이 같구나." 그러면서도 이미 마체테를 들어 올렸다.

다쿠스는 높은 나뭇가지에서 거뭇한 작은 형체를 보았다. 지저분하지만 금발 머리의 익숙한 얼굴이 보였다. "이럴 수가." 다쿠스가 중얼거렸다.

"누구더러 원숭이라는 거예요?" 엠마 램이 맥스 삼촌에게 소리쳤다.

"엠마?" 맥스 삼촌이 말했다. "당신이요?"

백화점에서의 첫 전투 때 그들을 도와주었고 루크레시아 커터의 정체를 폭로하겠다고 다짐했던 여기자 엠마 램이 원래 있던 나뭇가지에서 좀 더 낮은 나뭇가지로, 거기서 더 낮은 나뭇가지로 차근차근 내려와서 마침내 땅으로 풀쩍 뛰어내렸다.

"살아 계셨네요!!!" 버지니아가 외치고는 반가운 나머지 엠마를 끌어안았다.

"그래. 절대 안 죽지." 엠마 램이 주먹으로 자신의 갈비뼈를 가볍게 두드리며 말했다. "살이 십 킬로그램은 빠졌지만."

"이런, 엠마." 맥스 삼촌이 환하게 웃으며 말했다. "당신을 보니 정말 기쁘군! 당신에게 편지를 보냈었는데 키토에 도착해서 확인해 보니 당신이 편지를 찾아가지 않았다고 해서 최악의 사태를 우려했었소."

"지금 당장은 문명으로 돌아갈 수 없어요." 그녀가 고개를 저으며 말했다. "어떻게 된 상황인지 봤나요? 정말 미쳤죠. 영화제 시상식 전에 내가 안에 있는 남자를 설득해서 루크레시아 커터의 바이옴 비밀 일부를 알아냈어요."

"우릴 도와줄 사람을 만드신 건가요?" 다쿠스가 물었다.

"이젠 아니야." 엠마 램이 얼굴을 찌푸렸다. "그 남자가 내게 말한 걸 루크레시아 커터가 알아챈 모양이야. 갑자기 침묵하더라고."

버지니아가 침을 꿀꺽 삼키며 물었다. "침묵이라니요?"

"그 남자를 걱정할 필요는 없단다." 엠마 램이 버지니아의 어깨를 토닥이며 말했다. "헨리크 렌카는 자신이 무슨 짓을 하는지 알고 있었어. 그자는 재수 없는 남자였어. 양다리를 걸치고 있다가 싸움에서 이기는 쪽에 붙으려는 심산이었지. 그자는 루크레시아의 계획이 실패할 경우를 대비해서 내게 얘기를 한 것 같아. 징역형을 모면할 필요가 있었던 거지. 어쨌거나 그자는 그게 위험한 일인 걸 알았고, 난 그가 제공한 정보에 대해 후하게 보상했어."

"헨리크 렌카?" 다쿠스가 베르톨트와 버지니아를 쳐다보았다.

"파브르 프로젝트의 그 사람이야!" 베르톨트가 말했다.

"그 사람이 루크레시아 커터가 사육하는 거대 딱정벌레에 대해 얘기한 건 없나요?" 다쿠스가 물었다. "우리가 아기 코끼리만 한 딱정벌레를 발견했어요. 죽어가고 있었는데, 그 딱정벌레를 구하기 위해 아무것도 할 수 없었죠."

엠마 램이 머리를 갸우뚱하며 뭔가를 생각했다. "바이옴을 탈출한 실험용 딱정벌레에 대해 뭐라고 말한 적이 있어." 그녀가 인상을 찌푸렸다. "'공룡딱정벌레'라고 말했는데, 난 그자가 날 놀리는 줄만 알았지. 그것이 바깥 공기에 어떻게 반응하는지 보려고 사슬에 묶어서 바이옴에서 내보냈다고 말했어. 그런데 탈출을 시도해서 뿔이 부러지고 한쪽 다리를 사슬에 남긴 채 사라졌다지."

"딱정벌레를 사슬로 묶나요?" 다쿠스가 경악하며 물었다.

"가엾은 공룡딱정벌레." 베르톨트가 말했고, 아이들은 모두 숲에 남겨두고 온 죽어가는 덩치 크고 온순한 짐승을 생각하며 입을 다물었다.

"엠마, 우리의 지친 몸이 쉴 수 있는 야영지가 있다고 말해줄 수 있소?" 맥스 삼촌이 화제를 돌리며 말했다. "우린 거의 이승을 하직할 지경이요."

"난 원숭이들처럼 나무 위에서 살아요. 적당한 나뭇가지 두 개만 있으면 어디든 그냥 해먹을 걸죠. 나무 위가 더 안전하거든요."

맥스 삼촌이 고개를 떨궜다. "이런."

"하지만 바이옴에서 안전한 거리에 당신이 야영지를 꾸릴만한 있는 공터를 알아요." 그녀가 싱긋 웃고는 숲을 헤치며 출발했다. "이리로 날 따라와요."

제 *18* 장

엠마 램 이야기

"**반**딧불이들 밑에서 뭘 그리 멍하니 생각해?" 버지니아가 다쿠스의 머리 위에서 윙윙거리며 날고 있는 딱정벌레들을 가리키며 말했다.

다쿠스가 위를 보며 미소 지었다. "엠마는 바이옴이 이 길을 따라 걸어서 반나절 거리에 있다고 말했어." 그가 앞에 있는 좁은 오솔길을 가리켰다. "아빠가 하루도 안 되어서 닿을 수 있는 거리에 있어."

버지니아가 오솔길을 응시했다. 석양이 지고 점점 어두워지고 있었다. "내일." 그녀는 이렇게만 말했다.

"버지니아." 다쿠스가 목소리를 낮췄다. "난 베르톨트가 걱정돼.

발을 다쳤는데 바이옴에 데려갈 수는 없어."

"다쿠스, 우린 처음부터 함께였어." 버지니아가 다쿠스에게 인상을 찌푸렸다. "베르톨트를 두고 갈 순 없어. 우린 팀이야."

"하지만 우리가 바이옴에서 어떤 상황에 닥치게 될지 모르잖아."

"그래, 맞아." 버지니아가 한쪽 눈썹을 치켜세우며 말했다. "그렇기 때문에 베르톨트가 더 필요하지. 베르톨트는 너나 나와는 다른 면으로 영리하잖아."

다쿠스는 모닥불 쪽으로 눈을 돌려 잡다한 오합지졸 반란군을 쳐다보았다. 맥스 삼촌과 엠마 램은 해먹을 묶고 있었고, 모티는 모닥불을 지키며 요리를 했고, 베르톨트는 그녀의 옆에 앉아 발목을 살펴보고 있었다. 다쿠스는 루크레시아 커터에 대해, 그리고 바이옴에서 마주하게 될 상황에 대해 생각했다. 두려움 때문에 심장이 쪼그라들었다. 타워링 하이츠에서 아빠를 구출했을 때, 그는 딱정벌레와 노박의 도움만으로 그 일을 혼자 해냈다. 차라리 그편이 더 간단했다.

"다쿠스, 배고프지?" 맥스 삼촌이 다쿠스를 불렀다. "모티가 쌀과 콩으로 요리를 했단다."

"가요." 다쿠스가 대답하고 버지니아가 내미는 손을 잡고 일어섰다. 그리고 베르톨트 옆에 앉으며 모티에게 미소 지었다. "맛있는 냄새가 나네요." 그가 예의 바르게 말했다.

"아니, 맛없을 거야. 하지만 배는 채워주겠지." 모티가 말했다.

엠마가 코펠 그릇을 내밀었다. "가득 부탁합니다, 모티. 한 달 동안 내가 본 음식 중 최고예요."

맥스 삼촌은 엠마 옆에 앉았다. "그래서 렌카 박사가 바이옴에 대해 무슨 말을 했소? 뭐 유용한 정보라도 건졌소?"

그녀가 고개를 끄덕이며 입안의 음식을 씹어 삼켰다. "그곳 전체가 육각형 무늬로 지어졌다고 하더군요." 그녀는 바지 주머니에서 접힌 종이 한 장을 꺼냈다. 볼펜으로 대충 그린 약도였다. "이 중앙에 있는 육각형이 제일 큰 돔인데, 내가 아는 바로는 여긴 마치 커다란 온실처럼 식물들이 가득해요. 난 돔 밖에서 돌아다니면서 최대한 정보를 얻으려고 염탐하고 다녔죠. 렌카가 그러는데 위성 돔들은 저마다 다른 용도가 있대요. 여기에는 과학자들이 묵는 방이 있고, 여긴 직원용이에요." 그녀가 작은 육각형 두 개를 가리켰다. "루크레시아 커터가 돔 하나를 남들이 들여다볼 수 없는 개인 공간으로 사용하고 있고, 이건 식료품과 세탁실 따위의 용도로 쓰이는 곳이고... 그리고 이게 있어요." 그녀가 잠시 말을 멈추고는 눈앞에 둥글게 모인 집중한 얼굴들을 둘러보았다. "이게 중요해요." 그녀는 '문'이라고 표시된 사각형 옆쪽의 육각형을 가리켰다. "여기에는 보안 모니터와 발전기, 서버 룸, 기후통제 및 공기조절기가 있어요. 이 돔에 들어갈 수 있다면 바이옴에서 일어나는 모든 것을 볼 수 있고, 어쩌면 상황을 통제할 수도 있을 거예요."

"여긴 뭐 하는 곳이에요?" 다쿠스가 숟가락으로 엠마가 이름을 써놓지 않은 육각형을 가리키며 말했다.

"거긴 감옥이야." 그녀가 대답했다.

"그럼 거기 아빠와 노박이 있겠네요."

"아마 스펜서는 과학자 구역에 있을 테고." 베르톨트가 고개를 끄덕이며 말했다.

"이건 강이에요." 그녀가 가운데 육각형을 관통하는 직선을 가리키며 말했다. "그리고 이건 낭떠러지고. 이 강이 여기서 폭포가 되죠. 렌카가 그러는데 중앙 돔 지하에 거대한 곤충 사육장이 있대요."

"지하요?" 다쿠스는 그 순간 더 큰 절망감을 느꼈다. 바이옴은 어마어마하게 컸다. 딱정벌레의 도움을 받아도 아빠와 노박을 찾는 데 시간이 오래 걸릴 것이고, 그런 다음 그들을 거기서 데리고 나와야 했다.

"우리의 가장 큰 문제는-" 엠마가 '문'이라고 표시된 사각형을 가리키며 말했다. "이 유리 미로로 들어가는 유일한 길이 지상에 있는 이 문을 통과하는 방법뿐이라는 거예요. 땅바닥에 나 있는 자동 트랩도어인데, 그 아래로 통로가 있죠." 그녀가 상체를 뒤로 뺐다. "밤에 거기에 가봤는데, 문을 열 방법이 없어요. 건물로 들어가는 다른 문도 없고."

긴 침묵이 흐르고, 그들은 모두 너덜너덜해진 종이만 빤히 쳐다보았다.

"틀림없이 제가 열 수 있을 거예요." 베르톨트가 몸을 꼿꼿이 펴고 앉으며 말했다.

"뭐?" 엠마가 미간을 찌푸렸다. "글쎄다. 내가 별 방법을 다 써봤어."

"다쿠스, 네 가방 좀 줘봐!" 베르톨트가 배낭 앞주머니를 열고 그 정체불명의 물건을 꺼내 들어 올리며 스위치를 켰다. 흰색 육각형이 나타났다. "이걸로요."

엠마가 입이 귀에 걸리도록 활짝 웃었다. "너희들은 계속 나를 놀라게 하는구나. 이건 어디서 났니? 좀 보여줄래?"

베르톨트가 그것을 엠마에게 건넸다. 엠마는 그것을 뒤집어서 손끝으로 표면을 훑으며 꾹꾹 눌러보았다.

"행크라는 미국인 곤충학자가 줬어요." 다쿠스가 말했다. "루크 레시아 커터의 헬리콥터가 이륙하면서 짐을 두고 갔는데, 이게 그 여자 가방에서 발견됐대요."

"그 여자의 깡패 부하들이 이렇게 생긴 장치를 사용하는 걸 봤어."

엠마가 그것을 다시 베르톨트에게 건넸다. "베르톨트, 네가 가진 건 바이옴으로 들어가는 열쇠야."

다쿠스는 작은 까만색 사각형 물체를 내려다보았다.

"그리고 혹시 열쇠를 사용할 수 없다면–" 엠마가 남은 음식을 모두 숟가락으로 퍼서 입에 넣고 삼키며 말했다. "항상 제2안은 있는 법이지."

"제2안이요?" 버지니아가 물었다.

"강을 통해 가는 거야." 엠마가 혀로 이를 훑으며 말했다. "오늘 아침에 너희의 옛 이웃들이 그렇게 바이옴으로 들어가려는 걸 봤어. 만일 죽지 않았다면 성공했을 거야."

"험프리와 피커링 말이요?" 맥스 삼촌이 물었다.

그녀가 고개를 끄덕였다. "갈대 줄기처럼 생긴 남자란 거대한 미련퉁이 말이에요. '백화점'이 무너진 다음 체포되었던."

"그자들이 여기 있다고요?" 다쿠스는 어리둥절했다. "하지만 어떻게요? 그자들은…"

"루크레시아 커터와 함께 도착한 것 같아. 헬리콥터가 착륙한 것과 거의 동시에 나타났거든." 엠마는 어깨를 으쓱했다. "죽지 못해 환장한 멍청이들처럼 좌충우돌 숲을 헤집고 다니며 굶주린 포식자를 불러들이더구나."

"재규어한테 잡아먹혔다고 상상해봐." 버지니아가 킥킥거렸다.

"버지니아, 정말 못됐다." 베르톨트가 나무랐다.

그녀가 어이가 없다는 듯 눈을 굴렸다. "두 사람을 불타는 가구 숲에 가둬서 죽을 뻔하게 만든 게 누군데."

"그게 아냐! 내 말은, 난 그럴 의도가 있었던 건…"

다쿠스가 웃었다.

"자, 이제 잘 시간인 것 같구나." 맥스 삼촌이 일어서며 말했다. "내일은 바이옴 옆의 숲 언저리까지 걸어가서 공격 계획을 세우자."

제 19 장

탄호이저

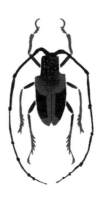

루 크레시아 커터는 만나자는 그의 요청을 받아줬다. 노박에 대해 얘기할 마지막 기회였다. 바솔로뮤는 심호흡을 하고 출입구를 통과했다. 실험실 위쪽 복층은 넓은 호텔 로비를 연상시켰다. 벽을 따라 설치된 긴 난간이 아르카디아 돔이 훤히 들여다보이는 실내 전망대까지 이어졌다. 루크레시아는 등을 돌리고 자신의 에덴동산을 바라보고 있었다. 복층 중앙에는 그랜드 피아노가 있었다. 아래층을 내려다보니, 실험실과 유리 벽, 용화실 바닥이 보였다.

"무슨 일이지, 바솔로뮤?" 그녀는 뒤돌아보지 않고도 그가 뒤에 서 있는 것을 알았다.

"난 노박을 또 용화실에 넣는 게 꺼림칙해. 자칫하면 죽을 수도 있어."

"그 애를 이름을 가진 사람으로 생각하지 마. 그냥 유전자 실험 대상이라고 생각해. 그 애에게 이름이 있는 건 순전히 살아남았기 때문이야. 한동안 난 그 애를 핸드백이라고 불렀어." 그녀가 웃었다.

"난 그럴 수가 없어." 바솔로뮤가 고개를 저었다. "못 그러겠어."

"솔직히 당신이 마음이 약하다는 점이 마음에 들어." 그녀가 부드럽게 웃었다. "당신이 살생을 하지 못하는 게 내가 당신을 위협으로 보지 않는 이유 중 하나인 거 알아? 선은 반드시 통한다는 당신의 가망 없는 믿음이 당신을 무력하고 무해한 존재로 만들거든."

"노박은 아이야."

"그만해. 그 앤 용화 과정을 겪을 거야." 루크레시아가 날카롭게 말했다. "또 한 차례의 변태를 겪지 않으면 난 내가 원하는 존재가 될 수 없고, 시험해보지 않으면 제대로 된다고 확신할 수 없어. 그리고 꼭 그 애에게 시험해야 해. 그 앤 내 유전적 거울이니까. 용화를 거치고 살아남은 인간은 우리 둘뿐이야. 내겐 너무 중요한 사명이 있어서 여기에 내 목숨을 걸 수가 없어. 그러니 당신이 좋건 싫건, 그 앤 두 번째 변태 과정을 겪을 거야."

"루시, 제발 인정을 베풀어 줘." 바솔로뮤가 사정했다. "당신이 노박을 뭐라고 부르건, 그 앤 당신 딸이잖아."

루크레시아가 코웃음을 쳤다. "노박의 용화는 내일 있을 거야. 그

자리에 있고 싶지 않다면, 그건 당신 자유야."

오랜 침묵이 흘렀다.

바솔로뮤는 피아노로 걸어갔다. "아직 피아노 치나, 루시?" 그가 흰 건반 위로 손가락을 움직이며 되는대로 몇 음을 쳐보았다. "전에는 꽤 잘 쳤던 거로 기억하는데."

"기분 좋은 말이네." 그녀가 고개를 뒤로 젖히며 말했다. "그래, 아직 쳐. 음악은 영혼의 표현이니까."

"그렇다면 당신에게 아직 영혼이 있다고 믿는 거군?"

"영혼은 인간에게만 있는 게 아니야, 바솔로뮤." 그녀가 대답했다. "코끼리, 원숭이, 딱정벌레, 모든 생명체에게 영혼이 있지. 난 나무에게도 영혼이 있다고 믿어. 당신은 안 그래?"

바솔로뮤는 읽을 수 없는 그녀의 겹눈을 노려보며 말했다. "당신이 하려는 짓, 당신이 이미 하고 있는 짓이 수많은 사람들의 죽음을 초래할 거야. 당신은 대량살상을 저지르는 거라고. 입가에 미소를 띤 채 대량살상을 저지르려 하면서 어떻게 음악을 통해 영혼을 표현한다는 말을 할 수 있는지 이해를 못 하겠군."

루크레시아의 콧구멍이 분노로 벌름거렸다. 그녀는 휘청거리는 걸음으로 순식간에 피아노로 다가가 의자에 앉았다. 그리고 검은 매니큐어를 칠하고 다이아몬드 반지를 잔뜩 낀 인간의 두 손을 건반 위에 올려놓고 연주를 시작했다.

"당신에게는 모든 게 흑과 백처럼 분명해?" 그녀는 바솔로뮤가 어디선가 들어본 익숙한 곡조의 첫 부분을 연주했다. "인간은 헤아릴 수 없는 규모의 대량 살상을 자행하는 종이 아닌가? 지난 50년간 지구에 사는 동물의 40%가 멸종했어. 인구 증가와 부에 중독된 인간들이 이 지구를 죽이고 있는 거 모르겠어? 우리는 화석 연료와 핵무기 때문에 전쟁을 하며 스스로의 종말을 재촉하고 있어." 그녀가 일련의 화음을 연주해 음악을 채워갔다. "당신은 대체 어떤 점 때문에 인간이 구원받을 가치가 있는 존재라고 믿는 거지? 당신이 심장은 마지막 코끼리들, 마지막 기린들에게는 슬픔을 느끼지 못하는 거야? 당신의 증손자들에게 어떤 미래가 남겨질지 궁금하지도 않아? 이 모든 걸 멈추고 싶지 않아?"

"물론 그러고 싶지만..."

"당신은 방법을 몰라. 그렇지? 당신에게는 선견지명이 없어. 온유한 자는 땅을 받을 것이라고 성경은 말하지. 그리고 우린 그것이 온유한 인간을 뜻한다고 생각해. 하지만 왜 우리는 우리 종족에만 그렇게 집착하는 거지? 그래, 온유한 자는 땅을 물려받을 거야. 사실 난 온유한 존재들에게 땅을 줄 계획이지. 딱정벌레들에게 말이야."

바솔로뮤는 그녀의 말에 망치로 가슴을 얻어맞은 것 같았다. "정말로 전 세계 모든 정부를 장악할 수 있다고 생각하는 건가?"

"이미 장악했어."

"루시... 저들이 핵폭탄을 보낼 거야."

"하!" 그녀가 웃으며 피아노를 연주했고, 높은 옥타브와 낮은 옥타브를 따라 두 개의 딱정벌레 다리가 오르내렸다. "나쁜 무기를 가진 거물들. 그 깡패들이 주먹을 흔들면 모두들 벌벌 떨지. 하지만 난 아냐. 바이옴은 대기가 과산소화된 자급자족 환경을 가졌어. 전체가 스텔스 폭격기 창문에 사용되는 최고 등급 군사용 유리로 이루어진 육각형 설계는 무엇으로도 관통할 수 없지. 뿐만 아니라 시설의 절반 이상이 지하에 있어. 여기 있는 우리는 안전해. 저들이 나를 폭격하면, 난 저들의 작물을 더 많이 파괴할 거야. 인도에서 그랬던 것처럼. 그들이 핵무기를 사용하면, 아마존 우림은 세계의 폐부니까, 결국 스스로에게 폭격을 하는 셈이지. 저들은 자신들의 땅과 농작물과 상수원을 파괴하는 거야. 난 지구를 거대한 체스판으로 만들었고, 저들을 외통수로 몰아넣었어."

"하지만 왜?"

"난 인류의 흐름을 바꿔놓을 거야. 인구를 싹 쓸어버리고 지구를 야생으로 되돌려놓을 거야. 살아남을 수 있는 인간은 자신의 의미 없는 삶보다 환경을 우선시하는 인간들일 거야."

"당신이 왜 이것이 해결책이라고 생각하는지 알겠지만…"

"지구 온난화에 해결책은 없어. 우린 지구를 돌아올 수 없는 지점까지 몰고 왔어."

"그건 사실이 아니야, 루시." 바솔로뮤가 피아노 뒤쪽으로 이동해 그녀의 얼굴을 똑바로 보았다. "당신은 가장 약자들부터 벌주게 될 거야. 가장 가난하고 가장 어린 사람들이 굶어 죽겠지."

"그건 어쩔 수 없어. 난 인간을 구하기 위해 여기 있는 게 아니야. 지구를 구하기 위해 여기 있는 거지. 지구를 위해 무슨 짓이라도 할 만큼 지구를 아끼는 사람은 나뿐이야."

"당신은 틀렸어." 그가 주먹으로 피아노 뚜껑을 쳤지만, 그녀는 연주를 계속했다. 음악은 점점 더 강렬해졌다. "그런 사람은 세상에 수없이 많아."

"대체 어디?" 그녀가 쇳소리로 말했다. "내게 보이는 건 부자를 더 부유하게 만들고 가난한 사람을 더 가난하게 만드는 정치인을 선출해서 자신들이 가진 부와 권력을 유지하려는 사람들뿐이던데? 그들은 환경에 관심이 없고, 기후 변화를 믿지 않는 쪽을 선택했어."

"모두가 그런 건 아니야." 바솔로뮤가 주장했다.

"혁명은 어디에 있지?" 그녀가 부르짖었다. "환경이 정부를 선출할 때 기준으로 삼아야 할 핵심 쟁점이라고 주장하는 사람들은 어디 있고? 그런 시위는 내 귀에 들리지 않던걸." 선율이 포개지고 겹쳐지며 열정적인 분위기를 자아냈다. "인류는 나약해. 그래서 지구는 내가 필요하지. 인류는 전염병이야. 비단 기후변화뿐이 아니야. 공간 자체도 문제야. 우린 버글버글한 인간들을 먹여 살리기 위해 식량을 키울 공간이 모자란다고."

"인구 증가를 해결할 다른 방법이 있어."

"충분히 빨리 큰 효과를 낼 만한 방법은 없어. 어차피 권력자들이 그렇게 되도록 놔두지도 않을 테지만 말이야. 그러니 이것만이 유일한 방법이야, 바솔로뮤." 그녀가 섬뜩하게 곁눈질하며 그에게 미소 지었다. "내가 도태를 마치고 거대한 곤충들이 돌아오면 이 지구가 얼마나 아름다워질지 생각해봐."

"누가 당신을 창조주로 만들었지?" 그가 고개를 저으며 나지막이 말했다.

"내가! 인간들은 나를 경배하고 내 명령을 따르거나, 아니면 죽게 될 거야." 그녀가 상체를 앞으로 숙이고 남아 있는 코로 숨을 깊이 들이쉬었다. 높고 낮은 음들이 폭포수처럼 건반 위로 쏟아지며 음악 소리가 고조되었다.

바솔로뮤는 문득 그 곡이 무엇인지 떠올랐다. 그것은 탄호이저 [바그너의 오페라 작품] 서곡이었다. 오래전에 루크레시아가 그를 왕립 오페라 하우스에 데려간 적이 있었다. 그녀는 항상 바그너를 좋아했 다. 그는 앞으로 걸어와 한 손을 그녀의 어깨에 올리고는 눈을 감고 그녀의 연주를 들었다.

"정말 폭탄이 두렵지 않은 건가?" 그가 부드럽게 물었다.

"그건 최악의 행동이지만, 할 테면 하라고 해." 그녀가 건반 위로 상체를 숙였고 음악과 함께 몸을 이리저리 흔들었다. "바이옴의 지 하 상부 구조는 위쪽의 온실을 완전하게 밀봉할 수 있어. 우린 폭탄 의 영향을 받지 않을 거고, 방사능 낙진의 영향으로부터 자유롭지. 몇십 년은 여기서 생존할 준비도 갖춰져 있어. 물론 지구의 나머지 가 받을 타격은 끔찍하겠지만 말이야." 그녀가 웃었다. "바퀴벌레가 핵 재앙에서 살아남을 수 있는 유일한 생명체라는 옛말 알아? 그건 사실이 아니야. 그건 바퀴벌레가 아니라 딱정벌레야."

"당신은 모든 걸 생각했군."

"바솔로뮤." 그녀가 그를 올려다보았다. "나를 이 행성의 아름다움에 눈뜨게 해준 건 당신이야. 당신이 나를 벼랑 끝으로 끌고 가서 자연 세계에 마음을 열게 만들었지. 그러고는 나를 버렸어. 내가 아래를 응시하며 인간들이 생물 종들을 차례로 멸종시키고 서식지를 차례로 불도저로 밀고 불태우는 걸 지켜보게 만들어놓고 말이야. 얼마나 많은 대보초[그레이트 배리어 리프. 호주 북동부 해안을 따라 발달한 세계 최대의 산호초 지역]가 사라져야 하지? 얼마나 많은 플라스틱을 고래의 창자에서 발견해야 하고? 얼마나 많은 우림을 석유와 맞바꿔야 하지? 이제 끝내야 해. 인류의 도태가 시작되었고, 내가 작업을 마치면 이 행성은 안도의 한숨을 내쉬며 내게 고마워할 거야. 난 그거면 충분해." 음악이 정형화된 음들로 뚝뚝 끊어지며 분절되었고, 그녀는 눈을 감았다. "당신도 나와 같이 느끼고 있다는 걸 알아, 바솔로뮤." 그녀가 크게 심호흡을 했다. "그게 내가 당신을 신뢰하는 이유야." 그녀가 마지막 후렴구를 연주했고 마지막 음이 허공에서 울렸다.

제**20**장

진흙 목욕

다 쿠스는 해먹에 누운 채 맥스 삼촌의 코 고는 소리를 들었다.
다른 사람들이 각자의 매달아 놓은 잠자리에서 몸을 뒤척이
는 소리는 반 시간 전에 끊겼다. 그는 조심스럽게 일어나 앉아 주변
을 둘러보았다. 천천히, 그리고 최대한 조용히, 그는 해먹 위에 텐트
처럼 두른 모기장을 열고 바닥으로 미끄러져 내려가서 자신의 움직
임 때문에 누군가 깨어나지 않도록 잠시 정지했다. 옷을 전부 입은
데다 등산화도 갖춰 신었고 박스터의 곤충 집까지 목에 걸어둔 상태
였다.

언제든 떠날 수 있도록 잘 꾸려진 배낭이 원래 놓아둔 해먹 발치

에 있었다. 배낭을 열어 베이스캠프 딱정벌레들을 내려다보았다. 잠자리에 들기 전에 다쿠스는 배낭을 비우고 참나무 톱밥을 바닥에 두껍게 깐 뒤 그 위에 젤리 컵 몇 개를 올리고 조용히 베이스캠프 딱정벌레를 그리로 옮겨놓았다. 뭐하냐고 묻는 사람은 버지니아뿐이었고, 다쿠스는 딱정벌레에게 먹이를 주고 쉬게 하는 중이라고 둘러댔다. 배낭을 들여다보며 혀를 입천장에 붙였다 떼서 부드럽게 딱딱 소리를 몇 번 냈다. 딱정벌레들은 모두 그를 올려다보며 머리를 끄덕이고 츠츠츠츠 소리를 냈다. 이제 준비가 되었다.

다쿠스는 열린 배낭을 들어 어깨끈에 팔을 끼우고, 잠들어 있는 야영지와 은은하게 빛나는 모닥불의 잔재를 마지막으로 한번 둘러보았다. 이편이 나았다. 그는 엠마 램이 바이옴으로 통한다고 말해준 오솔길로 살금살금 걸어갔다. 야영지에서 자신이 보이지 않는다고 확신이 들 때까지 십 분쯤 걷다가 발을 멈추고 플라스틱 흡충관을 꺼냈다.

"반딧불이들아, 불빛이 좀 필요해." 그가 배낭에 입을 대고 속삭였다.

그의 부름에 답하여 스물일곱 마리의 반딧불이가 배낭에서 튀어나왔다.

다쿠스는 흡충관 마개를 돌려서 열었다. "이리로 들어갈래? 그러면 안전한 상태로 내게 불빛을 만들어줄 수 있을 거야."

반딧불이들이 그의 말에 따라서 날개를 파닥이며 흡충관 안으로 들어갔다. 다쿠스는 다시 마개를 막은 뒤 반딧불이 랜턴을 쳐들고 조심조심 오솔길을 걸었다. 한동안 걷다 보니 어둠과 고립감 때문에 자신이 맞는 방향으로 가고 있다는 확신이 조금씩 흔들렸다. "엠마 램이 이 길을 잘못 알려준 거면 어쩌지, 박스터? 지도를 다시 보고 우리가 지금 바이옴으로 가고 있는 게 맞는지 확인해보는 게 좋을 것 같아."

다쿠스는 배낭 옆 주머니에서 지도와 나침반을 꺼내고, 그 옆에 반딧불이 랜턴을 내려놨다.

"내가 할게." 숨죽인 목소리가 들렸다. "내가 더 잘해."

"아악!" 다쿠스가 나침반을 떨어뜨리며 홱 돌아보았다. 바로 뒤에 버지니아가 서 있었다. "깜짝이야! 버지니아, 간 떨어지는 줄 알았잖아!"

"미안." 그녀가 피식 웃었다.

"너 여기서 뭐 하는 거야?" 다쿠스는 당황해서 심장이 쿵쾅거렸다.

"그건 내가 묻고 싶은 얘긴데." 버지니아가 고개를 갸우뚱하며 얄밉게 싱글거렸다. "이 한밤중에 어딜 그렇게 급히 가는 건지 궁금한데?"

다쿠스가 그녀에게 인상을 찌푸렸다.

"응?"

"난 그냥 뭔가를 시도하고 싶었을 뿐이야."

"정말?" 버지니아가 한쪽 눈썹을 치켜세웠다. "그게 뭘까?"

"잠이 통 안 와서 그 트랩도어 리모컨을 시험해 보려고 했어." 다쿠스가 말했다. "너도 알다시피, 만약 리모컨이 작동하지 않으면, 바이옴에 들어갈 다른 방법을 찾아야 하잖아."

"그러다 만약에 작동하면?"

"그럼... 돌아와서 모두에게 말할 셈이었지." 다쿠스는 거짓말을 했다.

"암, 그러실 테지." 그녀가 그의 배낭을 가리키며 말했다. "그럼 딱정벌레들을 모두 챙겨온 건..."

"안전을 위해서지." 다쿠스가 말했다. "난 불빛이 필요하고, 만약에 대비해서..."

"무슨 만약?"

"그나저나 넌 여기서 뭐 하는데?" 다쿠스가 버지니아에게 따져 물었다.

"널 지켜보고 있지." 버지니아가 뻔한 거 아니냐는 듯 어깨를 으쓱했다.

"날 지켜본다고?"

"그래, 우린 크리스마스 때부터 돌아가면서 널 지켜보고 있었어."

"뭐라고?"

"우린 널 걱정하고 있어."

"난 괜찮아."

"퍽이나 그렇겠다. 넌 아빠를 돕겠다고 멀리 미국까지 날아가서 아빠가 루크레시아 커터의 헬리콥터에 타는 걸 눈앞에서 지켜봤어. 그런데 괜찮을 리가 있니?"

"버지니아, 괜찮다고 했잖아."

"정말?" 그녀가 가슴 앞으로 팔짱을 꼈다. "정말 괜찮다고? 그런데 왜 영화제 시상식 이후로 점점 더 이상해지는 건대? 나만 그런 게 아니야. 베르톨트도 눈치챘어." 그녀가 고개를 절레절레 저었다. "툭하면 발끈하고, 속으로 무슨 생각을 하는지 우리에게 얘기도 안 하잖아."

"내가?"

"그래. 넌 마치 우리가 이해를 못 한다고 생각하는 것처럼 보여. 아니면 이게 너만의 문제라고 생각하거나." 그녀가 팔짱을 풀었다. "그리고 분명한 건, 넌 꼭 우리가 너와 같은 기분이 아니라고 생각하는 것 같아. 하지만 이 세상 전체가 포위당해 있어, 다쿠스. 너만 그런 게 아니라고."

"내가 그걸 모를 것 같니?" 다쿠스가 버럭 소리쳤다. "온갖 신문에서 식량 공급 부족과 폭격 운운하며 떠들어대고 있는데. 다음에는 무슨 일이 일어날까? 굶주린 아이들? 죽어가는 사람들? 그런데 버지니아, 난 그걸 막을 수 없어. 어떻게 해야 할지 방법을 몰라." 그가 고개를 저었다. "난 그냥 아빠를 찾아서 집에 가고 싶을 뿐이야."

"다쿠스, 이건 우리와 우리가 사랑하는 사람들 모두에게 영향을 주는 문제야." 그녀가 그를 향해 몸을 숙였다. "우린 모두 자신의 믿음을 위해 싸울 권리가 있잖아? 난 엄마와 아빠와 형제, 자매를 위해 여기 왔어. 우리가 함께 노력해서 루크레시아 커터를 막아야 해. 넌 우리가 도울 수 있게 해줘야 해."

"어떻게 날 도울 수 있지? 어떻게 하는 게 옳은 건지 모르겠어. 난 전쟁을 벌이고 싶지는 않아. 그냥 아빠와 함께 있고 싶을 뿐이야." 다쿠스는 자신의 목소리가 떨리는 것을 느꼈다. "만일 사람들이 폭격을 한다면, 폭탄이 땅에 떨어지는 그 순간 아빠와 함께 있고 싶어."

"그래서 이 한밤중에 달아나는 거니?"

"난 바이옴에 들어가고 싶어. 딱정벌레들만 데리고 나 혼자 가면 들키지 않고 아빠를 찾는 게 더 쉬울 거라고 생각했어." 그가 버지니아를 보았다. "그리고 내가 그 정체불명의 물건을 가져가면 아무도 바이옴에 들어오지 못할 테니 다들 안전하게 집으로 돌아갈 수 있다고. 사람들이 나 때문에 다치는 건 싫어. 모두들 내가 영웅이라도 되는 것처럼 생각하는 것 같아. 내가 어떤 묘안을 가지고 있을 거라고 말이야. 하지만 내게 그런 건 없어. 심지어 난 루크레시아 커터의 딱정벌레들도 헤치고 싶은 생각이 없어."

"내가 그럴 줄 알았지." 버지니아가 양손을 허리에 올리고 한숨을 쉬었다. "네가 그런 얼빠진 생각을 하다니. 그래서 너한테 조금이라도 이상한 낌새가 보이면 나를 깨우라고 마빈에게 시킨 거야." 몸을 동그랗게 말고 버지니아의 땋은 머리에 매달려 있던 마빈이 몸을 풀고 다쿠스를 향해 금속성의 붉은색 갈고리발톱을 흔들었다. "네 기분이 이렇다는 걸 나한테 말했어야지."

"미안해. 난..." 다쿠스는 숲 바닥을 내려다보았다.

"네 뒤를 봐줄 사람이 필요할 테니까."

다쿠스가 버지니아를 쳐다봤다. "뭐?"

"머리가 둘인 게 하나보다 낫잖아. 안 그래?" 버지니아가 미소 지었다.

"나한테 야영지에 돌아가자고 하지 않을 거야?"

"아니." 버지니아가 고개를 저었다. "이봐, 나도 이해했어. 베르톨트가 다쳤는데 아빠는 찾고 싶고. 그럼 말이 돼지. 나라도 똑같이 했을 거야."

"그래?"

"하지만 우림 속으로 너 혼자 가게 둘 순 없어. 그러다 네가 다치기라도 하면 어쩔래? 뱀에 물리기라도 하면? 적어도 우리 둘이면, 한 명이 도움을 청하러 갈 수 있잖아."

"난 혼자가 아니야." 다쿠스가 대답했다. "내겐 딱정벌레들이 있어."

"그리고 네가 바이옴 문을 열 수 있다면-" 버지니아가 몸을 앞으로 기울이며 눈을 동그랗게 뜨고 그를 쳐다보았다. "난 너와 함께 갈 거야."

다쿠스가 안도하며 미소 지었다. "좋아."

"네 말은 더 듣고 싶지도 않아..." 버지니아가 머리를 뒤로 빼고 말했다. "지금 너 '좋아'라고 했니?"

"그래!" 다쿠스가 웃었다. "너한테 함께 가자고 부탁하고 싶지는 않았어. 왜냐면 누군가에게 위험한 일을 함께하자고 부탁하는 건 공정하지 않으니까. 하지만 지금... 난 기뻐."

버지니아가 빙그레 웃고는 반딧불이 랜턴을 집어 들었다. "자, 그럼. 뭘 기다리는 거야? 우린 맞는 길로 가고 있어. 내가 확인해봤어. 참, 그리고 네 뱀 퇴치 지팡이도 가져왔어." 그녀가 지팡이를 건넸다. "살무사를 조심해야 하니까. 아마존에 135종 이상의 뱀이 있다는 거 아니? 베르톨트의 가이드북에 그렇게 쓰여 있더라. 더 많을 수도 있어."

"야간 산행을 하려는 마당에 그런 얘긴 넣어둬."

"좋아. 미안."

다쿠스가 지도를 접어 넣었다. 그들은 말없이 나란히 걸으며 이끼 낀 나무 몸통에서 자라는 빛을 내는 곰팡이류에 놀라서 혀를 내두르기도 하고, 이상한 소리가 들릴 때마다 서로를 흘깃 보며 별일이 없는지 확인했다. 다쿠스는 버지니아가 옆에 있으니 한결 더 용기가 났고, 그들은 서로 도와주고 장애가 생기면 경고해주면서 빠르게 전진했다. 뱀도 보았고 원숭이 때문에 화들짝 놀라기도 했지만, 아마존의 생명체들은 이 아이들에게 거의 관심을 보이지 않았다.

"다쿠스!" 버지니아가 비명을 질렀다.

다쿠스가 휙 돌아보니 버지니아가 얼음처럼 굳어 있었다. 그녀는 꽉 다문 입술 사이로 겨우 말했다. "큰 거미줄에 걸렸어." 그녀는 눈을 크게 뜨고 있었고, 다쿠스는 그녀가 공포에 질려 있음을 알 수 있었다.

"가만히 있어." 다쿠스는 랜턴을 들어 올렸다. 그녀의 뒤통수에 무당거미가 붙어있는 것이 보였다. 요요만한 크기였다. 다쿠스는 다리에 있는 줄무늬와 몸통 상단에 있는 흰색 반점을 보고 무당거미를 알아보았다. "괜찮아. 내가 봤어. 아마 무당거미인 것 같아. 널 해치지 않을 거야. 공격적인 녀석이 아니거든."

"마빈은 어떤지 보여?" 버지니아가 말했다.

"보여. 괜찮아. 잘 매달려 있어." 다쿠스는 심호흡을 하고 오른손으로 거미를 집어 들었다. 이렇게 큰 거미를 잡아 본 것은 처음이었다. 쓰러진 나무 몸통 위에 내려놓자 가늘고 긴 다리로 허겁지겁 사라졌다. "갔어."

버지니아가 춤을 추듯 몸부림치며 머리와 얼굴, 어깨에 붙은 끈끈한 거미줄을 떼어냈다. "어휴, 징그러워라. 여기 죽은 곤충들이 엄청 많아." 그녀가 몸서리를 쳤다. "마빈, 너 괜찮니?" 그녀가 양손을 바지에 문질러 닦고 알통다리잎벌레를 목에 걸린 곤충 집으로 가져갔다. "네가 거미의 저녁 식사가 될까 봐 얼마나 걱정했는지 몰라! 집으로 들어가."

그들은 물을 마시고 다쿠스가 모티의 식료품 가방에서 빼돌린 말린 망고를 씹었다.

"이 한밤중에 나왔는데 별을 볼 수 없다니 말도 안 돼." 버지니아가 위를 보며 말했다. "숲 지붕이 너무 두꺼워."

"우리만의 별을 가져오길 잘했지." 다쿠스가 반딧불이 랜턴을 보며 고개를 끄덕였다. 그가 대나무 집에 있는 박스터에게 망고 한 조각을 줬다.

"여기 우림 속에 있으니 딴 세상에 있는 것 같아."

"무슨 뜻인지 알겠어."

"이곳에 오기 전에는 내가 '야생'이라는 단어를 제대로 이해하지 못했던 것 같아." 버지니아가 말했다. "여기엔 인공적인 게 하나도 없어. 이곳은 전혀 다른 종류의 생명이야."

다쿠스가 고개를 끄덕였다. "매혹적이야."

"난 무서워. 네가 여길 혼자 걸을 생각을 했다는 게 참 대단한 것 같아. 난 그럴 배짱이 없을 것 같거든."

다쿠스는 대답하지 않았다. 자기 혼자였다면 어디까지 갈 수 있었을지 확신할 수 없었다.

"이제 곧 바이옴이 보일 때가 되지 않았나?" 버지니아가 물었다. "제법 많이 걸었잖아."

"알아. 해가 뜨기 전에 트랩도어에 도착하고 싶은데."

"엠마가 반나절 거리라고 했어. 그러니까 네 시간이나 다섯 시간,

아니면 여섯 시간 정도잖아?"

"우리가 지금 얼마나 걸었지?"

"세 시간 정도?"

"그럼 그렇게 멀지는 않았을 거야. 가자." 다쿠스가 앞을 향해 걸었다.

버지니아가 일어나서 따라나섰지만, 이내 경고하듯 다급하게 들어 올린 다쿠스의 손에 걸음을 멈추었다.

"뭔데 그래?" 버지니아가 다쿠스의 뒤로 숨으며 속삭였다.

"모르겠어." 다쿠스가 어깨너머로 그녀를 보며 말했다. "저 소리 들려?"

왼쪽에서 이상한 철벅 철벅 소리와 쿵쿵 소리가 들렸다.

"뭐가 됐든, 마주치고 싶지 않아." 버지니아가 공포로 눈이 휘둥그레져서 말했다.

다쿠스가 몸짓으로 그 소리를 돌아서 가야 한다고 표시했다. 그런데 뒷걸음을 치다가 그만 바닥에 떨어져 있던 이끼 낀 나뭇가지에 미끄러져 두툼한 나무고사리 무더기 속으로 비스듬히 넘어졌고, 그 과정에서 박스터와 배낭 속의 다른 딱정벌레들을 깔아뭉개지 않으려다 비명을 지르고 말았다.

간담을 서늘하게 만드는 꽤액 소리가 나더니, 철벅거리고 쿵쿵대는 짐승이 그들을 향해 쿵쿵거리며 다가왔다. 겁에 질린 다쿠스가 부랴부랴 일어나서 나무고사리들 틈으로 최대한 몸을 밀착시켰다.

버지니아는 뒷걸음질로 큰 바위를 뛰어넘어 그 뒤에 몸을 쪼그리고 숨었다.

나무 덩굴 커튼을 요란하게 헤치고 개미핥기를 닮은 얼굴에 소처럼 덩치가 큰 짐승이 나오더니, 쿵쿵거리며 그들을 지나쳐 숲속으로 사라졌다. 다쿠스와 버지니아는 몇 분 동안 아무 말 없이 각자 숨어 있는 곳에서 서로를 응시하다가 동물이 사라진 곳을 흘끗 쳐다봤다. 발소리가 점점 희미해지더니 또다시 꽤액 소리가 들렸다. 다쿠스는 나무고사리들 틈에서 기어 나왔고, 동시에 버지니아도 바위 뒤에서 나왔다.

"그게 뭐였니?" 그녀가 속삭였다.

"내 생각엔 맥獏[멧돼지와 비슷하게 생긴 멸종 위기 동물]인 것 같아." 다쿠스가 머리를 긁적이며 말했다.

"뭔지 몰라도 하마터면 심장마비 올 뻔했네." 버지니아가 손을 가슴에 대고 말했다.

그들은 맥이 나왔던 지점으로 걸어가서 비릿한 물이 고인 웅덩이 옆에 진흙이 밟혀서 움푹 팬 자국을 보았다.

"진흙 목욕을 하고 있었나 봐." 버지니아가 다쿠스에게 미소 지었다.

"철벅 철벅 소리가 그거였구나."

그들은 맥의 진흙 목욕을 방해한 것에 안도의 웃음을 짓고는 숲에는 큰 동물들이 많이 있고 어떤 동물은 위험하다는 것을 더 실감하고 조금 더 빠르게 걸었다.

"잠깐, 길이 어디 있지?" 버지니아가 몸을 휙 돌렸다.

당황한 눈으로 그녀를 쳐다보던 다쿠스가 땅을 훑어보았다. 그들이 따라온 길이 사라졌다. "저쪽으로 가자. 저쪽이 더 환해." 그가 하늘이 보이는 숲속의 공터를 가리켰다.

"맥 때문에 방향을 잃었나 봐." 버지니아가 스스로에게 짜증이 난 듯 말했다.

"괜찮아. 저기로 가서 나침반으로 지도를 확인하면 돼. 다시 길을 찾을 수 있을 거야. 잘못된 길로 그렇게 멀리 오지는 않았을 테니까."

그들은 밤하늘의 달빛과 별빛 때문에 조금 더 환해 보이는 공터에서 무릎을 꿇었다. 다쿠스가 지도를 펴서 편편하게 펼쳤다.

"나침반 줘봐." 그가 손을 내밀었다.

버지니아가 주머니를 뒤지더니 다쿠스를 보았다. "너한테 있잖아."

"난 없어. 지도는 나보다 네가 잘 읽는다면서 네가 가져갔잖아."

버지니아의 눈이 커졌다. "맥에게 쫓길 때 떨어뜨린 모양이야."

두 친구는 어쩔 줄 모르고 서로를 쳐다봤다. 다쿠스는 지도를 내려다보며 자신이 어디에 있는지 모른다는 사실을 깨달았다. 공포감에 폐가 짓눌린 듯 숨쉬기가 어려웠다.

"겁에 질려 쩔쩔매면 안 돼." 버지니아가 말하고는 애타게 주변을 둘러보았다. "여기 어딘가에 길이 있을 거야."

"현실을 직시하자." 다쿠스가 땅바닥에 주저앉아 배낭을 벗었다. "우린 길을 잃은 거야." 심장이 납덩이처럼 무겁게 느껴졌다. "우리가 할 수 있는 최선은 여기 머물면서 동트기를 기다리는 거야."

"이런, 다쿠스." 버지니아의 커다란 갈색 눈에 눈물이 가득 고였다. "미안해. 그럴 생각은 아니었는데. 그건 사고였어. 난, 난…"

"네가 떨어뜨린 것도 확실하지 않잖아." 다쿠스가 버지니아를 잡아당겨 자신의 옆에 앉혔다. "내가 미끄러지면서 떨어뜨린 걸 수도 있어."

"위로하느라고 하는 말인 거 알아." 버지니아가 말하고 그에게서 고개를 돌렸다. "내가 다 망쳤어."

"이봐, 저거 봐!" 다쿠스가 가리켰다. 쇠똥구리들이 줄지어 그의 배낭에서 기어 나오고 있었다. 다쿠스는 그들이 일렬로 기어서 공터를 가로질러 가는 것을 빤히 쳐다보았다.

"어디로 가는 거지?" 버지니아가 물었다.

"하!" 다쿠스가 벌떡 일어나며 버지니아의 셔츠를 잡아당겨 일으켜 세웠다. "우리에게 길을 알려주려는 거야!" 그가 별이 점점이 박힌 하늘을 가리켰다. "쇠똥구리는 은하수를 이용해 방향을 읽을 수 있어. 얘들한테는 나침반이 필요 없어!" 그가 흥분해서 버지니아의 어깨를 흔들었다. "딱정벌레와 별이 있는 한, 우린 길을 잃지 않아." 그가 배낭을 어깨에 걸치고 반딧불이가 채워진 흡충관을 집어 들었다. "자, 가자. 이제 얼마 남지 않았을 거야."

그들은 마치 두 명의 거인 보디가드처럼 쇠똥구리들 옆에서 걸으면서 길을 내주고 그들을 보호했다.

숲 저편에 뻥 뚫린 공간이 있었다. 쇠똥구리들은 숲 언저리까지 행진한 뒤 겉날개를 들고 날아오르더니 다쿠스의 머리 위에서 한 바퀴 돌고 다시 배낭 속으로 들어갔다.

"세상에, 맙소사!" 버지니아가 비틀거리지 않기 위해 나무로 손을 뻗었다.

다쿠스는 눈 앞에 펼쳐진 광경에 입이 떡 벌어졌다. 울창한 숲의 나무와 식생들 사이에 전체가 유리와 금속으로 만들어진, 세인트 폴 대성당만큼이나 웅장한 건물이 자리 잡고 있었다. 어둠 속에 가려진 작은 돔들은 보이지 않았지만, 그것들의 존재를 다쿠스는 알았다.

"우리가 해냈어." 버지니아가 다쿠스를 보며 싱긋 웃었다.

다쿠스는 고개만 끄덕일 뿐 바이옴에서 시선을 뗄 수 없었다. 아빠가 저기 어딘가에 있고, 곧 아빠를 찾을 것이다. "가자." 그가 버지니아의 팔을 덥석 붙잡고 헬기장 가장자리를 돌아서 최대한 트랩도어 가까이 갔다. 다쿠스는 까만 장치를 주머니에서 꺼내 바이옴을 향해 내밀었다.

"이거 봐!" 버지니아는 화면 우측 상단의 작은 삼각형 불빛을 가리켰다. 그것이 점점 커지더니 검은 화면 한가운데 어떤 단어가 잠시 나타났다.

'온라인'

"유우우레카!" 버지니아가 안도의 한숨을 내쉬었다.

단어가 사라지며 그 자리에 육각형이 나타났다. 다쿠스는 다시 트랩도어를 향해 장치를 조준하고 육각형을 건드렸다. 트랩도어가 30센티미터쯤 내려가더니 스르르 열리며 지하로 승합차 한 대는 들어갈 만한 크기의 통로가 나타났다.

그때 뒤쪽 관목 숲에서 재채기 소리 같은 것이 났다. 다쿠스는 깜짝 놀라서 버지니아를 쳐다봤다.

"빨리, 뛰어." 그녀는 이미 입구를 향해 어둠 속으로 뛰어들며 다급한 목소리로 말했다.

다쿠스도 그녀를 따라 바이옴 입구 터널로 후다닥 뛰어 들어갔다. 육각형 조명들로 이루어진 눈부신 천장에 불이 켜지더니 문이 닫히기 시작했다.

"여기야! 이거 봐! 빨리!" 버지니아가 손잡이 용도의 구멍이 뚫린 육각형 바닥 타일 옆에 무릎을 꿇었다. 타일을 들어 올리니 아래에 수직 사다리가 있었다. "여기서 나가야 해. 엠마가 카메라가 있다고 했어." 다쿠스가 고개를 들어보니 천장에 유리로 된 구형의 물체가 보였다. "어서, 다쿠스. 이리로 내려 가."

다쿠스가 빠르게 사다리를 타고 내려갔고, 버지니아도 뒤따라 내려가면서 머리로 받치고 있던 바닥 타일도 자연스레 닫혔다. 끝까지 내려가 보니 그곳은 불빛이 어둑한 터널이었다.

"그들이 우릴 봤을까?"

버지니아가 머리를 갸웃하고 귀 기울였다. "경보는 울리지 않았어. 경비원이 자고 있었기를 바라야지."

"잠깐만. 그 타일이 열리는 걸 어떻게 알았니?"

"우선은 거기 손잡이용 구멍이 있기도 했고, 엠마 아줌마가 건물 아래에 유지보수 터널이 있다는 얘기를 들려줬어. 렌카 박사가 그 터널은 감시하지 않는다고 했대. 그러니까 그곳이 우리가 들키지 않고 빠져나갈 방법이지."

"아줌마가 언제 그런 말을 했는데?" 다쿠스가 인상을 찌푸렸다.

"아줌마가 해먹을 묶고 있을 때 내가 정보를 캐내려고 옆에서 계속 이것저것 물었지." 버지니아는 의기양양해 보였다. "지금은 틀림없이 나를 데려와서 다행이라고 생각하겠지? 응?"

"아줌마가 또 무슨 말을 했는데?"

"곤충 사육장이 대형 돔 지하실에 있다는 거랑 거기에는 우리가 조심해야 할 카메라가 한두 대뿐이라는 거."

"그럼 내려가자." 다쿠스가 바닥을 더듬어 구멍이 나 있는 또 다른 육각형 평판을 찾았다. "바이옴의 딱정벌레들을 어서 만나고 싶으니까."

제 *21* 장

여왕의 부군

흰 색 실험실 가운을 입은 남자 두 명이 노박을 데리러 왔다. 지난번에 이 일을 맡았던 사람은 렌카 박사였다. 그가 자신을 용화실 계단으로 밀어 넣었던 것을 노박은 기억했다. 그때는 자신에게 무슨 일이 일어날지 몰랐지만, 이번에는 알았다. 그래서 몸부림치며 저항했다.

"나한테 떨어져요! 날 놔줘!"

남자들이 그녀를 들어서 이동식 운반 침대에 눕히고 끈으로 팔과 다리, 그리고 목을 결박했다. 그녀는 몸부림을 멈추고 비명을 지르기 시작했다.

남자들은 그녀의 비명을 무시하고 운반 침대의 접이식 다리를 펼친 뒤 바이옴의 복도로 밀고 갔다. 그녀는 육각형 천장 타일이 빠르게 지나가는 것을 지켜보며 비명을 지르고 또 지르면서 달아날 방법을 찾으려 했다.

운반 침대가 속력을 늦추더니 이내 멈추었다. 출입구가 보였다. 다쿠스의 아버지가 그 옆에 서 있었고, 스펜서도 그의 옆에 있었다. 두 사람 모두 흰 가운 차림이었다.

"날 놔줘요!" 그녀가 울부짖었다. "도와주세요!" 그녀가 스펜서를 보았으나, 그는 눈을 돌렸다.

다쿠스의 아버지는 그녀를 외면하며 그녀를 밀고 온 남자들에게 낮은 목소리로 뭐라고 말했다. 그들은 고개를 끄덕이고 떠났다.

"안녕, 노박." 다쿠스의 아버지가 밝게 말하며 운반 침대의 머리 쪽에 섰다.

"배신자!" 노박이 악을 쓰며 그의 얼굴에 침을 뱉었다.

바솔로뮤 커틀이 소매로 얼굴을 훔치고 그녀에게 등을 돌렸다. 그러고는 낮지만 또렷한 목소리로 말했다. "내가 하는 모든 말을 주의해서 듣기 바란다. 너에게 직접 말하지는 않을 거야." 스펜서가 다가와서 노박의 발 쪽에 서자, 바솔로뮤 커틀의 목소리가 밝아지고 커졌다. "오늘 우리는 여기서 중요한 실험을 하고 있는데, 자네가 거기 참여하게 된 건 참 행운이야. 그렇지, 스펜서?"

노박은 다쿠스 아버지의 행동이 무엇을 의미하는지 알 수 없어서 스펜서를 쳐다보았다. 스펜서는 오른쪽 눈으로 아주 살짝 윙크를 했다.

"그렇습니다." 스펜서가 운반 침대의 발 쪽에 있는 손잡이를 잡고서 밀었고, 다쿠스의 아버지가 운반 침대의 방향을 잡으며 복도를 따라 내려갔다.

"음, 우선 말해둘 게 있는데." 바솔로뮤 커틀이 말했다. "네가 더 이상 비명을 지르지 말아 주면 고맙겠다. 그러면 내가 당황스러워지고, 내가 하는 말을 네가 듣기가 아주 어려워지니까 말이다. 좀 전에 말한 것처럼, 넌 내가 하는 말을 계속 주의 깊게 들어야 해."

노박은 대답하지 않았다.

스펜서는 그녀에게 고개를 끄덕이며 미소 지었다.

그들은 다른 복도로 접어들었다가 또 다른 복도로 향했다.

"이런, 제기랄!" 갑자기 다쿠스의 아버지가 뒤로 돌아서 화가 난 시늉을 했다. "스펜서, 길을 잘못 든 모양이야. 솔직히 우리가 정확히 어디에 있는지 모르겠군! 내가 이 벌집 같은 구조에 익숙해질 수 있을지 모르겠어. 용화실을 가려면 어디로 가야 하는지 아나?"

"길을 잃었다고?"

노박은 렌카 박사가 으르렁거리는 소리를 즉시 알아듣고 간담이 서늘해졌다.

"아니." 바솔로뮤 커틀이 그가 있는 쪽을 보며 대답했다. "길을 잃었다기보다, 우린 어, 그냥…"

"대체 그 애를 어디로 데려가는 거야?" 렌카가 운반 침대로 걸어와 노박을 내려다보며 물었다.

"이것 참, 왜 이러나." 다쿠스의 아버지가 가볍게 웃었다. "우리가 이 애를 어디로 데려가는지는 자네가 더 잘 알 거 아니야." 그가 잠시 말을 멈추었다가 이었다. "안 그래?"

"그거야 그렇지." 렌카 박사가 확신 없는 목소리로 대답했다. "물론 알아. 난 그냥 자네가 대체 왜 이쪽으로 온 건지… "

"그야 용화실을 가려는 거지."

"뭐라고?"

"난 이 애를 용화실로 데려가는 중이야. 우린 오늘 완전 탈바꿈을 실시할 거야. 물론 자네도 알고 있을 테지만." 바솔로뮤가 미소 지었다. "자네도 그 자리에 있을 건가? 루시가 자네를 초대했겠지? 아주 흥분되는군. 오늘은 그간 루시가 기울인 노력이 결실을 보는 날이니 말일세."

"나도 갈 거야." 렌카 박사가 대답했다. "당연히 루시가 나를 부르겠지."

바솔로뮤 커틀이 눈을 가늘게 떴다. "그래?"

"그래!" 렌카 박사가 고함쳤다. "난 그냥 자네가 왜 이 애를 유지보수 돔으로 밀고 온 건지 알고 싶어서 물어본 것뿐이라고!"

"유지보수 돔이라고?" 바솔로뮤 커틀이 놀란 얼굴로 두리번거렸다. "그럼 여긴 내가 가려는 곳이 아니잖아! 길을 잃었다는 걸 인정해야겠군."

"흥!" 렌카가 비웃었다.

"하지만 헨리크, 자네는 유지보수 돔에서 뭘 하고 있는 건가? 다른 과학자들과 실험실에서 용화실 실험을 위해 딱정벌레의 유전형질을 준비하고 있어야 하는 거 아니야? 이제 곧 시작할 텐데... 아 참. 내가 깜박했군." 바솔로뮤 커틀이 렌카 박사에게 바짝 다가서 얼굴을 가까이 들이밀며 말했다. "자네는 배신자라서 화장실 청소를 맡게 되었다고 했지."

렌카는 대답하지 않고, 증오심에 불타는 눈으로 다쿠스의 아버지를 노려보았다.

"사실은 용화에 대해 듣지 못한 거겠지, 안 그런가?" 바솔로뮤가 속삭였다.

침묵이 흘렀다.

"그럴 줄 알았지." 바솔로뮤가 뒤로 물러났다. "이 애한테 실험하는 용화가 성공하면, 루시가 다음 차례는 내가 될 거라고 약속했거든."

"다음 차례?"

바솔로뮤 커틀이 고개를 끄덕였다. "어, 그래. 루시와 나는 딱정벌레 여왕과 부군이 될 걸세." 그가 미소 지었다. "우리 둘이 함께 세상을 통치하는 거지."

"하!" 렌카는 비웃으려 했지만, 목구멍이 말라서 목소리가 공허하게 들렸다. 그가 뒤로 물러났다.

노박은 자신이 들은 말을 믿을 수 없어서 다쿠스의 아버지를 빤히 올려다보았다.

"물론 내 DNA에 주입하고 싶은 딱정벌레 종을 아직 선택하지 못했지만 말이야." 그가 손가락으로 입술을 톡톡 건드렸다. "헤라클레스장수풍뎅이를 생각하고 있긴 한데. 워낙 강하니까 말이야. 아무래도 루시가 강한 딱정벌레를 옆에 두고 싶어 할 것 같거든. 안 그런가?"

노박은 렌카 박사가 성큼성큼 걸어가서 문을 쾅 닫는 소리를 들었다.

"이런." 다쿠스의 아버지가 중얼거렸다. "내가 저 친구를 화나게 만든 모양이군." 노박은 그의 무표정한 얼굴 뒤에서 미소가 살짝 새어 나오는 것을 본 것 같았다. "자, 스펜서. 우린 노박을 의무실로 데려가서 모든 활력 징후를 확인해봐야 해. 혈압과 심박수, 체온 등을 모두 확인할 때까지 용화실에 들여보낼 수는 없으니까 말이야. 사람들이 우리를 기다리는 건 알지만 조금 더 기다릴 수 있을 거야. 탈바꿈 과정에 어떤 종류의 바이러스도 들어가면 안 되니까."

"예, 커터 박사님." 스펜서가 대답하고 운반 침대의 방향을 돌렸다. "이쪽입니다."

노박은 무슨 일이 일어나고 있는지 알 수 없었다. 용화실은 중앙에 있는 아르카디아 돔 실험실에 있는데, 그들은 그녀를 변두리에 있는 돔에서 다른 변두리 돔으로 밀고 가는 것처럼 보였다.

그들이 의무실에 도착했을 때, 다쿠스의 아버지가 노박을 결박에서 풀어주고 그녀를 부드럽게 들어서 의무실 진찰대 위에 앉혔다. 그러고는 능수능란하게 그녀의 신장과 체중, 맥박을 측정했다. 이어서 무릎 반사 테스트를 한 뒤 아주 느긋하게 결과를 모두 적었다. 그리고 노박에게 깡충깡충 뛰어보게 한 다음 일직선으로 걷게도 했다. 노박은 계속 그와 스펜서를 주시하며 그들의 표정에서 무슨 상황인지 단서를 얻으려 했지만 두 남자 모두 그녀가 건강한지 확인하는 데 너무 몰두해서 그녀의 시선을 알아차리지 못했다. 그들은 노박에게 혀를 내밀게 하고 면봉으로 문질렀다. 스펜서는 그녀의 목구멍을 들여다보고 눈을 살폈다. 바솔로뮤 커틀은 그녀에게 더듬이를 펴게 한 다음 크기를 쟀다.

"첫 번째 용화를 할 때 너를 정밀 검진한 사람이 있니?" 그가 물었다.

노박은 고개를 저었다. "다들 내가 죽느냐 사느냐에만 관심이 있는 것 같았어요."

"안타깝구나." 그가 고개를 저었다. "네 눈을 들여다봐도 되겠니?"

노박이 목을 뒤로 뺐다. 자신의 딱정벌레 눈을 본 사람은 지금까지 아무도 없었다.

"싫어? 좋아. 걱정할 것 없다." 그가 펜으로 손목을 가리키며 말했다. "안타깝지만 보석류를 착용하고 용화실에 들어갈 수는 없단다. 금속이 용화 과정을 방해하거든."

"어머나!" 노박이 손으로 팔찌를 덮었다.

"내가 그걸 대신 돌봐주면 어떨까?" 스펜서가 물었다. "일이 끝날 때까지만. 끝나면 곧바로 돌려줄게."

노박은 헵번이 스펜서의 코에 뽀뽀했던 것을 떠올리고는 고개를 끄덕이며 손목에서 팔찌를 뺐다.

"좋아. 이제 끝난 것 같구나." 바솔로뮤 커틀이 천천히 검사 목록을 읽어 내려갔다. "그냥 다시 한번 확인하는 거야."

노박은 스펜서를 쳐다보았다. 문득 다쿠스의 아버지가 일부러 시간을 끌고 있다는 생각이 들었다.

"음, 실례지만, 화장실 좀 가도 돼요?"

"그래, 물론이지!" 바솔로뮤 커틀은 기다렸다는 듯 대답했다. "방광이 꽉 찬 상태에서 용화실에 들어가면 안 되지. 사실은, 음, 그 말이지, 좀 천천히 하는 게 좋을 것 같다. 대장도 확실히 비우게 말이야. 필요한 만큼 시간을 충분히 쓰도록 하렴."

노박은 얼굴을 찡그리면서도 고개를 끄덕였고, 스펜서가 그녀를 데리고 모퉁이를 돌아 화장실로 안내하고는 적절한 거리를 두고 문 밖에 섰다.

노박은 변기 위에 앉았다. 화장실에 오고 싶었던 것은 아니지만, 만일 이것이 시간 끌기 게임이라면 자신도 돕고 싶었다. 다쿠스의 아버지는 자신이 말한 모든 것을 주의 깊게 들으라고 말했었다. 그래서 그가 렌카 박사와 나눈 대화를 급히 떠올려 보았다. 이해가 가지 않았다. 바솔로뮤 커틀은 분명 렌카 박사를 화나게 하려 했지만, 그렇게 해서 어떻게 그녀를 도울 수 있는 것인지 노박으로서는 알 수 없었다.

잠시 후 노박은 물을 내린 다음 천천히 손을 씻고 물기를 완전히 말렸다. 그리고 마침내 화장실에서 나왔다.

"준비 다 됐니?" 스펜서가 쾌활하게 물었다.

노박이 고개를 끄덕이고 그를 따라 바솔로뮤 커틀이 기다리고 있는 방으로 돌아갔다. "자, 다시 운반 침대에 올라가 주겠니. 노박?" 그가 말했다.

노박은 순종적으로 그 말에 따랐다. 그는 그녀를 결박하려 하지 않았다.

"오늘 어머니의 실험을 돕게 된 것에 자부심을 느껴야 한다." 그가 말했다. "그렇게 중요한 일에 참여하기 위해 무슨 짓이든 하려는 사람이 많으니까 말이야."

노박은 혼란스러운 마음에 스펜서를 보았다. 그의 희망적인 얼굴이 노박의 가슴 속에서 요동치는 두려움을 잠재웠다. 헵번이 스펜서를 믿으니, 자신도 그를 믿을 셈이었다.

제22장

송장벌레

" **더** 이상은 붙들고 있을 수가 없어!" 노박은 몰링의 고함 소리를 들었다. "문을 잠가! 잠그라고! 당장!"

그녀는 운반 침대에서 일어나려 했지만, 바솔로뮤 커틀이 부드럽게 손으로 막으며 그대로 누워 있으라는 신호를 보냈다. 그녀를 실은 운반 침대는 의무실 돔에서 연결 복도를 통해 아르카디아 돔의 둘레를 느긋한 속도로 돌아 실험실에 다가가고 있었다.

다쿠스의 아버지가 실험실로 들어갔고 스펜서도 그녀를 밖에 남겨두고 따라 들어갔다. 노박은 천장을 올려다보며 자신이 듣고 있는 소동과 고함 소리를 이해하려 했다.

"이게 대체 무슨 일이야?"

노박은 메이터의 목소리에 벌떡 일어나 앉았다. 루크레시아 커터가 농발거미의 속도로 그녀를 향해 뛰어왔다. 노박은 고개를 저어 자신도 모른다는 표시를 했고, 그녀의 어머니는 그녀를 바람처럼 지나쳐 실험실로 들어갔다. 노박은 운반 침대에서 조용히 내려와 살금살금 출입문으로 가서 안을 들여다보았다.

"렌카예요. 렌카가, 렌카가 용화실에 들어갔어요. 렌카가..." 스펜서가 루크레시아 커터 앞에 서서 바닥을 내려다보았다.

"다들 어디 있지?" 메이터의 머리가 넓게 포물선을 그리며 겹눈으로 실험실 안을 샅샅이 훑어보았다.

"비크로프 박사가 다쳤어." 노박은 다쿠스의 아버지가 메이터의 과학자 중 한 명 옆에 쭈그리고 앉아있는 것을 보았다. "박사를 당장 의무실로 데려가야 해."

노박은 실험실과 용화실 사이의 유리 벽에 빨간 액체가 튀어 있는 것을 보았다. 숨이 턱 막혔다. 그것은 피였다.

"실험실 팀은 어떻게 된 거지?"

"모두 달아난 것 같아." 그가 대답했다.

"달아났다고?" 루크레시아 커터가 내뱉었다.

링링이 앞으로 나와 고개를 숙이고 말했다. "몰링과 제가 비크로프 박사의 구조 요청을 받고 출동했습니다." 그녀가 보고했다. "도착해보니 렌카가 저 안에서 비크로프 박사를 공격하고 있었습니다."

그녀가 유리 벽 너머를 가리키며 말했다. "제가 비크로프 박사를 밖으로 끌어내는 동안 몰링이 렌카를 떼어냈고, 그런 다음 우리가 함께 렌카와 싸워서 다시 용화실로 몰아넣었습니다. 비크로프 박사가 간신히 문을 잠근 뒤 바닥에 쓰러졌고요. 싸움이 벌어지는 동안 실험실 팀은 달아났습니다."

"루시, 비크로프 박사가 피를 흘리고 있어." 바솔로뮤가 다급한 목소리로 말했다. "지혈을 해야 해."

"비크로프 박사가 용화에 사용한 딱정벌레 유전체가 뭔지 알아?" 루크레시아 커터가 그의 말을 무시하고 책상으로 성큼성큼 걸어갔다. 그녀는 컴퓨터 자판을 두드렸다. "렌카가 자기 DNA에 어떤 딱정벌레를 투입한 걸까?"

다쿠스의 아버지는 실험실 문 쪽을 보고 노박을 발견했다.

"노박, 운반 침대를 가져오렴." 그가 그녀에게 손짓했다. 그의 손에는 비크로프 박사의 피가 잔뜩 묻어 있었다.

그녀는 고개를 끄덕이고 재빨리 운반 침대를 실험실 안으로 끌고 갔다.

"노박." 다쿠스의 아버지가 작지만 위엄 있는 어조로 속삭였다. "네가 손잡이를 당겨서 침대를 바닥으로 낮춰야겠다."

그녀는 움직일 수 없었다. 비크로프 박사에게 눈을 떼지 못했다. 박사의 온몸이 피투성이였다. 목과 이마에 상처가 나 있었고, 왼쪽 귀는 떨어져 나갔다.

"노박, 잘 들어라. 비크로프 박사는 우리의 도움이 필요해. 박사를 실을 수 있게 네가 운반 침대를 낮춰주렴." 다쿠스의 아버지가 실험실 가운을 벗고 소매를 찢어 지혈대로 이용했다.

"돌아가셨나요?" 노박이 물었다.

"아니." 바솔로뮤가 그녀의 눈을 들여다보았다. "우리가 빨리 의무실로 데려간다면 무사할 거야. 그렇게 하도록 네가 도와줄 수 있겠니?"

노박은 고개를 끄덕이고 재빨리 운반 침대를 낮추고 다쿠스의 아버지가 조심스럽게 비크로프 박사를 옮기는 것을 도왔다.

"아, 이런!" 스펜서가 라벨이 붙은 주사기를 집어 들었다. "실피다에[*Silphidae*, 송장벌레의 학명]. 실피다에의 유전체인 것 같습니다."

"송장벌레라." 루크레시아가 말했다. "재미있군. 음, 그래서 헨리크가 만족할 줄 모르는 육식 본능을 갖게 된 거군." 그녀가 웃었다. "비크로프 박사가 용화 실험을 수행하기로 동의하기 전에 그걸 생각하지 못했다니 아쉽군."

바솔로뮤 커틀이 손잡이를 당겨 운반 침대를 허리 높이까지 올리고 소매가 찢겨나간 실험실 가운을 비크로프 박사의 다친 머리 밑에 조심스럽게 받쳤다. "난 박사를 의무실로 데려갈게." 그가 루크레시아 커터에게 말했다.

"안 돼." 메이터가 몰링을 가리켰다. "몰링이 하면 돼."

"하지만 당장 치료가 필요해." 다쿠스의 아버지가 맞섰다. "안 그러면 죽을 수도 있다고."

"죽건 말건 상관없어." 그녀가 말했다. "비크로프 박사는 더 이상 내게 필요 없어."

"하지만..."

"안된다고 했잖아!" 루크레시아가 몸을 최대한 쭉 펴고 서며 말했다.

정적이 감도는 가운데 노박은 몰링이 비크로프 박사의 운반 침대를 끌고 가는 것을 보았다.

"당신은 나를 도와 헨리크가 어떻게 되었는지 검사해야 해."

"아직 저 안에 있습니다." 링링이 말했다. "용화실 안에요."

노박이 유리 벽을 통해 용화실을 보니, 몇 년 전 자신이 떠밀려 들어갔던 흰색 누에고치가 보였다. 그녀는 비틀비틀 문으로 들어가서 누에고치 바닥에 웅크리고 앉아 두려움에 떨었던 옛날의 기억을 떠올렸다. 누에고치가 닫히자 바깥 용화실에 액체가 채워지는 소리가 들렸다. 용화실에서 어떻게 나왔는지는 기억나지 않았다. 깨어보니 침대였고, 몸속에서 이상한 기분이 느껴졌다.

"나더러 뭘 하라는 거지?" 바솔로뮤 커틀이 물었다. 노박은 그의 얼굴이 회색빛으로 변한 것을 보았다. 화가 난 것 같았다.

노박은 복도에서 그가 렌카 박사에게 용화실에 다음번에 들어갈 차례는 자신이라고 말한 것과 이후 의무실에서 시간을 오래 끌었던 것을 떠올렸다. '다쿠스의 아버지는 이런 일이 일어날 것을 알고 있었던 거야!' 그는 노박을 용화실에 들어갈 위기에서 구하기 위해 이런 일이 일어나도록 만들었고, 그러다가 지금 비크로프 박사가 다쳐서 죽을지도 모르는 상황이 된 것이다.

"탈바꿈이 잘 진행되었는지 확인해 봐야지." 메이터가 신이 난 아이처럼 손뼉을 치며 말했다. "성인 남자에게 시도해 본 적은 없었는데 말이야." 그녀가 제어반에서 스위치를 켰다. "헨리크, 내 말 들려? 내가 문을 열 거야."

링링이 왼쪽 다리를 뒤로 빼고 양손을 앞으로 내밀어 방어 자세를 취했다.

노박은 자기도 모르게 출입구를 향해 뒷걸음쳤다. 헨리크에게 무슨 일이 일어났는지 보고 싶지 않았다.

누에고치의 막이 마치 개화하는 꽃의 꽃잎처럼 부분부분 벗겨지고 용화실 문이 스르르 열렸다. 노박은 피가 싸늘하게 식는 기분이었다. 렌카의 얼굴은 살인적인 딱정벌레 해적의 그것이었다. 작아진 코와 얼굴 반쪽을 덮은 키틴질 껍질에 의해 더욱 도드라져 보이는 구슬 모양의 겹눈 하나가 그들을 노려보고 있었다. 키틴질 껍질은 윗입술이 있어야 할 자리에서 끝이 났다. 왼쪽 얼굴은 여전히 사람의 것이었고, 여드름이 가득한 창백한 얼굴에서 차가운 파란색 눈이 그들을 노려보았다. 한 쌍의 돌출된 큰 턱과 이어진 날카로운 아래턱 사이의 시커먼 구멍 같은 입에서 피가 뚝뚝 떨어지고 있었다. 인간의 팔 한쪽으로 피범벅이 된 이상한 덩어리를 입으로 가져가 베어 물었다.

그가 비크로프 박사의 귀를 먹고 있다는 것을 깨닫자 노박은 속이 뒤틀렸다.

"음, 안녕, 루시." 실험실 스피커를 통해 그의 목소리가 들렸다. "새로운 내 모습이 어때?" 그가 검은색과 주황색으로 이루어진 외골격과 손이 있어야 할 자리에 공격적인 발톱이 달린 왼쪽 팔을 흔들었다.

"인상적이군." 루크레시아가 대답했다. "당신에게 그런 용기가 있는 줄은 몰랐네."

"당신을 위해 한 거야." 키틴질 다리가 금속을 긁는 소리가 나더니, 그가 용화실에서 나와 유리 칸막이를 향해 다가왔다. 노박은 그의 상체에서 뻗어 나온 두 개의 짤막한 기형적인 다리를 보았다.

"우리는 똑같아. 당신과 나." 그가 말했다. "당신은 이제 더 이상 혼자가 아니야, 루시. 우리가 함께 세상을 지배할 수 있어."

"난 마음에 안 들어, 헨리크." 루크레시아가 대답했다. "당신은 내 과학자들을 쫓아버리고 비크로프 박사를 다치게 했어."

렌카가 인간 눈알을 굴리더니 소름 끼치는 그르렁 소리를 내며 웃었다. "배가 고파서 그랬어."

"이 괴물!" 스펜서가 소리를 지르며 앞으로 돌진했다. "비크로프 박사님은 내 친구야!"

바솔로뮤가 그의 어깨를 붙잡고 저지했다. "스펜서, 노박을 방에 데려다주겠어?" 그가 말하고는 스펜서를 문가에 서 있는 노박을 향해 살짝 밀었다. "부탁해."

"아니, 그 애는 나한테 보내." 헨리크 렌카가 강화 유리를 통해 스펜서를 힐끔거렸다. "난 아직 배가 고프다고."

바솔로뮤가 유리를 등지고 루크레시아를 향해 돌아서서 말했다. "헨리크를 저기 남겨둘 순 없어. 그렇다고 내보낼 수도 없고. 어떻게 할 계획이지?"

루크레시아는 헨리크 렌카가 소리를 들을 수 없도록 마이크 스위치를 껐다. "일단 진정시킨 뒤에 링링이 감방에 넣을 거야."

"그러고 나서는?"

"헨리크는 당신과 크립스 선생에게 아주 유용한 살아있는 표본이 될 거야. 안 그래?" 루크레시아 커터가 대답했다.

"하지만 헨리크는 위험해, 루시." 바솔로뮤가 말했다. "송장벌레로 변했잖아. 썩은 고기를 먹는."

"음, 그럼 당신이 조심해야겠군." 루크레시아 웃었다. "헨리크는 당신을 정말 싫어하니까 말이야."

제 *23* 장

부화장

다쿠스는 바닥으로 내려와서 귀를 쫑긋 세우고 박스터를 내려
다보며 별일이 없는지 확인했다. 그와 버지니아는 박스터와
마빈을 대나무 곤충 집에서 꺼내 놓았고, 덩치가 큰 베이스캠프 딱
정벌레들은 더듬이를 곤두세우고 경계 태세로 배낭 위에 앉아있었
다. 아직 새벽 네 시쯤밖에 되지 않은 이른 시간이어서인지 모르겠
으나, 어쨌든 그들이 사다리 세 개를 내려오는 동안 아직까지 아무
도 마주치지 않았다. 그들은 손바닥과 무릎으로 바닥을 더듬었지만
구멍 손잡이가 있는 타일을 찾을 수 없었다.

　"여기가 바이옴의 제일 아래층인 것 같아." 그가 통로 위아래를 훑어보며 말했다. 통로에서 그들이 있는 부분은 불이 밝혀져 있었지만, 양쪽 길 모두 어두웠다.

"어느 쪽으로 가지?" 버지니아가 물었다.

"큰 돔은 저쪽인 것 같아." 다쿠스가 말했다.

버지니아가 고개를 끄덕였고, 그들은 조용히 출발했다. 바닥의 광센서 때문에 불안했다. 사람이 걸어가는 부분만 불이 켜지기 때문에 어둠 속에서 무언가가 기다리고 있어도 알 수가 없었다. 그래서 딱정벌레의 감각에 의지한 채 귀를 쫑긋 세우고 아주 미세한 소음도 경계하며 큰 돔이 있는 방향으로 살금살금 걸어갔다.

"이거 봐. 여기 문이 있어." 다쿠스가 오른쪽에 있는 육각형 문에 두 손과 귀를 가져다 댔다. 그러고는 뒤로 물러나서 문틀을 둘러보았다. "문을 어떻게 열지?"

"그 정체불명의 물건으로 시도해봐." 버지니아가 제안했다.

"아, 그래." 다쿠스가 주머니에서 리모컨을 꺼내서 흰색 육각형을 눌렀다. 그러자 문이 스르르 올라가며 따뜻한 흙냄새가 안쪽의 방으로 그들을 인도했다. 붉은빛이 깜빡였다. 방은 그들이 걸어온 복도와 나란히 펼쳐진 기다란 형태였는데, 방 전체 길이의 여물통처럼 생긴 길쭉한 네 개의 통에 의해 나뉘어 있었다.

다쿠스는 가장 가까운 긴 통으로 걸어가서 손을 넣어 흙처럼 보이는 것을 퍼 올렸다. 그리고 손가락으로 그것을 비볐다.

"이것 봐, 박스터. 너희들 집에 깔아놓은 것과 같은 참나무 톱밥이야." 그가 손가락을 박스터의 얼굴로 가져가 더듬이로 냄새를 맡게 했다.

그 순간 버지니아가 그의 팔을 붙잡았다. 멀리서 우르릉거리는 소리가 들리는가 싶더니 그 소리는 점점 더 커지며 마치 스트라이크를 친 후에 선수에게 되돌아오는 볼링공처럼 그들을 향해 빠르게 다가왔다. 희고 둥근 커다란 바위같이 생긴 것이 천장에서 그의 앞에 있는 길쭉한 통으로 떨어져 나무 톱밥 안에 파묻혔다.

"대체 저게 뭐지?" 버지니아가 속삭였다.

다쿠스는 천장을 올려다보았다. 천장은 넓은 정사각형 구멍들로 이루어진 격자 구조였다.

"저 구멍에서 떨어졌어."

"그래, 그건 나도 알아. 하지만 그게 뭐냐고?" 버지니아가 앞으로 나와서 팔을 뻗어 구체를 살짝 찔러보았다.

다쿠스가 대형 구체의 양쪽에 손을 댔다. 코끼리 엉덩이를 생각나게 하는 촉감이었다. "이건 알이야!" 그가 깨달았다.

"알이라고?" 버지니아가 얼굴을 찌푸렸다. "대체 어떤 동물이 이렇게 큰 알을 낳는단 말이야?"

다쿠스가 버지니아를 쳐다봤다. "거대 풍뎅이지."

"이건 공룡 알 같은데?"

"루크레시아 커터가 곤충 사육장에서 거대 딱정벌레를 사육하고 있어!" 그가 위를 올려다보았다. "저 위에 딱정벌레 성충들이 있는 게 분명해." 그는 잠시 생각했다. "알이 선별되어서 저 구멍을 통해 참나무 톱밥 속으로 떨어지는 거지." 그가 길쭉한 통을 따라 움직이며 손가락으로 어느 지점을 가리켰다. "이거 봐. 여기 더 있어."

"여긴 부화장이구나!" 버지니아가 소리쳤다.

머리 위에서 천둥처럼 우르릉대는 소리가 나더니 또 하나의 거대 딱정벌레 알이 푹신한 참나무 톱밥 부화대로 떨어졌다.

다쿠스는 길쭉한 통을 따라 달리며 알의 개수를 세었다. "적어도 여기 서른 개는 있어." 그런데 그렇게 달리면서 마치 수 마일은 더 달릴 수 있을 것처럼 기운이 샘솟는 것을 느꼈다. 그러고 보니 밤새 걸었는데도 피곤이 느껴지지 않았다. 그는 멈춰 섰다. "그런데 뭔가 좀 다른 거 못 느끼겠니?"

"달라?" 버지니아가 얼굴을 찌푸렸다. "무슨 뜻이야?"

"모르겠어. 뭐랄까... 힘이 막 솟구치는 것 같고." 다쿠스가 설명하려 애썼다. "내 몸이 강해진 느낌이랄까."

버지니아가 눈을 깜빡였다. "무슨 얘긴지 알 것 같아. 나도 지금 벽을 타고 올라가서 공중제비를 넘을 수도 있을 것 같은 기분이야."

"할 수 있어?"

"아니, 물론 못하지."

"음, 난 또. 너는 운동을 잘하니까." 다쿠스가 어깨를 으쓱했다.

"그래. 하지만 벽을 타고 공중제비를 넘는 건 못해. 할 줄 알았다면 지금쯤 벌써 네가 봤겠지. 내가 늘 하고 다녔을 테니까. 하지만–"

그녀의 시선이 벽을 따라 올라갔다. "막상 그런 생각을 하고 있으니, 시도해보고 싶어서 몸이 근질근질한데."

"그럼 해봐." 다쿠스가 말했다.

버지니아가 잠시 그를 보고는 빙그르 돌아서 최대한 빨리 달리다가 벽에 가까워지자 속력을 더욱 높였다. 이어서 왼발로 바닥을 쿵 짚은 뒤 오른쪽 다리를 날려 벽에 올린 다음 두 걸음쯤 위로 올라가서는 뒤로 몸을 젖혀 공중제비를 하고 웅크린 자세로 바닥에 착지했다.

"우와!" 다쿠스가 박수를 쳤다. "정말 멋지다!"

버지니아는 똑바로 일어나 자신의 몸을 내려다보았다. 그리고 다쿠스를 향해 걸어오며 말했다. "너도 뭔가를 해봐."

"뭘 해?"

"몰라. 뭐든. 달리든지 도약하든지. 그냥 아무거나 해봐."

다쿠스가 그녀를 향해 전력 질주하더니 발을 힘껏 구르고 풍차처럼 두 팔을 휘저으며 뛰어올라 거의 4미터 정도 날아가서 바닥에 착지했다.

"무슨 일이야?" 버지니아가 눈이 휘둥그레져서 자신의 다리를 내려다보며 물었다. "우리가 초능력을 갖게 된 것 같아."

"하지만 우리가 특별히 달라진 건 없잖아." 다쿠스가 자신의 손을 보고는 주변을 두리번거렸다. "이곳 때문이야. 이 대기 때문이야." 그가 얼굴 앞에서 손을 저었다. "주변 산소 농도가 높은가 봐." 다쿠스는 눈을 가늘게 뜨고 길쭉한 통을 응시했다. "그래, 당연하지! 산소가 더 많아야지. 안 그러면 거대 딱정벌레가 숨을 쉴 수 없겠지! 덩치가 너무 크니까 말이야. 그래서 숲속에서 그 딱정벌레가 죽은 거야."

"좀 천천히 차근차근 설명해봐." 버지니아가 인상을 찌푸렸다.

"딱정벌레는 외골격에 있는 숨구멍을 통해 호흡을 해."

"그래, 기문氣門 말이지. 나도 알아."

"기문을 통해 공기가 들어가고 확산 작용에 의해 그 공기 중의 산소가 딱정벌레의 몸으로 흡수돼. 딱정벌레가 더 크게 자라지 못하는 이유는 공기가 들어간 뒤 얼마 못 가서 산소가 전부 흡수되어 없어지기 때문이야. 딱정벌레의 몸속 깊은 곳에 있는 조직들도 생명을 유지하려면 산소가 필요하거든. 그래서 딱정벌레가 일정 크기 이상으로 자라지 못하는 거야. 몸집이 작아야만…"

"대기 중에 산소가 더 많지 않다면 그렇다는 말이지?" 버지니아의 눈이 반짝반짝 빛났다.

"맞아!" 다쿠스가 고개를 끄덕였다. "3억 년 전 고생대에는 대기 중 산소 농도가 35%였고, 거대한 곤충들이 있었어."

"그리고 산소는 우리의 근육에도 영향을 주겠지." 버지니아가 무릎을 구부리고 제자리에서 높이 뛰어올랐다. "마빈에게도 영향이 있을까?"

다쿠스가 어깨를 보고 물었다. "박스터, 너도 느껴지니?"

장수풍뎅이가 고개를 끄덕이고 다쿠스의 어깨에서 쏜살처럼 치

솟아서 마치 딱정벌레가 아닌 매처럼 날았다.

"잘했어!" 다쿠스가 웃는 순간 배낭 입구 주변에 머물고 있던 모든 베이스캠프 딱정벌레들도 박스터와 함께 허공에서 쌩쌩 날았다.

"이 알들은 모두 거대 딱정벌레들이야." 다쿠스가 길쭉한 통이 들어찬 거대한 방을 훑어보며 말했다.

"그 여자가 거대 딱정벌레 군단을 사육하고 있다고 생각하니?" 버지니아의 눈이 커졌다.

다쿠스가 얼굴을 찌푸렸다. "하지만 얘들은 지구의 대기 중에서는 살아남지 못할 게 분명해."

버지니아는 어깨를 으쓱했다. "루크레시아 커터는 거대 딱정벌레잖아."

다쿠스가 고개를 저었다. "아니, 그 여자는 결코 진짜 딱정벌레가 될 수 없어."

제 *24* 장

애벌레 사육장

ㄱ 들은 길쭉한 통 옆으로 걸었다. 다쿠스는 알이 놓인 참나무 톱밥 밑에서 느리게 움직이는 컨베이어 벨트를 보았다. 컨베이어 벨트를 따라 걸어갈수록 알들은 더 커지고 더 강낭콩에 가까운 형태가 되더니, 마침내 그들은 두어 개의 부화 중인 알이 있는 지점에 도달했다. 애벌레의 납작하고 반투명한 머리가 거대한 알에서 껍데기를 깨고 나오려고 했다.

다쿠스가 그때까지 본 가장 큰 애벌레는 비엔나소시지 크기였는데, 이 거대 딱정벌레의 애벌레는 인간 아기의 크기였다.

"우와!" 버지니아가 씰룩거리며 알에서 빠져나오는 애벌레와 같은 높이까지 머리를 숙였다. "너 참 못생겼구나!"

"컨베이어 벨트는 여기서 끝나. 이것 봐. 활송 장치가 있어." 다쿠스가 제일 가까운 활송 장치 옆으로 갔다. '헤라클레스'라는 표시가 붙어있고 애벌레의 도표가 그려져 있었다.

"이건 '가뢰'라고 쓰여 있어." 버지니아가 손가락질을 했다. "그리고 이건 '타이탄'이라네."

여덟 개의 활송 장치가 있었다.

"누군가 애벌레를 분류해서 적절한 활송 장치에 넣는 게 분명해."

"나라면 그 일을 하고 싶지 않겠다." 버지니아가 목을 움츠리며 말했다. "깨물릴 것 같아." 그녀가 검은 턱을 벌렸다 다물었다 하며 몸을 일으키는 애벌레를 가리켰다.

다쿠스는 '가뢰'라고 표시된 활송 장치로 고개를 숙였다. "아우욱!" 그가 고개를 홱 뒤로 뺐다. "저 아래서 악취가 나."

버지니아가 그의 옆에 와서 미간을 찡그렸다. "아휴, 맙소사! 무슨 말인지 알겠다."

"썩은 고기 냄새가 나."

"가뢰는 다른 곤충을 먹어." 버지니아가 말했다. "악랄하지."

"거대 딱정벌레가 뭘 먹는지 궁금해."

"설마 확인해 보려는 건 아니겠지."

"흠." 다쿠스가 방을 돌아본 다음 다시 활송 장치로 눈을 돌렸다. "우리가 들어온 길로 돌아갈 것이냐. 아니면..."

버지니아는 다쿠스의 시선이 향하는 쪽을 보았다. "아, 안 돼. 난 저리로 내려가지 않을 거야."

"이건 헤라클레스 애벌레 활송 장치야."

"농담하니?"

"걔들은 애벌레 단계에서 썩은 나무를 먹어." 다쿠스가 말했다. "그러니까 너한테는 관심 없을 거야."

"하지만 우린 저기 뭐가 있는지 모르잖아."

"맞아. 그래서 난 애벌레가 부화하면 어떻게 되는지 알고 싶어. 애벌레는 탈바꿈하기 전에 '영기齡期'라는 서너 단계의 성장 단계를 거치게 돼. 모든 성장이 이때 이루어지지." 그가 활송 장치를 내려다보았다. "완전히 성장한 애벌레는 성충보다도 크다는데, 내 눈으로 봐야겠어."

"난 안 봐도 괜찮은데." 버지니아가 입술을 오므렸다.

다쿠스가 활송 장치 가장자리에 앉아 다리를 흔들며 버지니아를 향해 싱긋 웃었다. "아래에서 보자." 그가 이렇게 말하며 출발했다.

"잠깐!" 다쿠스가 아래로 미끄러질 때 버지니아의 외침이 들렸다.

활송 장치는 놀이터 미끄럼틀과 같았다. 그것은 다쿠스를 나무 톱밥이 깔린 불빛이 어둑한 방으로 발사했다. 그는 일어나서 바지에 손을 문질러 먼지를 털었다. 발이 푹신한 바닥에 빠졌다. 애벌레는 대부분 파묻혀 있는 걸 좋아하기 때문에 혹시 애벌레의 뒤꽁무니를 밟지 않기 위해 특별히 조심하며 방의 가운데를 향해 갔다.

퇴비 더미들이 여기저기 흩어져 있었고, 밑에 애벌레가 이리저리 움직이는 탓에 나무 톱밥 표면은 울퉁불퉁하고 마치 지진의 전조처럼 금이 가 있었다. 다쿠스는 흙 속에 손을 넣어 애벌레 하나를 발견했다. 집어 올려보니 크기가 닥스훈트만 했다. 방 가운데에서 발견한 애벌레는 물개 크기였다.

삐걱거리는 소리가 버지니아의 조심스러운 진입을 알리더니, 곧이어 그녀가 활송 장치 양쪽 끝에 발을 하나씩 끼워 넣고 한 번에 한 걸음씩 후진으로 내려오는 것이 보였다.

"뭐가 무서워서 그래?" 다쿠스가 웃었다.

"어어… 똥 무더기에 빠지게 될까 봐?" 버지니아가 대답했다.

"여긴 그냥 나무 톱밥과 퇴비… 그러니까 썩은 나무와 야채들이야."

"그래도 역겨운 건 마찬가지야." 버지니아가 미간을 찡그리며 주변을 둘러보았다. "이방은 헤라클레스 애벌레가 가득한 건가?"

"그 여자가 사육하는 거대 딱정벌레 종마다 방이 하나씩 있을 거야." 다쿠스가 고개를 끄덕였다. "어서 가서 타이탄하늘소 애벌레 실을 보고 싶어. 야생에서 타이탄하늘소 애벌레를 본 사람이 없다는데, 아마 어마어마할 거야."

"너 미쳤니? 거대 타이탄하늘소 애벌레라면 네 머리를 물어뜯을 수도 있어!" 버지니아가 고개를 저었다. "안 돼."

"그럴 수도 있지." 다쿠스가 고개를 끄덕였다. "하지만 아마 안 그럴 거야." 그가 손으로 방을 가리켰다. "애들은 덩치만 큰 순둥이들이야." 그가 짤막한 호박색 다리 끝에 붙은 털 달린 둥근 발로 나무 톱밥을 파내며 납작한 적갈색 머리를 바닥에 파묻고 있는 헤라클레스장수풍뎅이에게 미소 지었다. "이거 봐. 애벌레의 몸 옆선을 따라 까만 점들이 보이지?" 그가 가리켰다. "이게 기문이야." 애벌레가 아래로 깊이 파고들자 뚱뚱하고 반투명한 뒤꽁무니가 꿈틀거렸다.

"못생겼다. 그치?" 버지니아가 우적우적 수박을 먹고 있는 애벌레를 내려다보며 말했다. "어미 눈에나 예쁘게 보일 얼굴이야."

"발목 조심해." 버지니아가 서 있는 곳 옆에서 애벌레의 날카로운 까만 턱이 올라오는 것을 보고 다쿠스가 소리쳤다.

버지니아가 폴짝 뛰어 물러났다. "여기서 어떻게 나가지?"

"저쪽에 문이 있어."

"좀 가까이 있으면 큰일이라도 나나?" 버지니아가 투덜대며 다쿠스를 향해 엉금엉금 다가갔다.

"이거 봐!" 다쿠스가 손가락질을 했다. "이쪽으로 갈수록 애벌레가 점점 더 커지고 발달해 있어. 얼마나 큰지 봐. 저건 바다코끼리만 해."

"저건 뻣뻣한데. 죽은 건가?"

"아니, 그건 번데기야." 다쿠스가 신이 나서 번데기에게로 엉금엉금 다가가서 윤곽이 또렷한 표면을 손으로 훑었다. "정말 놀랍지 않아?"

"그래, 굉장해." 버지니아가 폴짝 뛰어 문으로 가서 손잡이를 돌려보더니, 문이 열리자 안도의 미소를 지었다. "자, 어서 여기서 나가자. 이곳이 나더러 어서 나가라고 경고를 보내고 있어. 우린 네 아버지를 찾아야 하잖아."

다쿠스가 애벌레 실을 마지막으로 한번 둘러보았다. 어차피 지구의 대기에서는 생존할 수 없는데 이런 놀라운 생명체를 키우는 건 공정하지 않았다. 게다가 얘들을 무엇 때문에 사육하는 거지? 군대로? 그건 본성을 거스르는 짓이다. 이 짐승들이 안쓰럽게 느껴졌다. 이 생명체들과 대적하게 된다면, 이들과 싸우거나 이들을 다치게 할 수 없을 것임을 다쿠스는 알았다.

제 **25** 장

사이보그 딱정벌레

문밖으로 나와 보니 그곳은 또 다른 흰색 육각형 복도였다.

"모든 복도가 다 똑같이 생겼잖아." 버지니아가 불평했다.

"내 생각엔 그래도 우리가 맞는 방향으로 가고 있는 것 같아." 다쿠스가 말했다. "하지만 계단이나 승강기를 찾을 필요가 있어. 조만간 위로 올라가야 할 것 같아." 다쿠스가 말했다.

"위로 올라갈수록, 들킬 가능성이 커질 거야." 버지니아가 대답했다.

그들은 걸으면서 계속 카메라가 있는지 찾았다. 그러다가 바닥에 카펫처럼 흙이 깔린 창고 크기의 방을 발견했다. 1미터 정도의 간격으로 거대한 번데기 수백만 마리가 널려 있었다.

"안에서 번데기들이 다 자란 공룡 딱정벌레로 변신하고 있어." 다쿠스가 속삭였다.

"탈바꿈은 좀 이상한 부두교[주술적인 힘을 믿는 서아프리카의 종교. 좀비가 유래한 종교로 알려져 있다.]의 일종 같아." 버지니아가 대답했다.

그들은 끝없이 펼쳐진 복도를 계속 걸어 내려갔다. 다쿠스가 장치를 꺼내서 육각형을 건드려 다른 문을 열었다. 그들은 하얀 방으로 머리를 들이밀었다. 건너편 끝에 정상적인 크기의 죽은 딱정벌레 삼사십 마리가 거꾸로 뒤집힌 채 다리를 허공에 뻗고 누워있었다. 오른쪽 벽을 따라 TV 모니터들이 길게 늘어서 있었는데, 모두 일출이나 밀림의 수풀 따위의 영상을 보여주고 있었다. 박스터가 다쿠스의 어깨에서 날아가서는 더듬이를 떨며 시체들 사이에서 맴돌았다. 다쿠스는 참혹한 장면 앞에서 무릎을 꿇었다.

"괜찮니, 박스터?" 장수풍뎅이는 머리를 숙이더니 뿔을 이용해 죽은 딱정벌레 중 하나를 다쿠스를 향해 밀었다. 다쿠스는 조심스럽게 엄지와 검지로 그것을 집었다. "원숭이풍뎅이 수컷이야." 다쿠스가 다가오는 버지니아에게 말했다. "책에서 봤어. 길고 강한 뒷다리와 빛나는 파란색 외골격을 봐." 다쿠스가 버지니아를 올려다보았다. "남아프리카에서만 발견되는 종이야."

"머리에 있는 게 뭐야?" 버지니아가 허리를 숙이며 말했다. "가슴에 금속 같은 게 있고, 눈 사이에 작은 방울 같은 게 붙어있네."

"대체 어떻게 된 거지?" 다쿠스가 방안을 들러보는 동안 박스터가 그의 어깨 위로 돌아왔다. 어른거리는 화면들 아래에 긴 책상이 있었다. 컴퓨터 옆에 수첩이 한 권 있었다. 다쿠스는 그것을 집으려고 걸어가면서 방 출입구의 맞은편 벽면이 선반 위의 투명 아크릴 수조들로 덮여있는 것을 보았다. 그는 공책을 버지니아에게 건네주고 수조를 들여다보았다. "여기에는 거대 녹색광풍뎅이가 들어있어. 이건 원숭이풍뎅이들이고. 여긴 녹색광풍뎅이가 더 많이 있네." 그가 버지니아를 보았다. "모두 비행에 능한 딱정벌레들이야."

"그 여자가 사이보그 딱정벌레를 만들고 있어." 버지니아가 수첩의 책장을 빠르게 넘기고 TV 화면을 보며 말했다. "가슴에 마이크로칩이 박혀있어서 조작자가 전기 충격으로 비행을 조종할 수 있고 눈 사이에 달린 방울은 카메라야."

"딱정벌레 정찰병이로군!" 다쿠스는 손바닥 위의 죽은 딱정벌레를 내려다보았다. "전기 충격을 이용한다고? 너무 잔인하다."

"처음엔 거대 딱정벌레에, 이젠 사이보그 딱정벌레까지." 버지니아가 수첩을 바지 주머니에 넣었다. "그 여자가 또 무슨 짓을 하고 있는지 걱정된다. 이 수첩을 엠마 아줌마에게 가져다줘야겠어. 퓰리처상을 받으려면 증거가 필요할 거야. 사이보그 딱정벌레가 존재한다는 걸 아무도 믿지 않을 테니까 말이야."

"여긴 너무 끔찍해." 다쿠스는 방에서 나가고 싶었다. 그는 죽은 딱정벌레를 책상 위에 내려놓았다. "가자." 사이보그 딱정벌레들의 처지가 마음 아팠지만, 생각해보니 결코 하늘을 보지도 지구의 공기를 호흡하지도 못할 거대 딱정벌레들도 이들보다 나을 것이 없었다. 다쿠스는 모든 딱정벌레를 풀어주고 싶었다. 타워링 하이츠에 있던 루크레시아 커터의 딱정벌레들이 떠올랐다. 잔뜩 성이 나서 수조 벽에 머리를 찧던 공격적인 딱정벌레들. 그때는 루크레시아 커터가 사육했으니 나쁜 딱정벌레라고 생각했는데, 이제는 그 여자가 그들에게 한 짓 때문에 그렇게 행동한 것이 아닌지 의구심이 들었다. '어쩌면 그냥 밖에 나가고 싶었던 건지도 몰라.' 처음부터 나쁜 딱정벌레는 없다. 루크레시아 커터가 유전학과 곤충에 대한 지식을 이용하여 나쁜 짓을 하도록 만든 것이다. 하지만 딱정벌레를 이용해 나쁜 짓을 할 수 있다면, 똑같은 논리로 좋은 일도 할 수 있다.

그들은 복도를 계속 걸어 내려가다가 교차로에 이르렀다.

"왼쪽, 오른쪽, 아니면 직진?" 버지니아가 물었다.

"계속 가자." 다쿠스가 말했다.

"이러다가 돔 전체를 다 돌고 반대쪽으로 나가겠어."

"엠마 아줌마가 메인 돔으로 올라가서 실험실로 갈 수 있는 중앙 승강기가 있댔어. 아직 승강기는 못 봤잖아."

걸어가면서 다쿠스는 문들을 열고 방안을 들여다보았다. 흙과 나무 톱밥 자루가 쌓인 창고도 있었고, 곤충 사육 장비를 세척하는 곳으로 보이는, 소독약 냄새를 풍기는 방도 있었다.

"저기 승강기가 있어." 버지니아가 복도 끝에 있는 미닫이문을 가리키며 속삭였다. 그리고 감시 카메라가 있는지 보려고 위를 보았다.

왼쪽으로 승강기 바로 앞에 문이 하나 있었다. 다쿠스가 육각형을 누르니 문이 올라가며 열렸다. "잠시 안을 살펴볼게." 그가 속삭이고 안으로 불쑥 들어갔다.

방은 어둡고 따뜻했다. 출입구 왼쪽에 붉게 빛나는 자동 온도 조절 장치가 있었다. 반대편 벽에서는 작은 전구에서 은은한 붉은 불빛이 비치었다. 복도의 조명이 방안으로 흘러들어와 그 방이 하얀 돌판 위에 수평으로 놓인 네 개의 커다란 원통형 수조 말고는 아무것도 없이 텅 비어있다는 것을 볼 수 있었다.

수조 안에 무엇이 있는지는 보이지 않았기 때문에, 다쿠스는 수조를 향해 살금살금 다가갔다. 가장 가까운 수조까지 가서 유리에 얼굴을 댔다. 네 개의 수조 모두 똑같은 물체를 담고 있는 것처럼 보였다. 울퉁불퉁 이랑이 진 창백한 물체. 다쿠스는 옆으로 이동하면서 딱딱한 물체의 표면이 반투명하고 그 안에 뭔가가 있다는 것을 깨달았다. 까만 두 개의 동그란 눈과 발톱처럼 생긴 턱이 보였다.

그는 충격으로 숨을 제대로 쉬지 못한 채 뒷걸음치며 눈으로 이 수조 저 수조를 훑고는 뒤돌아서 문밖으로 나왔다. 그리고 문이 닫힐 때까지 검은 화면의 육각형을 쾅쾅 두드렸다.

"무슨 일이야?" 버지니아가 물었다. "안에 뭐가 있는데 그래?"

"그 여자야." 다쿠스는 숨을 쉴 수 없었다. "모든 수조에 그 여자가 있어."

"누구 말이야?" 버지니아가 겁먹은 얼굴로 그를 빤히 쳐다보았다. "이해를 못 하겠어."

"그 여자가 네 명이나 있어!" 다쿠스의 가슴이 미친 듯 쿵쾅거렸다. "그 여자가 자기 복제를 하고 있어?"

"누가 말이야?"

"루크레시아 커터."

"뭐?" 버지니아가 숨을 훅 들이쉬었다.

"버지니아, 우린 끔찍한 실수를 했어. 우리끼리 여기 오지 말았어야 해. 베르톨트와 맥스 삼촌이 필요해." 다쿠스가 그녀의 팔을 잡았다. "여기서 나가서 야영지로 돌아가야겠어. 지금 당장."

"그렇게 빨리 말이니?"

소름 끼치는 익숙한 목소리에 다쿠스는 몸이 얼어붙고 몸에 있는 털이 전부 곤두섰다. 승강기 문이 열렸고, 안에 서 있는 것은 루크레시아 커터였다.

제 *26* 장

미끼 다쿠스

루 크레시아 커터는 영화제 시상식에서 가발과 선글라스, 금색
립스틱을 모두 벗어던진 상태였다. 더 이상 인간의 턱은 없
었고, 그 자리에 대신 딱정벌레의 큰 턱과 아래턱이 있었다. 머리 위
에는 검은 키틴질 껍질과 억센 머리털, 긴 더듬이가 모여 있었다. 뒷
다리로 선 그녀는 키가 거의 3미터에 육박했다. 여전히 흰색 실험실
가운을 입고 있기는 했지만, 키틴질 다리를 자유롭게 움직일 수 있
도록 가운의 앞자락을 잘라낸 상태였다. 다쿠스와 버지니아가 승강
기로 걸어 들어가 그녀 앞에 섰다. 결박 따위는 필요 없었다. 그들이
어떤 움직임을 시도한다면 근육에 그런 신호를 보내기도 전에 그녀

가 그것을 먼저 감지할 수 있었다. 어차피 탈출은 불가능했다.

잔뜩 움츠러든 박스터가 다쿠스의 티셔츠 목으로 기어들어 가더니 등을 타고 내려가 배낭 바로 윗부분에 위치한 다쿠스의 날갯죽지 사이에 자리 잡았다. 모든 베이스캠프 딱정벌레들이 재빨리 가방으로 들어갔다.

루크레시아 커터와 그들을 태운 승강기가 위로 올라갔다. 승강기가 유리로 된 수직 통로를 올라갈 때 다쿠스는 태양이 희미하게 떠오르며 거대한 온실의 지붕을 통해 믿을 수 없을 만큼 아름다운 우림에 발그레한 햇살을 드리우고 있는 것을 보았지만, 내면을 옥죄는 차가운 두려움이 그의 모든 감각을 가려버렸다.

"내 새집이 마음에 드니?" 루크레시아가 물었다.

다쿠스가 바닥을 보며 말했다. "당신이 여기서 하는 짓은 잔인해요."

"네 아버지는 여길 좋아하는데."

다쿠스는 발끈했다. "거짓말 마세요."

"네 아버지에게 네가 온 걸 알리고 싶어서 참을 수가 없구나. 깜짝 놀랄 거야." 그녀가 턱을 귀까지 벌렸다. "아니면 말하지 말까? 어쩌면 이 소식을 아껴두는 게 좋을지도... 그것이 가장 큰 효과를 발휘할 수 있는 순간까지 말이야."

다쿠스는 바닥에 구멍이라도 뚫을 기세로 눈을 부릅뜨고 노려보았다. 벨 소리가 들리고 승강기 문이 열렸다.

"너희는 아이들치고는 놀랍도록 재주가 많구나." 루크레시아 커터가 버지니아를 발톱으로 밀어 승강기 밖으로 내보냈다. "쥐새끼들처럼 말이야. 하지만 내가 진짜 알고 싶은 건 어떻게 너희가 바이옴이 있는 곳을 알았냐는 거야."

다쿠스와 버지니아는 입술을 꽉 다물고 서로를 쳐다보았다.

"그 신문기자 엠마 램이니? 그 여자가 숲 어딘가에 있다는 걸 나도 알아. 그 여자가 바이옴에 대해 말해줬니? 틀림없이 그랬겠지. 안 그래? 그 여자가 또 누구한테 말했니?"

다쿠스가 무표정을 유지하며 말했다. "말하지 않을 거예요."

"흥!" 루크레시아 커터가 날카롭게 비웃었다. "잘 들어둬, 꼬마 커플. 내가 뭘 물어보든 넌 몇 초 안에 대답할 수밖에 없을걸."

"장담하지 마세요." 버지니아가 투덜댔다.

"내가 너라면 입조심할 거다, 아가야." 루크레시아가 성이 나서 머리를 한 바퀴 돌리며 말했다. "넌 내게 전혀 이용 가치가 없어."

"애는 놔두세요." 다쿠스가 루크레시아 커터와 버지니아 사이에 뛰어 들어갔다.

"다쿠스 커틀. 넌 바이옴에 무단 침입했어. 그건 범죄야." 그녀가 고개를 숙이자 컵 받침 크기의 까만 눈이 다쿠스의 얼굴에서 1인치 거리까지 다가왔다. "난 널 감방에 가두고 널 어떻게 하면 좋을지 천천히 오랫동안 생각해 볼 셈이야." 그녀의 더듬이가 떨렸다. 그녀는 다쿠스의 셔츠와 버지니아의 땋은 머리를 붙잡고 복도를 성큼성큼 걸어갔고, 두 사람은 그녀의 뒤에서 비틀거리며 끌려갔다.

그들이 감방에 도착했을 때 몰링은 의자에 다리를 벌리고 앉아 눈을 감은 채 코를 골고 있었다. 루크레시아 커터가 그를 발로 찼다. 그는 제 침에 사레가 걸려 캑캑거리며 깨어나서는 자신을 걷어찬 것이 누구인지를 보고 비틀비틀 일어섰다.

"예, 사장님. 아니, 마담." 그가 경례를 했다. "분부만 내리십시오."

"이 둘을 감방에 넣어." 그녀가 다쿠스와 버지니아를 놓아주며 말했다.

"남은 감방이 두 개뿐입니다." 몰링이 대머리를 긁적이며 말했다. "따로따로 넣을까요?"

"아니, 한 방에 넣어. 밀림에 다른 쥐새끼들이 또 있을 것 같은 낌새가 있으니까. 맞지?" 그녀가 다쿠스를 보았고, 그는 계속 무표정한 표정으로 일관했다. "크레이븐과 댄키시에게 사이보그 딱정벌레를 이용해서 그들을 찾아서 데려오라고 해. 더 이상 놀라고 싶지 않으니까."

다쿠스는 속이 울렁거렸다. 맥스 삼촌과 베르톨트, 엠마, 모티는 아침에 깨어나서 자신과 버지니아가 사라진 것을 알자마자 붙잡힐 것이고, 그것은 순전히 자신의 탓이다.

"그리고." 루크레시아가 다쿠스의 배낭에 손을 뻗었다. "그 가방은 내가 가지고 있는 게 좋겠다."

"안돼요!" 다쿠스가 황급히 뒤로 물러섰지만, 몰링이 그를 붙잡아 배낭을 벗긴 뒤 루크레시아 커터에게 넘겼다.

"다쿠스를 내버려 두세요." 버지니아가 울부짖었다.

"내 딱정벌레들을 내게 다시 돌려줘서 고맙구나." 루크레시아가 금색 립스틱의 흔적이 모두 사라진 입술로 만면에 악의적인 미소를 지으며 가방을 다쿠스에게 흔들어 보였다. "난 이것들을 분석하는 즐거움을 누려야겠어."

다쿠스는 박스터가 등을 타고 올라오는 것을 느꼈다. 장수풍뎅이가 다쿠스의 셔츠에서 튀어나와 쉬익 소리를 내며 루크레시아 커터에게 달려들었다. 이와 동시에 베이스캠프 딱정벌레들이 가방에서 튀어나와 그녀의 머리 주변에 모여서 그녀를 찌르고 깨물고 산을 쏘고 할퀴었다.

"마빈!" 버지니아가 외치자 알통다리잎벌레도 친구들을 돕기 위해 날아올랐다.

루크레시아 커터는 순간적으로 공격에 놀라 비틀비틀 뒷걸음질 쳤지만, 이내 정신을 차리고 아무것도 아니라는 듯 그들의 공격을 가볍게 격퇴했다. 그녀는 딱정벌레들을 내리쳐 떨어뜨린 뒤 발로 짓밟는 동시에 박스터를 턱 사이에 넣었다. 장수풍뎅이는 자신을 깨물려는 그녀의 입에서 벗어나기 위해 몸부림치며 날카롭게 비명을 질렀다.

"이야아아아아!" 다쿠스가 악을 쓰며 루크레시아 커터의 다리로 달려들어 그녀를 뒤로 밀었다. 그녀가 쿵 하고 자빠지며 박스터를 놓쳤다. 다쿠스는 바닥에 떨어진 친구 위에서 몸을 둥그렇게 말고 엎드려 보호하는 자세를 취했다.

"박스터, 괜찮니? 박스터? 아, 안 돼. 제발. 안 돼. 박스터? 나 여기 있어." 장수풍뎅이는 움직이지 않았다. 다쿠스는 손으로 박스터의 겉날개를 부드럽게 매만졌다. "내 말 들려? 이제 괜찮아. 내가 여기 있어." 그의 눈에서 뜨거운 눈물이 주르륵 흘렀다. 그는 박스터의 다리 하나가 없어진 것을 발견했다. "제발, 박스터." 그가 속삭였다. "난 네가 필요해." 다쿠스가 둥그렇게 모아 쥔 두 손으로 박스터를 살며시 집어 들고 눈물을 삼키기 위해 정신없이 눈을 깜빡였다.

"당신은 괴물이야!" 루크레시아가 일어설 때 버지니아가 버럭 소리쳤다.

그때 가장 가까운 방에서 문을 쿵쿵 두드리는 소리가 났다. "루시?" 남자의 목소리가 소리쳤다. "이렇게 날 여기 가둬둘 순 없을 거야. 내 말 들려? 우린 이 지구를 함께 지배할 수 있다고!"

루크레시아 커터가 아이들을 무시하고 소름 끼치는 절꺽 소리를 몇 번 내니, 다친 베이스캠프 딱정벌레들이 순순히 배낭으로 줄지어 들어갔다. 그녀는 배낭을 집어 들고 죽마를 탄 광대처럼 긴 다리로 복도를 성큼성큼 걸어 내려갔다.

두 번째 쾅쾅 소리가 들렸다. "루시!" 문에 나 있는 작은 창을 통해 다쿠스는 검은 겹눈과 키틴질 껍질로 뒤덮인 얼굴을 보았다. 잠시 뒤 그 자리에 담청색 눈이 나타났다. "몰링, 내 오랜 친구." 남자가 말했다. "내가 저 성질 더러운 여자랑 얘기할 수 있게 해줘야 해. 저 여자가 여기 나를 이렇게 가둬둘 순 없는 거잖아. 난 당신들 편인데. 기억 안 나?"

"난 그냥 명령을 따를 뿐이요." 몰링이 대답하며 다쿠스의 목덜미를 잡아 일으켜 세우고 버지니아의 팔을 잡아당겼다.

"떨어져." 다쿠스가 몰링의 발목을 정확히 조준해 걷어찼다.

"아얏!" 몰링이 투덜대며 다쿠스를 놓아주더니 넓적한 손바닥으로 뒤통수를 갈겼다. 다쿠스가 비명을 지르며 앞으로 비틀거렸다. 귀가 울렸다.

"너하고 덩치가 비슷한 놈에게나 덤비지 그러냐?"

버지니아가 몰링에게 주먹을 날리려 했지만 몰링이 팔을 뻗어 저지하자 혼자 허공에 팔다리를 휘두르며 버둥대는 꼴이 되었다. 아이들의 저항을 무시하고, 몰링은 짝짝이 눈을 가진 남자가 갇힌 방을 지나치고 또 다른 방을 지나쳐 세 번째 방 앞에서 엄지손가락 지문을 센서에 대고 방문을 열었다. 그는 둘을 안에 밀어 넣고 손을 흔든 뒤 문을 닫았다.

다쿠스는 바닥에 엎드려 동그랗게 모아 쥔 두 손을 폈다.

"박스터는 괜찮아?" 버지니아가 그의 옆에 무릎을 꿇고 앉았다.

"움직이지 않아." 다쿠스가 속삭였다. "그리고 가운데 다리가 없어졌어. 마빈은...?"

버지니아가 땋은 머리를 가리켰다. 마빈은 거기에 달라붙어 있었다. "얘는 애교는 많은데 싸움은 잘 못 해. 바닥에 거의 떨어지기 직전에 내가 붙잡았어." 그녀가 바지 주머니에 손을 넣어 작은 바나나 젤리 통을 꺼내서 뚜껑을 열고 다쿠스에게 건넸다. "이걸로 시도해 봐."

다쿠스가 박스터를 집어 올리고 젤리를 아래턱 앞에 대주었다. 장수풍뎅이의 더듬이가 흔들렸다. "움직여! 더듬이가 움직이는 걸 봤어." 그가 말했다. 그의 안에서 희망이 솟구쳤다.

"나도 봤어." 버지니아가 동조했다. "회복하려면 시간이 좀 필요할 것 같아."

다쿠스는 몸을 굴려 등을 바닥에 대고 누운 뒤 조심스럽게 박스터를 가슴에 올리고 바나나 젤리를 박스터가 먹을 수 있게 가까이에 대주었다. 천천히, 그러나 꾸준하게 박스터가 힘을 되찾는 것처럼 보이더니 곧 젤리를 갉아먹기 시작했다. "박스터는 괜찮을 것 같아." 다쿠스가 안도하며 말했다.

"우린 여기서 나가야 해." 버지니아가 감방 안을 둘러보았다. "여긴 삼각형이야. 모든 감방이 똑같이 삼각형일 거고 모두 한 지점에서 만나서 육각형을 이룰 게 분명해. 그러니까 이런 감방이 다섯 칸 더 있다는 얘기지. 하나만 빼고 다 차 있고. 다른 감방에는 누가 있을까?"

다쿠스는 대답하지 않았다. 너무 지친 데다 크레이븐과 댄키시가 야영지를 발견하고 맥스 삼촌이 다쿠스가 없어진 사실을 알아차리는 장면을 계속 상상할 수밖에 없었다.

"캠핑용 매트 하나랑 접은 담요. 변변치 않은 침구군. 창문도 없고. 하얀 벽, 하얀 바닥, 하얀 문."

"뭐 하는 거야?" 다쿠스가 물었다.

버지니아가 손으로 문 가장자리를 훑었다. "네가 가진 정체불명의 물건으로 이 문도 열 수 있을까?"

"물론 못하지." 다쿠스가 퉁명스럽게 내뱉었다. "몰링이 지문으로 열었잖아."

"흠, 적어도 시도는 해볼 수 있잖아." 버지니아가 째려보며 말했다. "모든 걸 포기하고 부루퉁해 있는 것보단 그게 나아."

다쿠스는 주머니에서 장치를 꺼내서 버지니아에게 던져주었다. "네가 해봐."

"알았어. 내가 할게." 버지니아가 그에게 등을 돌리고 화면을 누르기 시작했다.

루크레시아 커터의 군대와의 싸움에서 고작 딱정벌레 두 마리와 아이들 두 명이 무슨 소용일까? 다쿠스는 이곳에 와서 아빠를 구할 희망을 품었지만, 오히려 상황을 더 악화시키기만 했다. 루크레시아가 자신을 감방에 가뒀으니, 이제 아빠는 루크레시아 커터가 시키는 일은 뭐든 해야 할 것이다. 크리스마스 전에 다쿠스가 아버지와 언쟁을 벌였을 때, 아버지가 경고했던 것이 바로 이런 상황이었다. 그는 눈을 감았다.

"다쿠스?" 나지막한 목소리가 속삭였다. "다쿠스, 너니?"

"노박?" 다쿠스는 자신이 헛것을 들은 게 아닌지 생각하며 일어나 앉았다. 그러나 버지니아가 획 돌아서 그를 보았다.

"어머, 너구나!"

그것은 분명 노박의 목소리였다. 다쿠스는 버지니아를 올려다보았다. "노박, 너 어디야?"

"여기 있어. 환풍기 옆에."

다쿠스가 벽을 훑어보다가 삼각형을 이루는 지점 쪽에 하얀 작은 환풍구가 있는 것을 발견했다. 그는 부랴부랴 그곳으로 갔고, 버지니아도 그의 뒤를 따랐다.

"노박? 너 괜찮니? 여기에 버지니아도 함께 있어."

"안녕, 버지니아."

"안녕, 노박."

"그 여자가 아직 널... 용화실에 넣지 않았니?"

"응. 넣으려고 했지만, 너희 아빠와 스펜서 오빠가 나를 구했어."

"스펜서가 여기 있어? 스펜서를 만났니?" 다쿠스가 버지니아를 보았고, 버지니아는 그에게 양쪽 엄지를 치켜세웠다.

"어, 그래. 정말 좋은 사람이야. 스커드라는 쇠똥구리를 가지고 있어."

"다쿠스의 아버지가 널 구했다고 했니?" 버지니아가 물었다.

"어, 맞아. 다쿠스, 네 말이 맞았어. 네 아버지는 우리 편이 맞아. 그렇지 않다고 말해서 미안해."

다쿠스는 따스한 안도감이 밀려오는 것을 느꼈다. "괜찮아."

"베르톨트는 어디에 있니? 함께 있어?" 노박이 물었다.

"아니." 버지니아가 대답했다. "맥스 삼촌과 다른 어른 두 명이랑 함께 있어."

"노박, 내가 모든 걸 망쳤어." 다쿠스가 솔직히 인정했다. "너와 스펜서, 아빠를 구하고 싶었어. 나하고 딱정벌레들만 있는 편이 눈에 띄지 않고 들어오기에 유리하겠다고 생각해서 나 혼자 몰래 빠져 나왔어. 버지니아가 말렸지만 나를 설득하지 못하고 함께 오게 되었지. 이제 우린 루크레시아 커터에게 잡혀서 너와 마찬가지로 갇힌 신세가 되었어."

"다른 사람들은?" 노박이 물었다.

"숲에 있어." 다쿠스가 대답했다.

"그럼, 아직 희망이 있을 거야." 노박이 말했다.

"아닐 것 같아. 크레이븐과 댄키시가 잡으러 갔어."

"음…" 버지니아가 뭔가를 말하려다가 입술을 깨물었다.

다쿠스가 그녀를 보았다. 그녀의 눈이 사방을 떠돌며 깜빡거렸다.

버지니아는 환풍구 쪽으로 머리를 숙이고 다쿠스에게 가까이 오라고 손짓했다.

"내가 말할 게 있는데, 듣고서 화내면 안 돼." 그녀가 목소리를 낮추고 입 모양으로 말했다.

다쿠스가 그녀를 빤히 쳐다보며 고개를 끄덕였다.

"우린 미끼야." 버지니아가 속삭였다. 그녀는 다쿠스의 얼굴에서 혼란과 당혹감을 읽었다.

"무슨 뜻이야. '우린 미끼'라니?"

"지난밤 네가 달아날 때 나만 일어난 게 아니었어." 그녀가 의미심장한 눈으로 다쿠스를 보았다. "우리 모두 일어났어."

다쿠스가 고개를 좌우로 저으며 인상을 찌푸렸다. 여전히 그녀가 무슨 말을 하려는 건지 이해할 수 없었다.

"이건 베르톨트의 아이디어였어." 버지니아가 손가락 하나를 입술에 댔다. "우린 미끼야." 그녀가 다시 한번 속삭였다. "관심을 다른 곳으로 돌리기 위한. 우리가 잡힌 건 잘된 일이야."

"사람들이 여기 있니?" 다쿠스가 쇳소리로 말했다.

버지니아가 눈을 크게 뜨고 고개를 끄덕였다. "그런데 크레이븐과 댄키시는 수색하러 나갔고."

"그러니까 지금 구조가 진행 중인 거네!" 노박이 흥분해서 목소리가 높아졌다.

"아이 피곤해." 버지니아가 갑자기 기지개를 켜고 하품하는 시늉을 하며 큰 소리로 말했다. "저리로 이부자리를 가져가서 좀 쉬자. 우린 밤을 새웠잖아. 잠이 필요해." 그녀가 다쿠스에게 눈빛을 보냈다.

다쿠스가 일어나서 그녀를 도와 캠핑용 매트와 담요를 환풍기 앞으로 끌고 왔다. 머리가 핑핑 돌 것 같았다. 그렇다면 지난 밤 숲길을 걷는 내내 맥스 삼촌과 다른 사람들이 그들을 계속 따라왔단 얘긴가? 그들이 지금 여기, 바이옴 안에 있다는 걸까? 그는 사람들이 자신에게 말도 없이 그런 계획을 세웠다는 것이 충격적이고 마음 아팠지만, 따지고 보면 자신 역시 그들을 남겨두고 혼자 떠날 계획을 세우지 않았던가. 다른 일행이 여기 어딘가에 있고, 그들에게 계획이 있다는 생각에, 짜릿한 흥분과 함께 작은 희망의 불꽃이 파랗게 점화되었다.

"여기서 좀 쉬자..." 버지니아가 잠시 말을 멈추었다. "무슨 일이 생겨서 우릴 깨울 때까지."

환풍구 반대편에서 노박 역시 침구를 가까이 끌어왔다. 세 아이는 겨우 벽 하나를 사이에 두고 환풍기 가까이에 머리를 대고 누웠다.

다쿠스가 자신과 버지니아의 다리에 담요를 덮었다. 그리고 버지니아를 등지고 옆으로 누워 박스터를 손바닥에 올리고 가슴에 안았다.

"다쿠스? 버지니아?" 노박이 속삭였다.

"응." 두 사람이 동시에 머리를 들고 대답했다.

"한 가지 알아야 할 게 있어. 저쪽으로 내 옆방에 어떤 남자가 있어."

"조금 전에 고함치던 남자?" 다쿠스가 물었다.

"맞아." 노박이 잠시 뜸을 들이다가 말했다. "무슨 일이 있어도, 절대 그 남자 가까이에 가면 안 돼."

"그 남자한테 무슨 일이 있었던 거니? 그 사람은 마치... 그러니까, 내가 겹눈을 본 것 같아."

"그 사람은 용화실에 들어갔었어. 아주 위험한 자야."

"루크레시아 커터가 그랬니?"

"아니, 본인이 직접. 하지만 그 결과 괴물이 되어 버렸지. 사람을 먹어."

"으으윽, 징그러워." 버지니아가 인상을 찌푸렸다.

노박이 말했다. "뭘 하든 렌카 박사에게서 멀리 떨어져 있어야 해."

제 *27* 장

애증의 가슴앓이

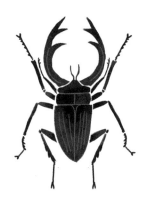

피 커링은 감방 안에서 왔다 갔다 했다. 뭔가 마음이 심란한데 정확히 무엇 때문인지 콕 집어 말할 수 없었다. 옆방 남자의 성난 고함 소리가 짜증스러운 것은 사실이었지만, 그를 괴롭히는 것은 그것이 아니었다.

"당연해. 수억 마리의 귀찮은 딱정벌레들에게 온몸을 물어 뜯겼으니 그럴 만도 하지." 그가 상하의가 붙은 연녹색 일체형 작업복 위로 가려운 허벅지를 긁적이며 혼자 중얼거렸다. "그래서일 거야."

그는 사랑스러운 루크레시아를 마침내 만나게 될 때 턱시도를 빼입거나 아니면 정장이라도 입고 싶었지만, 댄키시는 그곳에서 남는

옷이라고는 딱정벌레를 세척할 때 입는 작업복뿐이라고 말했다. 피커링은 딱정벌레를 세척한다는 얘기는 금시초문이었지만 현란한 연녹색 일체형 작업복에 이의를 제기하지 않았다. 어쨌거나 그 옷은 깨끗했고 자신이 입었던 더러운 바지보다야 백번 나았다. 험프리는 그들이 가진 옷 중에 가장 큰 사이즈를 입으려고 안간힘을 썼지만, 똑딱단추가 배 위로 잠기지 않아 밀랍처럼 허연 뱃살이 불거져 나왔다. 피커링은 내심 기뻤다. 몸에 맞지 않는 우주복 스타일의 유아복을 입은 거대한 대머리 아기처럼 살이 불거져 나온 험프리의 우스꽝스러운 모습에 혹시라도 루크레시아 커터가 자신보다 사촌에게 끌릴까 봐 걱정했던 마음이 싹 사라졌다.

그는 고개를 저었다. 아니다. 그를 괴롭히는 것은 지난주에 밀림에서 물린 자국이나 긁힌 자국, 타박상이 아니었다. 뭔가 다른 게 있었다. 분명 기분이 이상했다. 마치 몸속에 구멍이 뻥 뚫려있는 것 같았다. 그는 배를 토닥였다. 배가 고프지는 않았다. 댄키시가 빵 한 덩이와 야채 스튜 한 사발을 가져다줬는데, 그것은 자신이 그때까지 먹어본 가장 맛난 음식 중 하나였다. 게걸스럽게 음식을 먹어치운 덕에 이제 배가 잔뜩 부른데, 그런데도 행복하지가 않았다.

"뭐가 문제인 거지?" 피커링이 한숨을 쉰 뒤 바닥에 앉아 하얀 벽에 등을 기대고 손가락으로 무릎뼈를 두드렸다.

'이제 곧 나의 진정한 사랑을 보게 될 거라서 그럴 거야.' 이런 생각을 하니 입가에 미소가 지어졌다. 그렇다! 그가 느끼는 기분은 로맨스 소설에서 읽었던 설렘이었다. 그는 자신의 사랑 루크레시아가 댄키시의 실수로 자신과 험프리가 감방에 갇혔다는 사실을 알게 되면 당장 달려와서 풀어줄 것을 믿어 의심치 않았기에 지금 무척 긴장되고 흥분되었다. 그들이 그녀를 보기 위해 그 먼 길을 마다치 않고 밀림으로 온 것을 알았을 때, 그녀의 얼굴에 떠오를 기쁨의 표정을 그려보았다. 그녀는 자신들을 이렇게 취급한 것에 불같이 화를 내며 미안해 할 것이다. 그녀가 눈물을 머금고 뛰어 들어와 그의 머리를 가슴에 껴안고 사과하며 자신에게 용서를 비는 모습을 상상했다.

그런 환상에 기분이 좋아졌지만, 그런데도 가슴에 뚫린 구멍은 채워지지 않았다. '누군가 죽은 것 같은 느낌이야.' 그는 생각했다. 하지만 전에 죽은 사람을 많이 봤는데 이런 기분인 적은 없었다. 어쩌면 밀림에서 일종의 병이 걸린 것일까? 험프리가 옆에 있으면 좋겠다는 생각이 들었다. 그러면 그에게 물어볼 수 있었을 것이다. 그는 인상을 찌푸리고 자신과 험프리가 붙어 있는 것은 순전히 루크레시아 커터가 약속한 돈 때문임을 스스로에게 상기시켰다. 일단 돈을 받으면 각자의 길을 갈 것이고, 그러면 속이 후련할 것이다. 험프리는 수년 동안 자신의 삶을 불행하게 만들어온 멍청하고 욕심 많은 불한당이었다.

그는 썰렁한 하얀색 삼각형 방을 둘러보았다. 별로 정 가는 곳은 아니었다. 만약 루크레시아 커터가 그를 반갑게 맞이하리라는 걸 몰랐다면, 조금 두려웠을 것이다. 따지고 보면 그는 밀림 한가운데 낮선 나라의 감방에 있고 누구도 자신이 거기 있다는 것을 모르지 않는가. 루크레시아 커터와 그렇게 좋은 친구가 아니었다면, 사실 무척 무서웠을 것이다. 그는 스스로를 껴안듯 팔짱을 꼭 끼고 그녀가 올 때까지 얼마나 기다려야 할지 생각했다.

험프리가 곁에 없으니 따분한 것은 인정하지 않을 수 없었다. 얘기할 상대가 아무도 없었다. 소리를 지르거나 쿡쿡 찌를 사람도 없었다. 몇 년 동안 사촌과 떨어져 본 적이 없었다. 감방도 같이 썼고. 병원에서도 옆 침대에 있었으며, 함께 아무 데서나 막 자고 LA에도 함께 갔고, 쓰레기통과 헬리콥터에서 몸을 구기고 붙어있었고, 밀림과 함께 싸우고 강물도 함께 헤쳐 왔다. 그리고 그 모든 일을 겪은 뒤 그들은 지금 떨어져 있었다.

"아, 안 돼!" 피커링이 두 손으로 얼굴을 덮었다. "난 험프리가 보고 싶은 거야!"

도저히 믿을 수가 없었다. 그는 벌떡 일어나서 자신의 얼굴을 세게 때리고 바닥에 쓰러졌다. 그리고 잠시 뒤 일어나 앉아서 이제 기분이 어떤지 살폈다. 그러나 코가 욱신거리는데도 기분은 아까와 똑같았다. 그는 가슴에 험프리의 덩치만큼이나 거대한 구멍이 뚫려 버렸다. 험프리와 있을 때는 두려움을 느낀 적이 없었다. 그의 사촌이 강하고 사나웠기 때문이다. 그 둘은 뭐 하나에도 의견이 맞지 않았고 항상 다투곤 했지만, 루크레시아를 만난 이래로 둘은 늘 같은 편이었다. 피커링은 친구가 없었지만, 험프리는 적어도 자신과 함께 있는 것을 참아주었다. 그는 가족이었다.

'다음번에 험프리를 만나면 팔에 감각이 없어질 만큼 세게 쳐줘야지.' 그렇게 생각하니 기분이 좀 나아졌다.

감방 밖에서 소음이 들렸다. 옆방에 있는 누군가가 문을 두드리고 내보내 달라고 소리치기 시작했다.

피커링은 벌떡 일어났다. 어쩌면 마침내 루크레시아 커터가 그를 만나러 온 것인지도 모른다. 그는 스스로 애교 있는 미소라고 생각하는 표정을 짓고 감방 문이 열리기를 기대하며 문을 향해 걸어갔다. 그런데 그런 일이 일어나지 않자 작은 창문에 얼굴을 밀착시켰다.

몰링의 의자가 비어있었고, 밖에는 아무도 없었다.

"내가 미쳐 가나 봐!" 피커링이 중얼거렸다.

"넌 이미 미쳤어." 험프리의 걸걸한 목소리가 말했다.

피커링이 고개를 돌리고 왼쪽을 보려 했지만 옆방 문까지 보이지는 않았다. "험프리, 너냐?"

"아니면 누구겠냐, 이 돌대가리야?"

험프리의 목소리를 들으니 기운이 났다. "더 이상 이 감방에 있을 수는 없어." 그가 말했다. "우리가 여기 있는 걸 알면 곧바로 루크레시아 커터가 와서 빼내 줄 거야."

"난 여기 있어도 상관없어." 험프리가 코웃음을 쳤다. "밖에서 거미와 뱀과 있는 것보다 나은데 뭘."

"하지만 돈을 받고 싶지 않아?"

"큰돈을 위해서는 너무 큰 노력이 든다는 생각이 들기 시작했어."
험프리가 헛기침을 했다. "딱정벌레에게 거시기를 물어뜯기고 원숭이에게 이빨이 나가고, 몇 달 동안 파이 한쪽도 먹지 못했잖아. 난 집에 가고 싶어." 그가 한숨을 쉬었다. "루크레시아 커터가 죽은 딱정벌레를 가지고 우리 집 현관에 왔을 때 우리가 그 여자를 무시했더라면, 우린 아직 '백화점'에 살고 있을 텐데."

"아니, 못 그랬을걸." 피커링이 대답했다. "구청에서 우릴 내쫓았을 거야. 기억 안 나?"

"그건 네 탓이야. 네가 그들에게 편지를 썼기 때문이잖아." 험프리가 투덜댔다.

"너도 편지를 썼잖아." 피커링이 날카롭게 되받아쳤다.

험프리가 입을 다물었다.

"의기소침해지지 마, 험프리. 우린 루크레시아 커터가 우리에게 빚진 50만 파운드를 받아서 1등석 비행기를 타고 집에 가서 새집을 살 거야. 아래층에 상점이 딸린 집을 찾을 수도 있어."

"난 네가 루크레시아 커터와 결혼해서 함께 살려는 줄 알았는데?"

"어, 그게, 어어... 음, 물론 난 그녀를 사랑해..." 그가 루크레시아 커터와 결혼하면 그녀와 함께 살아야 한다는 생각을 해본 적이 없었다. 그는 감방 벽을 보았다. 밀림에서 살고 싶지는 않았다.

"미안. 난 잠깐 동안 네가 우리가 집에 돌아가면 함께 살 거라고 말하는 줄 알았어."

"뭐라고?" 피커링이 높고 큰 소리로 억지웃음을 터뜨렸다. "내가 왜 그러겠어? 내 말은, 우린 서로 싫어하잖아!" 그가 잠시 뜸을 들이다가 말했다. "안 그래?"

"그래. 난 네가 싫어." 험프리가 감방문에서 멀어지며 말했다. "난 자러 갈래. 잘 자."

"아, 알았어." 피커링이 돌아서 캠핑용 매트를 험프리의 감방이 붙어있는 벽으로 끌고 갔다. "좋은 꿈 꿔." 그가 담요를 덮으며 소리쳤다.

"별스럽게 구는군." 험프리가 되받아 소리쳤다.

제 _28_ 장

딱정벌레 팀

다쿠스는 눈을 감았지만 잠을 이룰 수 없었다. 다친 베르톨트가 밤중에 절뚝이며 숲길을 걷는 모습과 아버지의 걱정스러운 얼굴이 자꾸만 머리에 떠올랐다. 그가 아끼는 사람들은 모두 바이옴에 있는데, 정확히 어디에 있는지 몰랐다.

베르톨트가 다쿠스의 이름을 부르더니 이어서 버지니아의 이름도 불렀다. 베르톨트는 그들을 찾고 있었다. 그러나 그들은 그를 남겨두고 오지 않았는가? "다쿠스! 버지니아! 너희들 거기 있니?"

다쿠스는 눈을 깜빡이며 떴다. 잠이 들었던 모양이다. 꿈결에 베르톨트의 목소리를 들은 것 같았다.

"다쿠스, 내 말 들리니?"

그가 벌떡 일어나 앉았다. 그의 움직임에 센서가 작동해 불이 켜졌다. 옆에 누워있던 버지니아가 바닥에서 뒤척였다.

"버지니아." 다쿠스가 버지니아를 흔들어 깨웠다. "일어나. 베르톨트의 목소리를 들은 것 같아."

버지니아가 무릎을 꿇고 주머니에서 정사각형 장치를 꺼냈다. 그녀가 맨 위의 작은 버튼을 누른 뒤 거기에 대고 말했다. "베르톨트, 너니?"

"맞아, 버지니아. 내가 왔어."

"우리가 노박을 찾았어." 버지니아가 말했다.

"알아. 보안 카메라로 너희를 볼 수 있어." 베르톨트의 목소리는 그 장치에서 나오는 것이었다.

"넌 어디 있니?" 다쿠스가 장치를 붙잡고 말했다.

"우린 보안 돔에 있어." 베르톨트가 대답했다.

"삼촌도 거기 계시니?"

"우리 모두 여기 있단다." 맥스 삼촌의 목소리가 장치에서 흘러나왔다. 다쿠스는 갑자기 밀려드는 안도감에 한순간 눈물이 핑 돌았다.

"루크레시아 커터가 크레이븐과 댄키시를 밖으로 내보낼 때까지 유지보수 터널에 숨어 있다가 이리로 들어왔지." 맥스 삼촌이 말했다.

다시 베르톨트의 목소리가 나왔다. "통신 장비를 해킹하는 데 생각보다 시간이 오래 걸렸어. 그건 미안해."

"다쿠스? 버지니아? 무슨 일이야?" 노박의 목소리가 환풍기를 통해 들렸다. "모두 괜찮은 거야?"

"준비해, 노박." 버지니아가 환풍기에 대고 말했다. "우린 탈출할 거야."

"내 말 잘 들어." 베르톨트가 말했다. "내가 감방문을 열 수 있지만, 어떤 문이 어떤 문인지 알 수가 없어. 그래서 모든 문을 동시에 열 거야. 그러니 너희는 문가로 가서 뛰쳐나올 준비를 해야 해. 여섯 개의 감방이 있는데 하나는 비어 있지만, 노박의 왼쪽에 있는 감방들에는 성난 딱정벌레 남자와 피커링, 험프리가 있어. 그들에게 들키면 곤란해."

"몰링은 보여?"

"그래, 졸고 있어."

"다쿠스, 잘 들어라." 엠마 램의 목소리였다. "너희가 들어왔던, 몰링이 있는 쪽으로 가지 말고, 그 반대로, 오른쪽으로 가야 해. 감방에서 2미터 거리에 유지보수 터널이 있어. 사다리를 타고 내려가서 오른쪽으로 돌아. 터널에서 작은 돔으로 향하는 갈림길을 만나게 될 거야. 그건 직원 구역이니까 그리로 가지 마. 그냥 계속 가다 보면 두 번째 갈림길은 보안 돔으로 향하게 되어 있어. 너희 삼촌이 거기서 널 기다릴 거야."

"네. 이해했어요." 다쿠스가 고개를 끄덕였다. "유지보수 터널로

내려가서 첫 번째 출구를 지나친 다음에 맥스 삼촌을 만난다. 그거
죠?"

"행운을 빌어." 베르톨트가 말했다.

"베르톨트." 다쿠스가 잠시 뜸을 들이고 말했다. "날 구하러 와줘
서 고마워."

"친구 좋다는 게 뭐야?" 베르톨트가 대답했다. "지금 내가 문을
전부 열 거야. 준비됐니?"

"노박, 문 옆에 있니?" 버지니아가 환풍구를 통해 속삭였다.

"응." 노박이 대답했다.

버지니아가 고개를 끄덕이고 다쿠스의 옆에 와서 섰다. 다쿠스는
박스터가 자신의 어깨에 무사히 있는지 재빨리 확인한 후 고개를 끄
덕여 답했다.

"우린 준비 됐어." 다쿠스가 말했다.

"자, 간다." 베르톨트의 말이 끝나자 딸깍 소리와 함께 감방문이
올라갔다.

다쿠스는 뛰어나가서 노박의 손을 붙잡고 버지니아를 따라 오른
쪽으로 갔다. 버지니아는 무릎을 꿇고 바닥에서 유지보수 터널 입구
를 찾았다.

"찾았다." 그녀가 속삭이고 바닥 타일을 들어 올렸다. 다쿠스가
타일을 붙잡고 버지니아와 노박에게 먼저 내려가라고 표시했다.

버지니아의 발이 사다리에 닿았을 때 짐승의 포효처럼 간담을 서

늘케 하는 목소리가 들렸다.

"렌카 박사야!" 노박의 눈이 휘둥그레졌다. "서둘러!"

버지니아가 쏜살같이 사다리를 타고 내려갔고 노박이 황급히 그녀를 뒤따랐다.

그때 몰링의 고함 소리가 들리더니 곧이어 끔찍한 우두둑 소리와 함께 고통의 비명이 들렸다.

다쿠스는 모퉁이를 돌아오는 소리에 최면이 걸린 듯 얼어붙었다.

피커링이 꽥꽥거렸다. "이 괴물!"

"아아아악!" 몰링이 울부짖었다. "내 손!"

"그 손 뻗어 내." 험프리가 우렁차게 고함쳤다.

"이제 내려와!" 노박이 위에 대고 소리쳤다. 다쿠스가 후다닥 사다리를 타고 내려갔다. 탁탁 소리와 주먹 날리는 소리가 나더니, 그가 바닥 타일을 머리 위로 닫을 때 험프리의 외침이 들렸다.

"뛰어, 피커링! 뛰어!"

"그자는 우리가 거기 있는 걸 알았을 거야. 우리가 어디로 가는지도." 노박이 렌카 박사를 피해 터널을 달려 내려가면서 숨을 몰아쉬는 사이사이 말했다. "그자는 딱정벌레 감각을 가지고 있어. 그자가 우리를 쫓아오기로 작정하지 않기를 바랄 수밖에."

첫 번째 돔으로 가는 갈림길을 지나치자, 그들은 속도를 늦춰 가볍게 달리며 숨을 골랐다.

노박은 머리를 갸우뚱했다. "우리를 따라오는 것 같지는 않은

데." 그녀가 귀를 쫑긋 세우고 말했다.

"베르톨트와 맥스 삼촌이 어떻게 바이옴에 들어온 거지?" 다쿠스가 버지니아에게 물었다.

"우리가 들여보내줬지."

"우리가?"

"우리가 숲을 빠져나올 때 재채기 소리 기억나? 트랩도어가 열릴 때 내가 너한테 달리라고 말했잖아. 그게 우리 일행이었어. 줄곧 우리를 쫓아오고 있었거든. 트랩도어가 우리를 갈라놓을까 봐 너한테 빨리 달리라고 재촉한 거야."

"하지만... 어떻게."

"엠마 아줌마가 이 터널에 대해 알고 있었고, 터널 지도도 가지고 있거든." 버지니아가 미소 지었다. "내가 너를 사다리로 내려가게 하고 최대한 네 시야를 가려서 우리를 뒤따라 바이옴으로 들어오는 사람들을 보지 못하게 했지. 사람들은 다른 사다리를 타고 보안 돔으로 통하는 터널로 내려갔고. 그런 다음 우리가 잡히기를 기다린 거야."

"나한테 말해줄 수도 있었잖아." 다쿠스는 순간적으로 화가 치밀었지만, 그것은 상처 입은 자존심 때문인 것을 알았다.

"다쿠스, 넌 누구 말도 들으려 하지 않았어." 버지니아가 지적했다. "우린 팀인데, 너는 단독 행동을 계획했어. 우린 어떻게 해야 할지 알 수 없었고, 그래서 네가 우리를 필요로 할 때까지 너를 뒤에서 받쳐주기로 했어. 그런데 루크레시아 커터에게 우리가 잡혔으니까 네가 우리를 필요로 하는 상황이 된 거야." 그녀가 빙그레 웃었다. "우리가 이런 일이 일어날 걸 짐작했다고 네가 화를 낼 수는 없어. 어쨌거나 우린 널 혼자 보내줬고, 그걸 우리에게 유리하게 이용해서 널 구해줬잖아."

다쿠스는 얼굴이 빨개졌다. "맞는 얘기야." 그가 인정했다.

"우린 팀으로 이 일을 시작했고, 팀으로 끝낼 거야." 버지니아가 손을 내밀었다. "딱정벌레 팀."

"딱정벌레 팀." 노박이 버지니아의 손 위에 손을 얹었다.

다쿠스는 노박의 손 위에 손을 얹었다. 박스터가 다쿠스의 어깨에서 날개를 파닥이며 내려와 그의 손등에 엉거주춤하게 착지한 뒤 뿔을 높이 세웠고, 동시에 헵번이 팔찌에서 기어 나오고 마빈이 버지니아의 땋은 머리에서 떨어져 그녀의 팔을 타고 굴러 내려와 박스터 옆에 착지했다.

"딱정벌레 팀." 다쿠스가 말했다.

제 **29** 장

구사일생 탈출

맥스 삼촌이 다음번 교차점에서 기다리고 있었다. 그가 두 팔을 벌렸고 다쿠스는 달려가서 품에 안겼다. "죄송해요. 죄송해요." 다쿠스가 삼촌의 셔츠에 대고 웅얼웅얼 말했다.

"지금은 사과할 때가 아니다." 맥스 삼촌이 다쿠스의 턱을 들어 눈을 맞추었다. "과감하게 구출에 나설 때지." 그가 눈썹을 씰룩거렸다. "우리가 아는 한, 루크레시아 커터는 우리가 여기 있는 걸 몰라. 그러니 신속하게 행동할 필요가 있다. 자, 이리로. 베르톨트가 기다리고 있어."

다쿠스는 버지니아와 노박을 따라 사다리로 올라갔고, 맥스 삼촌이 마지막으로 올라갔다. 다쿠스는 눈이 불빛에 적응하기까지 정신 없이 눈을 깜빡였다. 재빨리 방을 훑어보니 그곳은 보안 통제 센터 였다. 벽면에는 바이옴의 곳곳을 보여주는 CCTV 모니터들이 설치 되어 있었다.

"오, 베르톨트, 고마워!" 노박이 빠르게 다쿠스를 지나쳐 베르톨 트를 붙잡고 양 볼에 입을 맞추었다. 뉴턴이 그들의 머리 위에서 쌩 쌩 날아다니며 기쁨의 불빛을 깜빡였다. "우리를 구해줘서 고마워."

"중대에 복귀한 걸 환영한다, 병사." 엠마 램이 다쿠스에게 경례 를 했고, 모티는 금테 안경 너머로 아이들에게 눈웃음을 지었다.

베르톨트는 절룩거리며 다쿠스에게 다가가서 팔을 살짝 친 다음 끌어안았다.

"왜 이래?" 다쿠스가 웃었다.

"나 삐졌어. 네가 달아나서 이 일을 혼자 하려 해서. 버지니아였 으면 팔에 감각이 없어졌을 만큼 세게 쳤을걸." 버지니아가 고개를 끄덕였다. "나도 그러려고 했지만, 그래도 널 아프게 하고 싶지는 않 아서 그냥 끌어안은 거야."

뉴턴이 날아올라 다쿠스의 어깨 위 박스터 옆에 앉았고, 두 딱정 벌레는 더듬이를 서로에게 흔들며 조용한 대화를 나눴다.

"미안, 베르톨트. 내가 달아나지 말았어야 했어. 우린 팀인데 말 이야. 앞으로는 절대 그걸 잊지 않겠다고 약속할게." 베르톨트가 고 개를 끄덕였다. "그리고 아픈 다리로 밤새 숲길을 걷다니 넌 정말 대단해.”

“고마워.” 베르톨트가 뿌듯함에 얼굴을 붉혔다.

“그 정체불명의 물건으로 우리가 서로 얘기를 나눌 수 있다는 걸 어떻게 알았어?” 다쿠스가 물었다.

“처음 봤을 때 알아차렸어.” 베르톨트가 미소 지었다. “망사로 된 작은 동그라미를 발견했는데, 이런 건 보통 마이크를 감싸는 역할을 하거든. 양쪽에 작은 사각형이 있는데, 그건 스피커야. 이걸 입수했을 때 우리끼리 교신하면서 남들은 듣지 못하도록 내가 전용 주파수를 설정해뒀지.”

“넌 천재야.” 다쿠스가 고개를 내저으며 말했다. “나를 미끼로 쓰자는 생각도 네 머리에서 나온 거니?”

“아, 아니. 미안하지만 그건 내 생각이었단다.” 맥스 삼촌이 말했다. “네 완고한 태도를 우리에게 유리하도록 역이용해야겠다고 생각한 거지.”

“좋은 아이디어였어요.” 다쿠스가 슬픈 얼굴로 말했다. “하지만 루크레시아 커터가 베이스캠프 딱정벌레들을 빼앗아서 갔고 박스터를 다치게 했어요.”

“박스터는 괜찮니?” 맥스 삼촌이 장수풍뎅이를 보려고 몸을 숙였다.

“그 여자가 다리 하나를 물어뜯었어요.” 다쿠스가 대답했다. “그리고 바닥에 추락했죠. 많이 약해졌지만 회복하고 있는 것 같아요.”

박스터가 맥스 삼촌을 안심시키기 위해 앞다리를 흔들어 보였다.

"반딧불이들은 어떻게 됐니?" 베르톨트가 물었다.

"그 여자가 데려갔어." 다쿠스가 말했다.

"아, 안 돼!" 베르톨트는 숨이 턱 막혔고, 뉴턴은 불안하게 불빛을 깜빡였다.

"내가 도로 찾아올 테니까 걱정 마." 버지니아가 말했다.

다쿠스가 모니터를 향해 다가가며 화면을 훑어보았다. "아빠는 봤어? 스펜서나?" 그가 물었다.

"아니." 베르톨트가 고개를 저었다. "모두들 잠자고 있어."

"승강기 옆방을 볼 수 있을까? 지하에 있는 거." 다쿠스가 화면에서 화면으로 분주히 눈을 옮기며 물었다.

"이 캄캄한 방 말이야?" 베르톨트가 물었다.

"맞아." 다쿠스가 화면을 가리키며 말했다. "거기 있는 수조를 확대할 수 있을까?"

베르톨트가 얼굴을 찌푸렸다. "시도해볼게."

카메라는 수조의 어두운 윤곽을 포착했지만, 그 안의 내용물은 포착하지 못했다.

"이 방에는 네 개의 수조가 있어요." 다쿠스가 뒤로 돌아서 모두에게 얘기했다. "수조마다 거대한 번데기가 하나씩 들어있죠." 그가 숨을 깊이 들이쉬었다. "모든 수조에 루크레시아 커터 복제품이 있어요."

"그 여자가 스스로를 복제했다고?" 엠마 램은 숨이 턱 막혔다.

다쿠스가 고개를 끄덕였다. "어떻게든 이 번데기들을 꼭 없애야 해요."

"여기 좀 봐. 여기 감방들이 있어." 버지니아가 문이 열려 있는 여섯 개의 빈방을 가리켰다.

"몰링에게 무슨 일이 생겼는지 봤니?" 다쿠스가 베르톨트를 보며 물었다.

베르톨트가 오만상을 찌푸렸다.

"혹시... 죽었어?" 노박이 물었다.

"아니, 하지만, 음, 그게..." 베르톨트는 말을 더듬었다.

"뭐라고 말해야 할지 모르겠구나." 맥스 삼촌이 목청을 가다듬었다. "몰링이 그 커다란 곤충 남자의 얼굴에 주먹을 날리려 했단다."

"렌카 박사를 쳤나요?" 노박이 말했다.

"그게 헨리크 렌카였어?" 엠마 램이 속삭였다.

"어떻게 됐어요?" 노박이 재촉했다.

"헨리크 렌카가 몰링의 주먹을 덥석 물어서 잘근잘근 씹었단다." 맥스 삼촌이 고개를 절레절레 내저었다. "그런 건 본 적이 없어. 정말 잔인했지."

"렌카 박사가 달아났나요?" 노박이 두 손을 움켜쥐고 물었다.

"험프리와 피커링이 싸우는 남자들을 지나쳐 달아나려 했는데 렌카 박사가 험프리를 뒤로 밀쳐서 성질을 건드렸어." 베르톨트가 말했다. "험프리는 성난 소처럼 고함을 지르며 그 곤충 남자의 배를 들이받아 방으로 다시 밀어 넣었지."

"험프리가 렌카 박사를 자빠뜨렸단다." 맥스 삼촌이 말했다. "렌카는 다시 일어나려 발버둥 쳤고."

"그런 다음 세 명 모두 달아났어." 베르톨트가 말을 마쳤다.

"그들은 지금 어디에 있어?" 다쿠스가 화면을 향해 다시 돌았다.

베르톨트가 손가락으로 가리켰다.

"거긴 의무실이야." 노박이 말했다. "어제 내가 거기 있었어."

다쿠스는 몰링이 침대에 누워서 제 팔에 붕대를 감고 있는 것을 볼 수 있었다. 사방에 피가 묻어 있었다.

피커링은 거울을 보며 얼굴과 목에 생긴 벌레 물린 자국에 연고를 듬뿍 바르고 있었고, 험프리는 약통들을 들여다보며 라벨을 읽고 있었다.

"그 둘이 몰링을 돕고 있다고?" 다쿠스가 물었다.

베르톨트가 어깨를 으쓱했다. "험프리가 그 곤충 남자를 자빠뜨린 뒤 몰링을 어깨에 들쳐 메고 이리로 데려오긴 했는데, 내 생각에는 이곳 지리를 알기 위해 몰링의 도움이 필요했던 것 같아."

그들은 험프리가 약통을 열고 알약을 입에 몽땅 털어 넣고는 다른 약통을 들어서 라벨을 읽고 있는 모습을 지켜보았다.

"몰링이 의무실에 있고 크레이븐이 댄키시와 함께 밀림을 수색하고 있다면, 우린 링링과 루크레시아 커터, 이 둘만 걱정하면 되겠군." 다쿠스가 말했다.

"둘만이라고?" 버지니아가 눈을 굴렸다. "이봐, 친구야. 네게 계획이 있었으면 좋겠어."

"마침 말이야." 다쿠스가 똑바로 서며 말했다. "내게 계획이 있어."

제*30*장

깃털뿔풍뎅이

"**여**기 제라르가 있어!" 노박이 작은 환성을 지르며 CCTV 모니터를 향해 몸을 기울였다. 다쿠스가 그쪽을 향해 시선을 돌리니 침실이 보였다. 프랑스인 집사가 일어나서 옷을 입고 있었다. "다쿠스, 제라르를 여기 남겨둘 수는 없어." 그녀가 말했다. "우리가 데려갈 수 있을까?"

다쿠스가 고개를 끄덕였다. "그래. 어떻게 우리가 여기서 나가야 할지 모르겠지만 말이야."

"그거라면 내가 해결할 수 있을 것 같구나." 모티가 말했다. "밖에 멋진 헬리콥터가 있더구나. 시코르스키 S-92 모델이던데. 한 대에 2억 달러나 하는 업계 최고의 제품이지."

"그걸 몰 수 있겠소?" 맥스 삼촌이 감명받은 얼굴로 물었다.

모티가 어깨를 으쓱했다. "비행기와 달라 봐야 얼마나 다르겠어요?"

"열쇠가 필요하잖아요?" 버지니아가 물었다.

"아니. 자동차는 열쇠로 시동을 걸지만 헬리콥터는 그렇지 않단다." 모티가 빙그레 웃었다. "그리고 만일 문에 잠금장치가 있다면, 틀림없이 이 중에 하나로 열 수 있을 거야." 그녀가 벽에 붙어있는 열쇠 걸이를 가리키며 말했다.

"모티, 당신은 밖에 나가서 우리의 탈출용 헬기를 접수하는 게 좋겠소." 맥스 삼촌이 말하자 모티가 고개를 끄덕였다.

"저는 여기 남을게요." 베르톨트가 버튼과 스위치가 있는 책상으로 걸어갔다. "어차피 다리 때문에 빨리 못 움직일 테고, 제가 화면을 보면서 정보를 전달해주면 도움이 될 거예요. 게다가 여기서 모든 문을 통제할 수 있고요."

"이 버튼들은 다 무슨 용도니?" 다쿠스가 물었다.

"이건 전원인 것 같아." 베르톨트가 나란히 늘어선 스위치를 가리키며 말했다. "이것들은 조명인 것 같고, 이건 기후 조절 장치 같아."

"뭐라고?"

"이거 봐. 여기에는 여러 개의 돔이 있는데, 컴퓨터가 공기 중의 산소 농도를 보여줘. 이건 바이옴 전체에 대한 온도계이지만, 각각의 돔에 대한 별도의 온도계가 또 있어. 내 생각엔 식물들에게 물을 주기 위한 살수 시스템인 것 같아."

다쿠스는 마음이 바빠졌다. "좋아. 우리 이렇게 하자. 베르톨트는 딱정벌레 사육장의 문을 모두 열어. 그런 다음 큰 돔의 난방을 끌 수 있는 방법을 찾아서 최대한 춥게 만들어."

베르톨트가 고개를 끄덕였다. "그건 분명히 할 수 있을 거야."

"그리고 산소는, 정상 수준으로 낮출 필요가 있어."

"20.9%로?"

"그래." 다쿠스가 고개를 끄덕였다.

"하지만 왜?" 버지니아가 물었다. "그럼 우리 초능력이 없어지잖아. 싸울 때 필요할지 모르는데."

"그래. 하지만 우리에게 초능력이 있다면, 다른 모든 사람에게도 있을 거야. 우리가 산소를 정상 수준으로 낮추면, 우리에게 승산이 있을 거야. 그런 딱정벌레들은 따뜻하고 산소가 풍부한 곳을 좋아하니까. 산소가 줄어들고 온도가 낮아지면 루크레시아 커터와 렌카도 굼떠질 거야."

"그 곤충 인간을 말하는 거라면..." 엠마 램이 가리켰다. "이것 좀 봐라."

한 모니터에서 렌카 박사가 에메랄드그린 빛 가뢰가 가득한 방에 있는 것이 보였다. 그는 가장 큰 딱정벌레 중 하나의 머리를 붙잡고 턱에 재갈을 물리고 있었다. 그들은 모두 미동도 하지 않고 얼어

붙은 듯 그 모습을 지켜보았다. 그는 벽에서 문어의 촉수처럼 생긴 여덟 가닥의 투명한 관이 있는 이상한 모양의 투명한 헬멧을 집어 들어 딱정벌레의 머리에 씌우고 촉수들을 딱정벌레의 숨구멍에 연결했다. 헬멧 아래의 주머니가 부풀어 올랐다.

"저게 뭐죠?" 다쿠스가 물었다.

"내 생각에는..." 맥스 삼촌이 잠시 뜸을 들이다가 말했다. "산소 마스크 같구나. 지금까지 내가 본 것 중에 저것과 가장 비슷한 건 제1차 세계대전 때 말에게 씌웠던 가스 마스크야."

렌카 박사가 딱정벌레의 등에 올라타서 오른손에 든 채찍으로 딱정벌레를 부리며 화면에서 사라졌다.

"거대 딱정벌레를 말처럼 타고 있어." 버지니아가 말했다.

"저자가 간다." 베르톨트가 다른 모니터를 가리켰다. 가뢰는 빠르게 복도를 달려 내려가서 민첩하게 위층으로 올라갔다.

"트랩도어가 열리고 있어." 엠마 램이 가리켰다.

렌카 박사가 산소마스크를 쓴 거대 가뢰를 타고 바이옴을 탈출하는 모습을 모두들 넋을 잃고 지켜보았다.

"이제 우린 모든 걸 봤다." 맥스 삼촌이 고개를 저었다. "음, 적어도 우린 저자에게 잡아먹힐 걱정은 없어졌구나."

"그자에게 대체 무슨 일이..." 엠마가 적당한 말을 찾으려 했다. "대체 어떻게 저렇게 된 거지? 반은 딱정벌레가 됐잖아."

"메이터의 마음에 들려고 스스로를 용화한 거예요." 노박이 설명했다. "송장벌레의 DNA를 자기 몸에 주입해서 탈바꿈을 한 거죠."

"송장벌레라고?" 다쿠스는 숨이 턱 막혔다.

노박이 고개를 끄덕였다. "그래서 인간을 먹는 거야."

"잠깐." 다쿠스가 노박을 쳐다보았다. "혹시 루크레시아 커터의 몸에 어떤 딱정벌레의 DNA를 주입한 건지 아니?"

노박이 고개를 끄덕였다. "타이탄하늘소야."

"그럴 줄 알았어." 다쿠스는 자신의 짐작이 맞은 것이 흐뭇했다.

"그럼 너는?" 버지니아가 물었다. "넌 어떤 딱정벌레 DNA를 갖고 있니?"

"너도 반은 딱정벌레라고?" 엠마 램의 눈이 휘둥그레졌다. "미안. 난 몰랐구나. 네가 너무 정상인처럼 보여서."

"리피세라 페모라타예요." 노박이 대답했다. "깃털뿔풍뎅이죠."

"하지만 넌 깃털뿔이 없잖아." 버지니아가 말했다.

"사실은." 노박은 턱이 가슴에 닿고 은발머리가 얼굴에 흘러내릴 때까지 고개를 숙였다. "있어." 그녀가 더듬이를 올린 다음 머리를 다시 세우고 눈을 굴려 인간의 눈을 뒤로 집어넣고 겹눈을 떴다.

"와아!" 다쿠스가 웨이브 진 곱디고운 머리칼처럼 섬세한 은빛 편모 더듬이가 밖으로 펼쳐져서 실룩이며 공기를 감지하는 모습을 뚫어지게 바라보았다.

"너무 예뻐!" 베르톨트가 속삭이며 다가가서 노박의 손을 잡았다.

"진심 멋져!" 버지니아가 믿을 수 없다는 듯 고개를 절레절레 저었다. "그럼 그런 거 할 수 있니? 그런 거 볼 수 있어? 그러니까 내 말은, 음, 느낌이 어때? 눈을 굴릴 때 아프거나 하지 않아? 날 수도 있니? 혹시 날개가 있어?" 그녀가 두루미처럼 목을 쭉 빼고 노박의 뒤를 보며 했다.

"버지니아!" 베르톨트의 날카로운 외침이 그녀를 입 다물게 했다. "무례하게 굴지 좀 마."

"미안." 버지니아가 겸연쩍은 얼굴로 고개를 까닥하며 사과했다. "하지만 넌 정말 멋져, 노박."

"고마워." 노박이 수줍게 미소 짓고는 다쿠스에게 시선을 돌렸다. "난 네가 말한 대로 했어. 딱정벌레의 감각을 키우려고 노력했지. 하지만 너무 오랫동안 숨기고 살아서 아직은 아주 생소해."

다쿠스가 어색하게 다가갔다. "네가 누구인지 절대 감춰선 안 돼. 넌 굉장해."

노박의 옅은 미소가 환한 함박웃음으로 바뀌었다. "어머, 고마워."

"에헴." 맥스 삼촌이 점잖게 기침을 했다. "노박, 넌 사랑스러워. 그런데 지금은 시간이 관건이구나. 모티는 헬리콥터로 가고, 베르톨트는 여기 머물면서 화면을 조작할 거야. 다쿠스, 우린 뭘 해야 하지?"

"난 베르톨트와 여기 남을게요." 엠마가 말했다. "여기서 일어나는 일을 모두 볼 수 있으니까, 이 미친 사건을 기사로 쓸 때 도움이 될 거예요. 그리고 모티가 헬리콥터에 시동을 걸면 밖으로 나갈 때 베르톨트를 도와줄 사람도 필요할 테니까."

다쿠스가 고개를 끄덕였다. "좋아요. 맥스 삼촌은 저하고 버지니 아랑 함께 가요."

"나도 함께 갈게. 메이터가 있는 곳에 너희 아버지도 계실 거야." 노박이 은빛 더듬이를 다쿠스 쪽으로 돌리며 말했다. "네가 메이터 와 싸우는데 나만 가만히 있을 수는 없어. 하지만 우선 제라르부터 찾아야 해."

다쿠스가 재빨리 고개를 끄덕였다. "좋아. 베르톨트. 화면에서 아 버지를 계속 찾도록 해. 어디 계신지 알려주면 우리가 곧장 달려갈 테니까."

"알았어." 베르톨트가 고개를 끄덕였다.

"자, 모두 행운을 빌어요." 다쿠스가 깊은숨을 내쉬었다.

제31장

딱정벌레 탈출

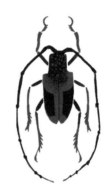

부 화장 옆쪽 복도를 달리고 있는데, 그 정체불명의 장치가 다쿠스의 주머니에서 진동했다. 다쿠스는 장치를 꺼냈다.

"네가 있는 층의 승강기에서 어떤 남자가 내리고 있어." 베르톨트가 말했다. "네가 있는 쪽으로 가고 있어. 어서 숨어야 해."

다쿠스와 버지니아, 맥스 삼촌은 헤라클레스장수풍뎅이 애벌레실로 후다닥 들어갔다.

"잠깐." 노박이 복도 밖에서 더듬이를 실룩거렸다. "내 생각엔 스펜서 오빠인 것 같아."

다쿠스는 거대 애벌레들을 내려다보았다. 그가 애벌레의 관심을 끌기 위해 고성을 질러 곤충의 울음소리를 흉내 냈다. 그러자 애벌레들이 움찔하더니 토실토실한 하얀 몸을 파도처럼 물결치며 다쿠스를 향해 머리를 돌렸다. "박스터, 네가 애들에게 말을 전해야 해. 얘들이 태어난 세상의 대기는 애들이 숨 쉴 수 있을만한 조건이 아니라고 설명하고, 애들이 노예라고 말해. 우리가 모든 문을 열어 놓을 테니 이곳에 남거나 달아나거나 둘 중 하나를 선택하라고. 그리고 이 말을 다른 애벌레들에게도 퍼뜨리라고도 해." 그는 쪼그리고 앉아 가까운 곳에서 머리를 좌우로 흔들고 있는 호기심 많은 애벌레 가까이 박스터를 데려갔다.

"다쿠스, 스펜서가 맞아!" 버지니아가 말했다.

다쿠스는 박스터가 애벌레에게 이야기를 마칠 때까지 기다렸다가 복도로 나가서 혼란스러운 얼굴로 노박을 보고 있는 청년을 발견했다. 그는 아이리스 크립스의 벽난로 선반 위에 있는 사진과 똑같은 모습이었다.

"그 여자가 널 용화실에 다시 넣은 거니?" 스펜서가 노박의 더듬이를 보며 물었다.

"아뇨." 노박이 대답했다. "이게 나예요."

다쿠스는 스펜서의 실험실 가운 주머니 위로 머리를 쏙 내밀고 있는 쇠똥구리 스커드를 발견했다. "안녕하세요, 스펜서 형. 저는 다쿠스라고 해요." 다쿠스가 미소를 지으며 손을 내밀었다.

"혹시 커틀 박사님의 아들이니?" 스펜서는 직사각형 안경을 통해 눈을 깜빡이며 다쿠스의 손을 붙잡고 흔들었다. "여기 어떻게 들어왔니?"

"얘기하자면 길지만, 우린 형 어머니에게 형을 데려다주겠다고 약속했고 그 약속을 지키기 위해 여기 왔어요." 다쿠스가 말했다. "어머니가 많이 그리워하세요."

"엄마가 내가 어디 있는지 아셔?" 스펜서가 침을 꿀꺽 삼켰다. 다쿠스는 스펜서의 눈에 눈물이 차오르는 것을 보며 고개를 끄덕였다. "루크레시아 커터가 형을 데려간 걸 아세요."

"저는 버지니아라고 해요." 버지니아가 스펜서의 손을 잡고 흔들었다.

"난 맥시밀리언 커틀일세." 맥스 삼촌이 버지니아에게서 곧바로 스펜서의 손을 넘겨받아 악수했다. "바솔로뮤의 형이지."

스펜서의 시선이 그들을 지나쳐 복도를 향했다. "네 사람뿐인가요?"

"우린 일곱 명이에요." 다쿠스가 대답했다. "형과 아빠, 제라르 아저씨까지 하면 열 명이고, 딱정벌레들도 있고요. 하지만 우린 많은 사람은 필요 없어요." 그가 미소 지었다. "우린 싸우러 온 게 아니니까요."

"하지만 선택의 여지가 없을 수도 있어." 스펜서가 직사각형 안경을 콧등 위로 밀어 올리더니 입을 떡 벌렸다. 바다코끼리만 한 애벌레가 여섯 개의 뭉툭한 다리로 하얀 배를 앞으로 끌면서 복도로 나왔다. 곧이어 다른 애벌레가 뒤따랐다. "이게 무슨...?"

"딱정벌레들을 모두 풀어주는 거예요." 다쿠스가 싱글거렸다.

스펜서의 눈이 휘둥그레졌다. "뭘 한다고?"

"딱정벌레를 풀어주고 있다고요." 버지니아가 똑같이 말했다. "다쿠스, 난 사다리를 타고 성충들에게 올라갈게."

"잠깐." 스펜서가 메고 있던 배낭을 벗으며 말했다. "네 배낭이니? 이걸 해부실로 가져가는 길이야. 딱정벌레가 가득하던데."

다쿠스는 기쁨의 함성을 지르며 스펜서에게서 배낭을 넘겨받아 지퍼를 열었다. 제일 위에 있던 스물일곱 마리의 반딧불이가 쉬익 소리를 내며 튀어나와 불빛을 깜빡거렸다. "괜찮아, 친구들. 나야." 그가 그들을 올려다보며 조용히 말했다. "베르톨트는 복도 저쪽의 사다리 위에 있어. 너희가 도착할 때쯤이면 틀림없이 베르톨트가 트랩도어를 열어놓고 있을 거야." 반딧불이들이 자신들이 가장 좋아하는 인간을 찾으러 날아갔다.

다쿠스가 다시 배낭을 열자 버지니아가 두 손을 안에 넣었다가 뺐다. 그녀의 두 손은 아른아른 빛나는 자줏빛, 초록빛 비단벌레들로 뒤덮였다. 비단벌레들은 그녀의 팔을 타고 올라가 어깨에서 멈춰 섰다.

"우리가 탈출하는 거구나!" 스펜서의 눈이 반짝였다.

"그럴 계획이에요." 버지니아가 그에게 싱긋 웃어 보이며 사다리에 올랐다.

"내가 도울 수 있을 거야." 스펜서가 앞으로 튀어 나갔고 스커드는 신이 나서 앞다리를 흔들었다. "내가 매일 딱정벌레 성충들에게 먹이를 주고 있거든. 그래서 성충들이 나를 알지. 그리고 난 루크레시아의 사슴벌레와 다윈사슴벌레들이 어디 있는지도 알아."

"우리가 아빠와 제라르를 찾으면 헬리콥터 앞으로 나갈 테니 거기서 만나요." 다쿠스가 말했다.

"멋져요!" 버지니아가 사다리에서 뛰어내려 스펜서에게 먼저 가라는 신호를 보냈다. "그럼 안내 부탁할게요."

그가 그녀를 지나쳐 사다리를 기어올랐다. "기꺼이."

"이것 참 야단났군!" 맥스 삼촌이 벽에 몸을 밀착시키고 탄성을 질렀다. 자유를 선택한 애벌레들이 꿈틀거리며 물밀 듯 밀려왔다. "얘들이 너무 빨라!"

우르르 몰려드는 거대 애벌레들 사이로 길을 골라가며, 그들은 딱정벌레 사이보그의 방으로 갔다. 다쿠스가 먼저 달려 들어가고 맥스 삼촌과 노박이 뒤따랐다. 그들은 입으로 부드럽게 짤깍짤깍 소리를 내며 모든 투명 아크릴 수조를 열었다. 그들이 일일이 딱정벌레의 가슴에서 칩을 빼는 동안, 박스터는 원숭이풍뎅이와 녹색광풍뎅이들에게 자유롭게 떠날 수 있다고 설명했다.

"모두 끝났니?" 노박이 물었다.

"그래. 하지만 노박..." 다쿠스가 대답했다. "넌 제라르 아저씨가 걱정될 테니까 먼저 가서 한번 찾아보면 어때? 찾아서 상황을 설명해줘."

"좋아." 노박이 미소 지었다. "아마 주방에서 아침 식사를 준비하고 있을 거야. 찾자마자 돌아올게." 그녀가 복도를 따라 후다닥 달려가며 소리쳤다.

옆방에 있는 네 개의 복제된 번데기를 본 순간부터 다쿠스는 줄곧 그 모습을 마음에서 몰아내려 애썼다. 그것들을 파괴해야 한다는 것을 알았지만 노박에게 그 광경을 보이고 싶지는 않았다.

"준비되셨어요?" 그가 맥스 삼촌에게 말했다.

"나야 항상 준비되어 있지." 맥스 삼촌이 고개를 끄덕였다.

다쿠스가 어두운 방으로 들어가면서 장치에 대고 말을 했다. "베르톨트, 거기 있니?"

"응, 있어." 즉시 대답이 돌아왔다. "바이옴의 모든 문이 열려 있어. 모니터에서 딱정벌레들이 이동 중인 것도 보이고."

"이런, 지독하군!" 맥스 삼촌이 수조 하나를 들여다보며 외쳤다.

"잘 들어. 나는 루크레시아 커터 복제품이 들어있는 방에 있어. 이 문에 대한 잠금장치가 있는지 확인할 수 있겠어? 되도록 영원히 열리지 않는 거면 좋겠는데."

"응, 있어." 베르톨트가 대답했다. "언제 잠가야 할지 말해줘."

다쿠스가 붉은빛을 내는 온도조절 장치로 걸어가서 다이얼을 돌려 온도를 영하로 내렸고, 그동안 맥스 삼촌은 가장 멀리 있는 수조 옆 벽에 걸려있던 소방장비 보관함에서 도끼를 꺼냈다. 다쿠스는 곧

충을 죽이는 가장 인도적인 방법은 동결이라는 애플야드 교수의 말을 떠올렸다.

"뒤로 물러서거라, 다쿠스." 맥스 삼촌이 말했다. "파편이 튈 거야."

"온도조절 장치는 처리했어요." 다쿠스가 문을 향해 뒷걸음치며 말했다.

"자, 간다." 맥스 삼촌이 도끼를 머리 위로 들었다가 힘껏 내리쳐 쩍 소리와 함께 첫 번째 수조를 부쉈다. 수조 안의 공기가 밖으로 새어나오며 쉬이익 소리가 났다. 맥스 삼촌은 재빨리 옆 수조로 가서 포물선을 그리며 도끼를 휘둘러 두 번째 수조를 파괴한 다음, 곧이어 세 번째 수조도 해치웠다. "하나 더!" 그가 고함치며 네 번째 수조로 옮겨가서 도끼를 쳐들었다가 내리치자, 마지막 루크레시아 번데기의 집도 우지끈하며 산산조각이 났다.

도끼질의 여파로 튀어 오르는 투명한 아크릴 파편들이 마치 거대한 번데기의 몸에서 폭포수처럼 쏟아져 나오는 수많은 물방울처럼 보였다. 번데기는 몸을 뒤틀고 뒤꽁무니를 꿈틀거려 수조에서 맥스 삼촌이 서 있는 바닥으로 굴러떨어졌다. 루크레시아 커터의 이목구비를 닮은 딱정벌레의 얼굴이 희고 단단한 번데기 피부를 뚫고 나오자, 맥스 삼촌은 화들짝 놀라 뒤로 물러섰다. 턱을 크게 벌린 루크레시아 커터 번데기가 맹렬하게 꿈틀거리더니 사납게 허공을 깨물며 일어나기 시작했다. 이와 동시에 갈고리발톱이 달린 앞다리가 튀어

나왔다.

맥스 삼촌이 문을 향해 달렸다. 다쿠스는 이미 밖에 나와 있었다. 그때 딱정벌레 팔이 맥스 삼촌의 발목을 붙잡고 날카로운 발톱을 피부에 박았다.

"아아악!" 맥스 삼촌이 고통의 비명을 지르며 번데기를 발목에 매단 채 문을 향해 몸을 질질 끌며 왔다.

"베르톨트, 거기 있니?" 다쿠스가 소리쳤다.

"있어."

맥스 삼촌이 몸을 앞으로 던져 출입구를 통과했다.

"지금이야!" 다쿠스가 소리쳤다. "지금 잠가."

문이 내려오고 우지끈 소리가 났다.

맥스 삼촌이 아래를 내려다보았다. 키틴질 발톱이 피 묻은 발목에 감겨 있었지만, 그것은 더 이상 딱정벌레의 다리에 붙어 있지 않았다. "정말 아슬아슬했구나!" 그가 몸을 구부려 면도날처럼 날카로운 발톱을 비틀어 떼어내며 말했다.

"괜찮으세요?" 다쿠스가 물었다.

"어, 그럼." 맥스 삼촌이 손을 털고 빙그레 웃었다. "나는 악어와도 씨름을 한 사람이야. 이 정도는 아무것도 아니지."

베르톨트가 그들을 승강기로, 그리고 이어서 다쿠스의 아버지가 루크레시아와 얘기를 나누고 있는 실험실 밖 복도로 인도했다.

다쿠스는 모퉁이를 돌아보고 다시 뒤로 몸을 뺐다. 링링이 문 앞에 서 있었다. "어떻게 링링을 해결하죠?" 그가 속삭였다. "저 여자는 치명적이에요."

"저 여자를 유인해내야겠구나." 맥스 삼촌이 인상을 찌푸렸다.

"박스터를 보내서 주의를 돌릴 수 있긴 한데..." 다쿠스가 어깨를 내려다보며 말했다. "지금 그럴 정도의 몸 상태가 되는지도 모르겠고, 링링이 거기에 속아 넘어갈 것 같지도 않네요."

"저 여자가 날 추적하도록 만드마." 맥스 삼촌이 제안했다.

"하지만 삼촌 발목이... 그러다가 잡히시면 어떻게 해요?"

"난 계단을 빠르게 뛰어 내려갈 거야." 맥스 삼촌이 말했다. "저 여자를 밀림으로 유인해서 숲에서 헤매게 만든 다음, 재빨리 돌아와서 너와 함께 루크레시아 커터를 상대할 생각이야."

"좋아요." 다쿠스가 고개를 끄덕였다.

"좋아." 맥스 삼촌이 복도가 교차하는 벽의 가장자리로 살금살금 다가갔다.

"저는 준비됐어요." 다쿠스가 속삭이며 뒷걸음질로 모퉁이를 돌아 숨었다.

"어떤 상황에서도 나 없이 그 방에 들어가선 안 돼. 내 말 듣고 있니?" 맥스 삼촌이 잔뜩 목소리를 낮춰 말하고는 복도로 한 발짝 나가서 크게 휘파람을 불었다. 그런 뒤 링링을 보며 "허, 이것 참!"하고 말하고는 전력 질주로 복도를 가로질러 계단을 내려갔다. 잠시 후 링링이 갑자기 눈앞에 나타나서 칼날처럼 손날을 세우고 소리 없이 그를 뒤쫓아 뛰어갔다.

다쿠스는 교차 지점으로 살금살금 다가가서 모퉁이를 돌아보았다. 링링이 서 있던 벽에는 작살총이 기대어져 있었다. '링링에게 왜 총이 필요한 거지?' 그는 궁금했다. 그 순간 몰링의 손을 물어뜯은 렌카 박사의 모습이 뇌리에 스쳤고, 그제야 이유를 알 것 같았다. '루크레시아 커터가 감방이 빈 걸 알아챘군.'

"맥스 삼촌은 실험실에 들어가지 말라고 했어." 다쿠스가 박스터에게 속삭였다. "하지만 몰래 문가로 다가가서 유용한 무기를 훔치지 말라는 말은 없었으니까."

다쿠스는 혹시 문가에서 아빠를 볼 수 있을까 생각하며 살금살금 앞으로 갔다. 아버지의 모습을 보고 싶은 마음이 너무도 간절했다. 아버지가 무사하다는 것만이라도 눈으로 확인하고 싶었다. 그는 슬그머니 손을 뻗어 작살총의 손잡이를 감싸고 다른 손으로 총대를 잡아서 들어 올렸다. 묵직했다. 그는 총을 어깨까지 올리고 조준선을 내려다보았다. 갑자기 엄청난 힘을 얻게 된 것처럼 짜릿한 전율이 온몸에 흐르는 것을 느끼며 조금 더 몸을 쭉 펴고 섰다. 무기를 만져 본 건 처음이었다.

루크레시아 커터의 목소리가 들렸다. 아빠에게 말하고 있는 걸까? 다쿠스는 무슨 말인지 엿들으려고 몸을 앞으로 기울이며 목을 길게 뺐다.

"어떻게 생각해, 바솔로뮤? 중국에 내 바구미들을 풀면 어떨까? 중국에는 저장 곡물이 많아. 내가 그걸 쓸어버리면, 분명히 이 게임이 다음 차원으로 접어들 거야. 안 그래? 내가 중국을 게임에 끌어들이면 정치적 상황이 아주 흥미롭게 될 거라고. 중국의 쌀 수확물이 지구에서 가장 값어치가 있다는 거 알았어? 미국 대통령이 그런 아이디어를 부추겼다고 말해도 좋겠지." 그녀가 웃었다. "재미있지 않아? 어느 것을 고를까요? 알아맞혀 보세요. 자, 다음은 어떤 나라로 할까?"

제 *32* 장

인류세

"**안** 돼!" 다쿠스가 실험실 문가에 서서 분노로 부들부들 떨며 소리쳤다. 그는 총을 들고 루크레시아 커터를 향해 겨눴다. "내가 그렇게 놔두지 않아."

"하! 이것 보게, 바솔로뮤. 당신의 영웅 아들 아냐?" 루크레시아 커터가 인간 손을 번쩍 올리며 무서운 척했다. "아, 안 돼. 제발 날 쏘지 말아줘."

"다쿠스, 너 여기서 뭐 하는 거냐?" 다쿠스의 아버지는 충격을 받은 것 같았다. "루시, 애가 여기 있는 걸 알았어?"

"당신은 악마야. 권력에 굶주린 괴물이야!"라고 말한 다쿠스는 문득 작살총이 얼마나 무거운지 깨달음과 동시에 아버지의 얼굴에서 공포의 표정을 읽었다.

"다쿠스, 총 내려놔." 그의 아버지가 그에게 한 걸음 다가서며 말했다.

"싫어요!" 다쿠스가 외쳤다. 갑자기 밀려든 분노가 싸우지 않겠다던 모든 의지를 휩쓸어갔다. "아빠는 저 여자를 막아보겠다고 했지만 아무것도 하는 게 없잖아요! 아빤 저 여자 옆에 서서 딱정벌레들을 세상에 내보내 농작물을 파괴하고 전쟁을 시작하려는 걸 지켜보고만 있어요. 수많은 사람이 굶주릴 거예요. 아이들은 죽을 거고요. 그래도 상관없나요?"

"다쿠스, 내 아들아. 내 말 들어봐라. 그렇게 단순한 문제가 아니야."

"아뇨, 단순해요. 저 여자는 세상을 자기 발아래 굴복시키기를 원해요." 다쿠스는 팔을 앞으로 뻗어 루크레시아 커터의 심장을 향해 총을 겨누고 방아쇠에 손가락을 올렸다. "저 여자는 거대 딱정벌레 군단을 사육하고 자신을 복제하고 있어요."

"복제라고?" 바솔로뮤가 루크레시아를 보았고, 그녀는 마치 아무것도 모르는 양 어깨를 으쓱했다.

"저 여자는 아무 생각도 감정도 없이 죽여요. 아빠를 납치했고, 딱정벌레 산을 불태웠어요. 게다가 수백만 명의 사람들을 굶어 죽게 만들려 하고 있어요. 저 여자는 살인자예요."

"이 질문에 대답해봐라, 다쿠스." 루크레시아 커터가 목소리를 잔뜩 깔고 그의 이름을 불렀다. "인류가 얼마나 많은 동물을 죽였다고 생각하니?"

"그런 건 상관없어." 다쿠스가 고함쳤다. "그렇다고 당신이 어떤 인간인지 변하지는 않아."

"동물의 생명은 생명이 아닌 거니? 코끼리를 죽이는 게 사람을 죽이는 것보다 덜 나쁜 일이야? 멸종에 대해 얘기해보자. 그래, 동물을 죽이는 게 사람을 죽이는 것만큼 나쁘지 않다고 치자. 하지만 존재하는 모든 종류의 코끼리를 멸종시키는 건 어떨까? 그건 한 사람을 죽이는 것만큼 나쁠까? 넌 삶과 죽음을 어떻게 측정하니, 다쿠스?"

"루시, 다쿠스는 아이일 뿐이야."

"당신은 자기 아들을 과소평가하고 있어, 바솔로뮤." 그녀가 쏘아붙였다. "이 아이는 수많은 딱정벌레의 친구가 되었고, 우리 집을 무단침입해서 당신을 구출했고, 당신을 위해 총을 대신 맞은 아이야. 게다가 미국까지 나를 쫓아와 영화제 시상식에서 내 방송을 망쳐놓고, 이제 어찌 된 일인지 에콰도르에 오고 아마존 운무림까지 들어와서 세계의 모든 정부가 찾지 못한 바이옴을 찾은 아이라고." 그녀가 더듬이를 실룩이며 다쿠스를 노려보았다. "그리고 지금 저 애는 나를 죽이겠다고 내게 작살총을 겨누고 있어." 그녀가 코웃음을 쳤다. "난 저 애를 그냥 아이라고 부를 수 없어."

루크레시아 커터가 다쿠스를 향해 한 발 내디뎠고, 다쿠스는 그녀에게 눈을 떼지 않은 채 뒷걸음질 치며 아버지를 향해 움직이려 했다.

"다쿠스, 난 지배욕 때문에 작물을 파괴하고 있는 게 아니야. 꼭 필요하기 때문이지. 인류는 점점 증가하고 있어. 지구가 감당할 수 없을 만큼." 그녀가 고개를 저었다. "인류가 마치 전염병처럼 퍼지면서, 열대우림을 파괴하고 플라스틱을 바다에 흘려보내고 이산화탄소를 대기 중에 배출해 지구 온난화를 초래하고 있어." 그녀는 다쿠스에게 안기라는 듯 두 팔을 벌렸다. "만년설이 녹고 있고, 서식지가 파괴되고 있어. 우리는 '인류세'[인류가 지구에 미치는 영향이 강조되는 현재의 지질학적 시기를 일컫는 말]라는 새로운 시대를 살고 있어. 인간은 기후를 바꾸고 있고 이제 대량 멸종의 시간이 온 거야." 그녀는 상체를 숙여 그의 눈높이에 맞추었다. "기분이 어떠니, 다쿠스? 이 행성에서 최악의 존재가 바로 네 종족인 시대에서 자란다는 게? 넌 내가 돈과 권력에 굶주린 탐욕스러운 인간이라고 말하지만, 넌 틀렸다. 나를 봐." 그녀가 인간 손으로 자기 얼굴을 감싸고 조금씩 앞으로 다가왔다. "나는 딱정벌레야. 내게 무슨 돈이 필요하겠니? 난 그저 우리가 이 행성에 하고 있는 짓을 참을 수 없을 뿐이야. 그래서 날마다 가슴이 찢어져. 난 인간인 것이 부끄러웠고, 지금도 마찬가지야." 그녀가 가까이 다가왔다. "난 수수방관할 수가 없다. 내게 뭔가를 할 수 있는 힘이 있는데 가만히 있을 수는 없지. 나는 식량 공급을 줄여서 인구의 증가를 중단시킬 거야. 굶주림이 인간들을 먹을 것 때문에 싸우게 할 거고, 인간들은 서로를 죽일 거야. 말하자면 일종의 도태지. 우린 더 큰 선을 위해 사슴이나 오소리를 도태시키는 것을 정당화하잖니. 그래, 난 인간을 도태시키고 있어. 내가 지배하는 세상에서는 인간들이 아이를 가지려면 허가를 받아야 할 거야. 난 지구를 다시 야생으로 되돌릴 거다. 인간은 친환경 연료를 사용하는 도시의 거주지에서 살고 유일한 직업은 지구의 원예사가 될 거야."

다쿠스가 루크레시아 커터의 깊이를 알 수 없는 까만 눈을 응시했다. 작살총의 무게 때문에 팔이 뻐근했다.

"근사하게 들리지 않니, 다쿠스?" 그녀가 고개를 끄덕이며 더 가까이 다가왔다. "음? 지구의 원예사가 되고 싶지 않아? 딱정벌레들이 이 세상의 책임자가 되는 게 더 낫지 않겠어?"

다쿠스는 목에 박스터의 뿔이 닿는 것을 느꼈다. 날개가 피부에 살짝 스치는 것이 이 장수풍뎅이가 겁을 먹었으며 날아갈 준비를 하고 있음을 말해주었다. 낮게 쉬익쉬익 하는 경고의 소리가 들렸다.

"아니!" 다쿠스가 뒤로 물러나며 소리쳤다. "당신은 딱정벌레가 아니야. 최악의 인간일 뿐이지. 당신은 자신이 살아 있는 그 누구보다 우월하다고 생각해. 사람들에게 자신이 예쁘지 않거나 옷을 못 입는다고 느끼게 해서 돈과 권력의 산을 쌓더니, 이제 그것을 이용해 전 세계가 당신의 뜻을 따르도록 강압하고 있어. 딱정벌레가 그럴 거라고 생각해? 아니!" 그가 발을 굴렀다. "딱정벌레는 고결하고 부지런하고 이타적인 생명체야." 그가 박스터를 보며 말했다. "진정한 영웅이지. 그런데 당신, 당신이 그걸..." 그가 적절한 표현을 찾으려 애썼다. "왜곡시켰어. 당신은 딱정벌레를 군대로 만들고, 재앙으로 만들었어. 당신은 딱정벌레를 세상 사람들의 눈에 괴물로 비치게 만들었다고." 다쿠스의 몸이 분노로 부들부들 떨렸다.

"이제 그만!" 루크레시아 커터가 다쿠스에게 등을 돌렸다.

"아니, 당신은 내 말을 들어야 해." 다쿠스는 요지부동이었다. "진짜 전투가 어떤 건지 알아? 그건 사람들에게 딱정벌레들, 그리고 모든 곤충들이 얼마나 소중하고 아름다운 존재인지 가르치는 거야. 사람들이 곤충들이 식물의 성장에 얼마나 도움이 되는지 알고, 정원에 나가서 곤충들에게 아침 인사를 한다면, 곤충을 무서워하거나 살충제로 죽이지 않을 거야. 하지만 당신은..." 그가 루크레시아 커터의 등을 작살총으로 쿡 찔렀다. "당신은 사람들에게 곤충을 두려워하고 죽이고 싶어 할 이유를 줬어." 그가 고개를 절레절레 저었다. "딱정벌레들의 진정한 전투는 세상을 정복하는 게 아니라, 세상으로부터 진가를 인정받고 이해받는 거야. 스스로 딱정벌레가 되고 수많은 사람들을 죽인다고 해서 전투에서 이기는 게 아니고, 그래서는 아무것도 바꿀 수 없어. 인류는 들고일어나서 반격할 거야. 당신은 전쟁과 파멸을 가져올 거야. 생각보다 폭력이 앞서는 게 인간의 본능이고, 그게 바로 당신이 지금까지 해온 거야. 당신이 여섯 개의 다리와 두 개의 겉날개와 겹눈을 가진 건 중요하지 않아. 당신은 인간처럼 행동하고 있어. 당신은 언제나 인간일 거야!"

바솔로뮤 커틀이 놀라운 표정으로 다쿠스를 보고 있었다. "다쿠스가 옳아!"

"아니, 옳지 않아!" 루크레시아 커터가 휙 돌아섰다.

"다쿠스!" 바솔로뮤가 외치는 순간 루크레시아가 다쿠스의 손에서 작살총을 쳐내고 중간 다리로 그를 붙잡아 바닥에서 들어 올렸다.

"아빠!" 다쿠스는 루크레시아 커터의 다리에 달린 날카로운 가시가 배를 할퀴는 것을 느꼈다. 그녀는 날카로운 갈고리발톱으로 그의 목을 잡았다.

박스터가 다쿠스의 어깨에서 날아올라 루크레시아의 눈을 향해 돌진했다. 박스터는 일격을 가했지만, 힘이 약해서 어떤 타격을 주기에는 역부족이었다. 그녀는 귀찮은 파리를 쳐내듯 대수롭지 않게 박스터를 후려쳤다.

"박스터!"

"루시, 다쿠스를 내려놔."

"이제 당신이 정말로 파브르 프로젝트에 열성적인지 봐야겠어." 그녀가 침을 뱉었다.

"루시, 다쿠스는 이 일과 아무 관계 없어. 그냥 놔줘. 난, 나는..." 다쿠스는 아버지의 눈에서 두려움을 읽을 수 있었다.

"당신은 뭐?" 루크레시아가 바솔로뮤를 내려다보았다.

"당신은 아들의 목숨에 대한 대가로 뭘 할 준비가 되어 있지? 응?"

"루시, 그러지 마."

"용화실로 들어가는 건 어때?"

"안돼요! 아빠!" 다쿠스는 가슴이 터질 것만 같았다. 이게 바로 '루크레시아가 널 손에 넣으면 난 뭐든 그녀가 시키는 대로 할 수밖에 없을 거야.'라고 말했던 아빠가 두려워하던 상황이었다.

"루시, 나는..." 바솔로뮤의 어깨가 축 처졌고, 다쿠스는 아버지가 굴복하는 것을 보았다. 그냥 그렇게. 그리고 루크레시아 커터도 그것을 알았다. 그녀가 악의에 찬 웃음을 터뜨렸다. 다쿠스는 그녀의 날카로운 가시가 살갗을 파고드는 것도 아랑곳하지 않고 그녀의 복부를 주먹으로 치고 발로 찼다.

"난 모든 준비가 되어 있어." 그녀가 다쿠스의 몸부림을 무시하고 말했다. "난 당신이 이 아름다운 프로젝트의 시작이 된 골리앗풍뎅이의 유전자와 결합하고 싶어 할 거라고 생각했어."

바솔로뮤가 충격받은 얼굴로 머리를 번쩍 들었다. "그럼 당신이 프로메테우스를 가지고 있는 건가?"

"물론이지. 참, 내가 당신의 DNA를 가진 그 딱정벌레를 어디서 구했는지 알아?" 루크레시아가 미소 지었다. "에즈미가 내게 줬어."

"에즈미가?" 바솔로뮤가 억눌린 목소리를 말했다.

"그래, 바솔로뮤. 당신과 늙은 멍청이 애플야드가 파브르 프로젝트를 종료하고 폐기하기로 결정했을 때, 연구진 중 몇 명은 몇 년간 공들인 우리의 연구가 쓰레기처럼 버려지는 것에 반대했지. 나와 마찬가지로 에즈미는 인간이 취하고 있는 경로를 바꾸기 위해 뭔가를 할 필요가 있다고 느꼈어. 그건 자멸의 경로니까. 에즈미는 프로메테우스와 내가 부탁한 당신 작업의 사본을 기꺼이 내게 넘겨줬어."

"엄마가 당신을 도왔다고?" 다쿠스는 자신이 듣고 있는 말을 믿을 수 없었다.

바솔로뮤는 고개를 저었다. "아니, 에즈미가 그랬을 리 없어."

"네 엄마는 환경 전사였다." 루크레시아 커터가 다쿠스에게 말했다. "여기 있는 네 아빠보다 훨씬 더 전투적이었지. 에즈미는 파브르 프로젝트를 계속하기를 원했지만, 맙소사, 애플야드와 커틀은 이 작업이 우리를 위험한 길로 이끌고 있다고 선언했고, 그걸로 모든 게 끝나고 자금줄도 끊겼지. 그래서 난 그 연구를 맡아서 계속하기로 작정하고 연구 자금을 조달하기 위해 패션 사업을 꾸렸어. 에즈미도 도울 수 있는 일을 도왔고."

"당신은 거짓말을 하고 있어." 바솔로뮤가 으르렁거리듯 말했다.

"내가?" 루크레시아가 웃었다. "그럼 이건 어떻게 설명할래?" 그녀가 실험실 작업대의 표본 서랍을 열어 겉날개와 복부에 핀이 박힌 골리앗풍뎅이의 사체를 꺼냈다.

바솔로뮤는 숨이 턱 막혔다.

"이제 알겠지? 당신도 프로메테우스가 되는 게 어떤 기분인지 이제 곧 알게 될 거야." 그녀가 용화실을 향해 인간 손을 흔들었다. "어서, 저 안으로 들어가."

"아빠, 안돼요!" 다쿠스가 소리치며 루크레시아 커터의 손아귀에서 벗어나기 위해 필사적으로 버둥거렸다.

바솔로뮤는 슬픈 눈으로 아들을 보며 침을 꿀꺽 삼키고 말했다. "사랑한다, 아들." 그러고는 뒤돌아서 금속 문을 통과해 유리창 저쪽의 방으로 들어가서 용화실 계단을 올라갔다.

"안 돼!" 다쿠스가 비명을 지르는 순간 루크레시아 커터가 제어판 버튼을 손으로 '탁' 쳤고 문이 스르르 닫혔다. 다쿠스는 그녀를 힘껏 발로 찼고, 그러자 그녀는 다쿠스의 목을 꽉 조여 숨 막히게 한 다음 구석으로 내던졌다. 다쿠스가 벽에 쿵 부딪치며 온몸에서 모든 숨이 빠져나갔다. 떨어지면서 손을 잘못 짚는 바람에 손목에서 뚝 소리가 났고, 다쿠스는 고통과 괴로움에 비명을 내질렀다. "아빠..."

"불쌍한 것." 루크레시아 커터가 으르렁거렸다. "마지막 남은 네 삶을 즐기도록 하렴. 네 아빠가 딱정벌레로 변하는 걸 지켜본 다음에 내가 네 아빠에게 널 죽이도록 명령할 테니까." 그녀가 웃으며 버튼 몇 개를 연속으로 눌러 불이 들어오게 했다. 용화실에서 이상한 윙윙 소리가 났다.

"다쿠스와 그의 아버지를 건드리지 마!" 어디선가 들려오는 외침 소리에 다쿠스가 고개를 드는 순간, 노박이 공중제비를 하며 방으로 들어오는 것이 보였다. 그녀는 더듬이를 곤두세우고 까만 눈으로 자신의 어머니에게 발길질을 퍼부었다.

기습 공격을 당한 루크레시아 커터는 바닥에 쓰러졌다. 자빠져서 허공에서 딱정벌레 다리를 마구 휘저으며 허우적거리는 그녀의 모습이 잠시 우스꽝스럽게 보였지만, 그녀는 곧 인간 팔로 바닥을 짚고 몸을 뒤집어 여섯 개의 다리로 자신의 딸을 향해 총총거리며 기어왔다. 노박이 쿵푸 영화에 나옴 직한 기합 소리를 내더니 뛰어 앞차기로 한쪽 발을 루크레시아 커터의 턱 밑에 꽂아 넣자 머리가 뒤로 핵 젖혀졌다.

"노박, 제라르는 어디 있어?" 다쿠스가 물었다.

"너희 삼촌과." 그녀가 대답했다. "삼촌이 다치셨어."

그때 링링이 뛰어 들어와 다쿠스를 보더니 멍한 얼굴로 눈을 깜빡였다.

루크레시아 커터가 으르렁거리듯 고함쳤다. "링링! 이 녀석을 처리해!"

다쿠스는 불안한 눈으로 링링을 쳐다보았다. 노박이 링링과 루크레시아 커터를 동시에 상대할 수는 없었다. 그런데 어쩐 일인지 링링의 얼굴은 여전히 멍했다. 그녀는 움직이지 않았다.

다쿠스는 링링이 어떤 행동을 취하기 전에 재빨리 바닥에 엎드려 몸을 질질 끌고 제어반까지 가서는 성한 팔로 바닥을 짚고 일어섰다. 그런 다음 루크레시아가 눌렀던 버튼들을 똑같이 눌렀다. 용화실 안에 불이 꺼지고 윙윙 소리가 멈췄다. 다쿠스는 책상 밑에 주저

앉아 자신의 등에 붙어서 다섯 개의 다리를 꼼지락거리는 장수풍뎅이 박스터를 보았다. 그는 박스터를 손으로 떠받쳤다.

"저기서 아빠를 나오게 해야 해." 그가 박스터에게 말했다. "하지만 어떻게 하지?"

루크레시아의 겉날개가 퍼덕이며 올라가더니 속날개가 펼쳐졌다. 그녀는 공중으로 날아올라 노박의 공격을 뿌리쳤다.

노박은 한 바퀴 돌아 벽으로 달려가서는 발톱으로 벽을 잡고 3미터 높이까지 올라가서 포물선을 그리며 뒤로 넘기를 하여 발톱 달린 양발로 루크레시아 커터의 정수리를 찍었다.

루크레시아는 비명을 질렀다. "널 산산조각 내버리겠어!" 루크레시아가 재주를 넘으며 달아나는 노박에게 몸을 날렸다. 그녀는 딸보

다 훨씬 크고 강했지만, 딸보다 서툴렀다.

다쿠스는 링링을 흘끗 보았다. 그녀는 그저 가만히 서서 노박을 지켜보고만 있었다. 아마도 노박이 실수를 하고 빈틈을 보일 때까지 기다리는 것 같았다. 그는 친구를 돕기 위해 뭔가를 해야 했다. 다쿠스는 주머니에서 그 장치를 꺼냈다. "베르톨트, 여기 산소 수준을 낮춰줘야겠어. 내 말 들려? 지금 당장 산소 수준을 낮춰줘."

"듣고 있어, 다쿠스. 나 여기 있어. 괜찮니?"

다쿠스는 대답할 수 없었다. 그의 시선은 서로 싸우고 있는 모녀에게 고정되어 있었다.

"다쿠스, 딱정벌레들이 무더기로 바이옴에서 빠져나가고 있어. 딱정벌레들의 바다처럼 보여."

"딱정벌레라고? 그래! 바로 그거야! 베르톨트, 인터폰이 있니? 바이옴에 인터폰이 있냐고?"

"있어! 당장 연결할게." 베르톨트가 대답했다.

다쿠스는 일어서려 했지만, 골반이 너무 화끈거렸다. 그는 부러진 손목에서 덜렁덜렁 매달려있는 오른손을 내려다보았다. 팔의 통증이 너무 심해서 기절할 것만 같았다. 그가 할 수 있는 것이라고는 노박에게 정신을 집중하고, 그녀가 마치 춤추는 요정처럼 자신의 생물학적 어머니의 주위를 빙글빙글 돌며 가능한 곳마다 발로 차고 할퀴는 모습을 지켜보는 것뿐이었다. 그녀를 도와야 했다. 다쿠스는 머리를 뒤로 젖히고 성한 손으로 그 장치를 입에 대고 어금니를 빨아들이며 규칙적인 짤깍 소리를 계속 반복해서 냈다.

아빠가 용화실에 갇혀 있는데 문을 어떻게 여는지 몰랐다. 맥스 삼촌은 다쳐서 제라르와 함께 있다. 링링은 조각상처럼 서 있고 루크레시아 커터는 노박의 진을 빼고 있다. 그들은 도움이 필요했다.

그는 부르고 또 불렀다. 그러자 그들이 왔다. 마치 세차게 밀려오는 검은 물결처럼, 무수한 무척추동물들의 바다처럼, 바닥에 펼쳐진 반짝이는 색들의 스펙트럼처럼. 수백만, 수천만 마리는 되는 것 같았다. 가뢰와 폭탄먼지벌레, 하늘소와 무당벌레, 반딧불이와 풍뎅이, 꽃무지와 알통다리잎벌레, 골리앗창뿔풍뎅이와 코끼리장수풍뎅이, 아틀라스장수풍뎅이와 헤라클레스장수풍뎅이, 타이탄하늘소와 장수하늘소, 바구미와 길앞잡이, 버섯벌레와 사슴벌레, 깃털뿔풍뎅이와 롱기마누스앞장다리하늘소, 거저리와 사번충. 다쿠스는 그들의 모습에 쾌재를 불렀지만, 루크레시아 역시 그들을 보고 회심의 미소를 지었다. 이들은 그녀의 딱정벌레들이었다.

그녀는 바닥에 엎드린 뒤 뒷다리를 들어 올려 겉날개에 비비면서 손톱으로 칠판을 긁는 것 같은 소름 끼치는 소리를 냈다. 그러자 딱정벌레들이 멈춰 섰고, 그녀는 다쿠스를 가리켰다.

"안 돼!" 다쿠스가 소리쳤다. "내 말 잘 들어." 그가 박스터를 들어 올렸다. "저 여자는 너희를 감금한 채 사육했어. 난 너희를 해방시키려고 온 거야. 저들에게 이렇게 말해, 박스터."

박스터가 일련의 쉬익쉬익 소리를 내고 더듬이를 세차게 흔들며 바이옴의 딱정벌레들과 소통했다.

"아니야!" 루크레시아 커터가 고함쳤다. "난 너희를 만들었어. 너희들은 내 소속이고 내가 명령하는 대로 해야 해."

다쿠스가 머리를 뒤로 젖히고 고음의 날카로운 소리를 냈고, 그러자 딱정벌레들이 빠른 걸음으로 타타타타 소리를 내며 루크레시아 커터를 향해 물밀 듯 몰려가 숫자로 그녀를 압도했다.

그사이 노박은 잠시 멈춰 숨을 골랐고, 다쿠스는 딱정벌레들이 루크레시아 커터에게 달려들어 그녀를 깨물고 할퀴고 그녀의 날개를 짓밟는 모습을 보며 환호했다. 노박은 다쿠스를 보며 웃었다. 그리고 그 순간, 루크레시아 커터는 마침내 인내심을 잃은 듯, 뒷다리로 일어서서 모든 다리를 밖으로 펼치고 360도 회전하여 개가 물을 털 듯 딱정벌레들을 털어낸 뒤 갑자기 노박의 허를 찔렀다. 노박의 귀에 인간 주먹을 날리고 딱정벌레 발톱으로 그녀의 등을 위에서 아래로 벤 것이다. 노박은 피를 뿌리며 바닥에 쓰러졌다.

"노박!" 다쿠스가 비명을 질렀다.

노박의 검은 눈이 그와 눈을 맞추었다. "미안해." 그녀가 입 모양으로 말하는 순간, 그녀의 어머니가 앞으로 달려왔다.

"넌 이제 쓸모가 없어졌어, 핸드백!" 루크레시아 커터는 분노를 터뜨리며 자기 딸의 목숨을 끊으려고 네 개의 팔을 모두 들어 올렸다. 그러나 그녀의 팔은 목표물에 닿지 못했다. 어렴풋이 어떤 움직임이 느껴지는가 싶더니, 갑자기 링링이 모녀 사이에 끼어 있었다.

링링의 몸이 마치 최면을 거는 춤을 추듯 움직이며 루크레시아가 다친 소녀를 가격하는 것을 막았다.

"안 됩니다. 그렇게는 못 합니다." 링링이 춤을 추며 차분하게 말했다.

"이 배신자!" 루크레시아 커터가 날카롭게 고함쳤다.

링링은 보고만 있어도 숨이 멎을 듯한 속도로 루크레시아의 주먹을 막고 피했다. 그녀는 루크레시아 커터를 막으면서 단 한 번의 반격도 없이 상대의 균형을 잃게 만들었다. "엄마가 딸을 죽이는 걸 지켜보고만 있지는 않을 겁니다." 링링이 움직이는 사이사이 말했다. "아버지가 아들을 다치게 하는 것도요."

"넌 날 위해 일하잖아." 루크레시아 커터가 말했다. "그러니 내 말대로 해야 해."

"저는 아이들을 죽이지 않습니다." 링링이 루크레시아가 점점 공격의 수위를 높이자 팔과 다리를 풍차처럼 휘두르며 말했다.

"그럼 네가 죽어!" 루크레시아 커터가 고함쳤다.

다쿠스가 지친 몸을 질질 끌고 노박에게 갔다. 몸이 천근만근 무겁고 통증이 점점 더 심해졌다. 그는 노박의 겨드랑이를 잡고 싸움터에서 끌고 나왔다. 그녀는 피를 많이 흘리고 있었다.

"노박. 노박. 정신을 놓으면 안 돼." 다쿠스가 반대편 벽으로 노박을 끌고 가며 다그쳤다.

"그러려고 하는데." 노박이 속삭였다. 그녀의 눈이 뒤로 굴러가는가 싶더니 눈꺼풀이 감겼다.

"노박! 노박!" 다쿠스가 노박을 흔들었다. 그녀가 눈을 떴고, 다시 한번 파란 인간 눈동자가 나왔다.

"나 여기 있어." 그녀가 말했다.

다쿠스가 성한 손으로 그녀의 뺨을 어루만졌다. "제발, 노박. 내 곁에 있어 줘야 해." 그가 싸우고 있는 과학자와 운전기사를 초조하게 쳐다보았다. 루크레시아 커터는 점차 동작이 느려졌다. 그녀의 무게가 짐이 된 데다 딱정벌레 떼가 계속해서 그녀를 괴롭혔다. 그러나 링링 역시 키틴질 갑옷의 빗발치는 공격을 막아내느라 지쳐 있었다. 그녀는 집중한 표정으로 미간에 주름을 잡고 있었고, 땀을 뻘뻘 흘리고 있었다. 산소 부족이 두 사람 모두에게 영향을 미치고 있는 것이었다.

제 **33** 장

험프리의 리사이틀

"어 어어이이! 루크레시아, 달링. 대체 어디 있는 거요?"

다쿠스는 위를 올려다보았다. 위쪽 복층에 피커링과 험프리가 있었다. 그들은 그랜드피아노 옆에 서서 아르카디아의 숲을 내다보며 루크레시아 커터를 부르고 있었다.

"이 아래에 있어요!" 다쿠스가 소리쳤다. "루크레시아 커터가 이 아래에 있다고요!"

험프리가 돌아보았고, 피커링은 급히 뛰어오다가 발에 걸려 넘어질 뻔했다. 그는 난간 너머로 상체를 내밀고 실험실 안을 내려다보았다. "루크레시아, 내 사랑. 이리 나와요. 당신이 어디에 있는지 모르지만 어서 나와요. 우린 얘기를 나눠야 해요." 그가 외쳤다.

"저기 있어요." 다쿠스가 허공에 떠 있는 루크레시아 커터의 거대한 형체를 가리키며 말했다. "저게 당신의 사랑 루크레시아 커터예요."

그때 루크레시아 커터가 피커링을 올려다보았고, 그는 비명을 지르며 뒷걸음으로 난간에서 물러나 넋이 나간 표정으로 눈을 껌뻑이며 그의 뒤를 따라오던 험프리를 덥석 붙잡았다.

"험프리! 험프리!" 피커링이 꽥꽥거렸다. "거대 딱정벌레야!"

"무슨 소릴 하는 거야?" 험프리가 과도하게 흥분한 사촌을 옆으로 밀치고 성큼성큼 앞으로 나왔다가 링링에게 팔을 휘두르며 공격하는 루크레시아 커터의 거대한 형체에 시선이 꽂히자 비틀비틀 뒷걸음질 쳤다. 링링은 계속되는 전투에 지쳐 휘청거리고 있었다.

"우릴 도와줘요!" 다쿠스가 험프리에게 외쳤다.

"저 거대 딱정벌레가 나의 진정한 사랑을 잡아먹었어!" 피커링이 울부짖었다. "저 애가 그녀가 저 안에 있댔어! 저 끔찍하고 역겹고 더럽고 거대하고 징그러운 발톱 달린 짐승이 미래의 내 아내를 삼켰고 이제 우린 돈도 받지 못하게 됐어!" 그가 꺽꺽거렸다. 다쿠스는 그가 울고 있음을 알아차렸다. "끔찍하고 더럽고 추악하고 심술궂고 혐오스러운 짐승." 그가 험프리의 등을 주먹으로 두들겼다. "죽여 버려, 험프리! 저 짐승이 우리 돈을 먹었어!" 그가 루크레시아를 뚫어지게 쳐다보는 험프리를 붙잡았다. "이제 우린 어디서 살지? 우린 아무엇도 가진 게 없어."

험프리가 뒤로 돌아서 성큼성큼 걸어갔다. 두 사촌이 시야에서 사라지자 다쿠스의 심장이 쿵 내려앉았다. 그는 링링을 바라보았다. 그녀는 무릎을 꿇고 여전히 반격을 하지 않은 채 공격을 막아내려 하고 있었다.

루크레시아 커터 역시 힘겨워하고 있었다. 그녀는 바닥에 풀썩 주저앉아 무거운 외골격으로 비틀비틀 앞으로 움직였다. 그녀는 두 팔을 들었고, 지친 링링은 체념한 듯 두 손을 가슴 앞에 모으고 고개를 숙이며 살인적인 일격을 기다렸다.

"안 돼!" 다쿠스가 소리쳤다.

그때 위에서 짐승의 포효 같은 고함 소리가 들리더니 발코니에서 그랜드피아노가 떨어졌고, 다쿠스는 순간적으로 양팔을 벌리고 몸을 뒤로 홱 젖혀 노박을 보호했다.

추락하는 피아노의 모습에 해머가 현을 때리는 소리, 현이 팅팅 튕기고 툭툭 끊어지는 소리, 나무 쪼개지는 소리가 뒤섞인 귀에 거슬리는 불협화음이 반주처럼 동반되었다.

루크레시아 커터가 깜짝 놀라 멈칫하는 순간 육중한 피아노가 덮쳤다. 잠시 동안 들리는 소리라고는 피아노 현의 잔향뿐이었다.

루크레시아 커터의 딱정벌레 몸이 세 차례 경련을 일으키더니 잠잠해졌다.

"우하하하하!" 피커링의 광기 어린 웃음소리가 울려 퍼졌다. "네가 해냈어, 험프리! 네가 저 벌레를 으깨버렸어." 그가 사촌을 와락 끌어안았다. "저건 죽었어! 납작해졌어!"

제라르가 방으로 뛰어 들어와서 다쿠스와 노박의 옆에 무릎을 꿇었다. "괜찮니?"

다쿠스가 제라르에게 고개를 끄덕였다. "손목이 부러지고 골반이

아프지만 괜찮아요. 그런데 노박은 피를 많이 흘렸어요." 그가 노박을 내려다보았다. 노박은 눈을 감고 있었다.

"마드무아젤, 이제 모두 끝났습니다." 제라르가 노박의 손을 꼭 쥐었다. "제발, 나를 위해서 눈을 떠봐요."

노박이 눈을 깜빡거리며 뜨고는 제라르에게 미소를 지었다. "너무 아파요." 그녀가 속삭였다.

"이제 괜찮습니다. 내가 여기 왔어요." 제라르가 재킷을 벗고 노박의 몸을 다쿠스의 무릎 위로 굴려 등의 상처를 살펴보았다. "불행 중 다행으로 살만 베었어, 오 사랑스러운 아가씨!" 그가 재킷을 밑에 대고 그녀의 몸을 다시 굴려 재킷으로 감쌌다. "내가 데려갈게요."

"우리 아빠가 용화실에 갇혔는데, 문을 열 줄 몰라요." 다쿠스가 말했다.

제라르가 손가락으로 제어반의 스위치를 가리키며 했다. "저 끝에 있는 은색 스위치야."

다쿠스는 무릎으로 몸을 일으킨 뒤 제라르의 부축을 받아 일어섰다. 그리고 절뚝거리며 제어반으로 가서 스위치를 눌렀다. 용화실 문이 스르륵 열리고 그의 아버지가 휘청거리며 나왔다.

"다쿠스! 괜찮니?"

그의 아버지는 용화실에 주입된 수면 가스 때문에 정신이 혼미해서 비틀거리는 와중에도 뛰다시피 계단을 내려와서 금속 문을 통과해 실험실로 들어왔다.

다쿠스는 아버지를 향해 고개를 돌리고 미소 지었다. "이제 모든 게 끝났어요. 그 여자는 갔어요, 아빠. 죽었어요."

다쿠스가 아버지를 향해 두 걸음 정도 떼었을 때 노박의 비명이 들렸다.

그가 몸을 휙 돌렸다. 루크레시아 커터가 마치 한 마리 매처럼 꺄악 소리와 함께 일어나며 피아노를 던져버리고 다쿠스의 허리를 덥석 잡았다. 다쿠스는 비명조차 지르지 못하고 순식간에 앞으로 질질 끌려갔다. 루크레시아가 턱을 벌렸고, 다쿠스는 썩은 바나나 냄새에 휩싸였다. 이제 죽었구나 싶었다.

그때 아버지의 고함 소리가 들리고 루크레시아 커터의 머리가 뒤로 휙 젖혀졌다. 다쿠스는 날카로운 가시에 살이 베이며 바닥에 쿵 떨어져 비명을 질렀다. 몸을 굴려 달아나려 했지만, 고통 때문에 숨이 막혔다. 그때 제라르의 얼굴이 보이더니 그가 자신의 겨드랑이를 잡고 뒤로 끌고 가는 것이 느껴졌다. 다쿠스의 눈에 아버지가 다리를 벌린 채 작살총을 들고 서 있는 것이 보였다. 바솔로뮤 커틀이 무기를 재장전한 뒤 루크레시아 커터의 가슴에 겨누고 두 번째 작살을 발사했다. 작살은 루크레시아를 명중한 채 벽으로 날아갔다. 그녀는 작살에 의해 벽에 박힌 채 비명을 지르며 몸부림쳤다. 그녀의 팔다리가 경련을 하듯 두 번 홱홱 움직이더니 축 늘어졌고, 머리가 앞으로 떨어지며 모든 움직임이 멈추었다.

다쿠스는 이제 감히 그녀가 죽었다고 믿지 못하고 그녀가 다시 일어날 것을 예상하며 뚫어지게 쳐다보았다.

그의 아버지가 작살총을 내려놓고는 휘청하며 무릎을 꿇고 다쿠스를 살포시 끌어안았다. 다쿠스는 아버지의 가슴이 오르락내리락하는 것을 느끼고 아버지가 울고 있음을 알아차렸다.

"괜찮아요, 아빠. 이제 모든 게 잘 될 거예요." 그가 말했다.

제 **34** 장

대탈출

"**다**쿠스? 다쿠스? 거기 있니?" 다쿠스가 바닥에 떨어뜨렸던 그 장치에서 베르톨트의 목소리가 흘러나왔다. 다쿠스가 장치를 손에 쥐었다.

"나 여기 있어." 그가 대답했다. "이제 끝났어." 그가 벽에 박혀 있는 거대한 딱정벌레 여자를 보며 말했다. "그 여자가 죽었어."

"음, 그런데 문제가 생겼어." 베르톨트가 말했다. "뉴스에서 벼룩 바구미가 중국의 농작물을 먹어치우고 있다고 전하고 있고, 방어 시스템에서 폭격기 부대가 이쪽으로 오고 있다고 알리고 있어."

"아빠." 다쿠스가 올려다보았다. "어떻게 하면 루크레시아 커터의 딱정벌레들을 멈출 수 있는지 아세요? 우리가 중국 벼 농작물에 대한 공격을 멈출 수 있을까요?"

바솔로뮤가 고개를 저었다. "아니, 모르겠다. 내가 그동안 지켜봤는데 어떤 통제 센터도, 어떤 버튼도 없는 것 같았어. 내 생각엔 루크레시아가 자신이 살아있건 그렇지 않건 모든 일이 일어나도록 미리 프로그램을 설정한 것 같다. 멈출 방법이 없어."

"방법이 있어야만 해요." 다쿠스가 말하고는 아버지에게 기대어 일어섰다.

"딱정벌레 군대가 있는 위치는 알고 있다. 루시가 지도에 표시해뒀지. 하지만 우리가 각국 정부들에 위치를 알리면 그들은 군대를 보낼 거고, 그건 바로 루시가 원하는 바야. 그들은 그녀가 설치해둔 모든 함정을 발동시켜서 상황을 더욱 악화시킬 거야. 군대와 폭탄으로는 곤충들의 공격을 멈출 수가 없다."

"빨리 베르톨트에게 가야 해요." 다쿠스가 걸으려다 비틀거렸다. 골반이 욱신거렸다. 아버지가 그를 부축했다.

"서두르지 마라, 다쿠스. 베르톨트는 어디 있니?"

"보안 돔에 있어요. 우린 빨리 그리로 가야 해요. 하늘에는 폭격기가 있고, 바이옴의 모든 문이 활짝 열려 있어요."

"내가 널 안고 가마." 바솔로뮤가 두 팔로 다쿠스를 안아 올렸다.

"누구 태워줄까요?" 버지니아가 입마개를 한 거대한 길앞잡이를 말처럼 타고 문가에 나타나서 물었다.

"버지니아, 우릴 베르톨트에게 데려다줄래?" 다쿠스가 물었다. "급해."

"어서 타." 그녀가 고개를 끄덕였다. "앤 성질은 더럽지만 아주 빠르거든."

"어이, 안녕!" 다쿠스는 맥스 삼촌의 목소리를 듣고 고개를 돌렸다. 스펜서가 거대한 헤라클레스장수풍뎅이의 등에, 맥스 삼촌은 겉날개 위에 앉아있는 것이 보였다.

"괜찮으세요?" 다쿠스가 묻는 동안, 그의 아버지는 조심스럽게 거대 길앞잡이의 등에 그를 태웠다.

"괜찮다." 맥스 삼촌이 고개를 끄덕였다. "링링이 따라와서 나를 강물에 빠뜨리는 바람에 전기뱀장어에 살짝 감전이 되고 피라냐 몇 마리에게 물리긴 했지만 다행히 제라르가 나를 꺼내줬지."

"제라르 아저씨는 노박과 함께 저기에 있어요. 노박이 다쳤어요." 다쿠스가 스펜서를 보며 말했다. "사람들을 모두 헬리콥터로 데려갈 수 있을까요? 폭격기가 오고 있대요."

스펜서는 이미 거대 헤라클레스장수풍뎅이 등에서 뛰어 내려 실험실로 달려가고 있었다.

"이랴." 버지니아가 소리치자 거대 길앞잡이가 숨이 멎을 듯한 속도로 질주했다. 주변 시야가 하얗게 흐려질 정도로 달려 순식간에 통제실 앞에 도착했다.

베르톨트가 의자에 앉은 채 빙그르 돌았다. "어서 와." 그가 불안한 표정으로 말했다.

바솔로뮤가 길앞잡이의 겉날개에서 내린 뒤 다쿠스를 두 팔에 안고 베르톨트 옆에 있는 의자로 뛰어갔다. "우리가 뭘 알아야 하지?" 그가 물었다.

다쿠스는 부러진 팔목의 통증 때문에 생각에 집중하기가 힘들었다. "베르톨트, 모든 좌표들, 루크레시아 커터가 공격하려고 딱정벌레들을 대기시켜 둔 전 세계의 모든 장소를 메시지로 만들어 보내야 해."

"하지만 다쿠스, 내가 말했잖니. 정부에 좌표를 알려줄 수는 없다고…"

"정부에 알리려는 게 아니에요." 다쿠스가 통증을 참기 위해 얼굴을 찡그리며 말했다. "곤충학자들에게 알리려는 거예요. 곤충학자들은 모두 현장에서 연구를 계속하며 유키 이시카와 박사와 함께 페로몬 트랩을 이용해 딱정벌레의 창궐을 막으려 하고 있어요."

"그건 내가 할 수 있어!" 베르톨트가 신이 나서 고개를 끄덕이고는 재빨리 제어반으로 가서 주머니에서 구겨진 종이 한 장을 꺼냈다. "행크 버튼 씨가 연락할 방법을 알려줬어." 그가 미친 듯이 키보드를 두드리기 시작했다.

바솔로뮤는 놀란 눈으로 아들을 보았다. "정말 기발한 생각이구나. 그래! 효과가 있을 거야." 그가 베르톨트를 향해 몸을 기울였다. "지도를 불러오겠니? 거기에 좌표를 표시한 다음, 행크에게 보내야 하니까."

"폭격기가 얼마나 가까이 왔을까?" 다쿠스가 물었다.

뉴턴이 베르톨트의 머리 위로 날아오르더니 깜빡이는 레이더 신호가 있는 화면 주변을 빙글빙글 돌았다. 다쿠스는 다섯 개의 삼각형이 중앙을 향해 다가오는 것을 보았다.

"15분 거리에 있어요." 베르톨트가 올려다보며 말했다.

"여기서 나가야겠다." 바솔로뮤가 말했다.

"엠마 아줌마가 폭격기에 조난 통보를 보냈어요." 베르톨트가 자판 위로 손가락을 부지런히 움직이며 말했다. "신분을 밝힌 다음 이곳의 위치를 알려주고 루크레시아가 죽었다고 말했죠." 그가 다쿠스를 보았다. "반복해서 전송 중인데, 그들이 그 메시지를 받고 그 사실을 믿기를 바랄 수밖에. 그들이 이곳을 폭격으로 산산조각내지 않고, 착륙해서 살펴보면 좋을 텐데."

화면에 지도가 떴고, 다쿠스의 아버지는 루크레시아 커터의 딱정벌레들이 습격하려고 대기 중인 위치들을 가리키기 시작했다.

"다쿠스." 버지니아가 문가로 돌아왔다. "모두들 헬리콥터에 탔어. 우리도 가야 해."

"2분만 더 기다리렴." 바솔로뮤가 화면을 가리키며 말했다.

팽팽한 정적이 흐르는 가운데, 버지니아와 다쿠스는 베르톨트가 작업하는 모습을 지켜보았다.

"끝났다. 모두 끝났어요."

다쿠스는 지도에 표시된 빨간 깃발의 개수에 매우 놀라며 생각했다. '루크레시아 커터가 여러 해 동안 계획한 게 분명해.'

"보냈다!" 베르톨트가 의자에서 벌떡 일어났다.

바솔로뮤는 다쿠스를 재빠르게 안아 올렸고, 다쿠스는 숨을 훅 들이쉬었다. 바솔로뮤는 쏜살같이 방을 가로질러 산소마스크를 쓴 거대 길앞잡이의 등에 다시 태웠다.

"잘 타는데." 베르톨트가 버지니아에게 말했다.

"얘 이름은 바나클이야." 버지니아가 대답하며 딱정벌레의 방향을 돌렸다.

"잠깐!" 다쿠스가 똑바로 앉으며 말했다. "베르톨트, 산소 농도를 다시 올려놔야 해."

"뭐라고?"

"메인 돔에. 빨리. 어서 다시 올려!"

베르톨트는 절뚝이며 제어반으로 돌아가서 눈금판을 끝까지 올리고는 다시 절뚝이며 돌아왔다. 바솔로뮤는 베르톨트를 다쿠스 옆에 태운 다음 자신도 올라탔다.

육각형 타일들이 사파이어 빛 하늘로 바뀌었다. 다쿠스는 헬리콥터 회전날개가 돌아가는 육중한 소리가 들렸다. 얼굴에 닿은 햇살은 뜨거웠고, 세상은 흙냄새와 축축한 습기, 그리고 수없이 다양한 식물들의 냄새를 풍겼다. 다쿠스는 가슴에 밀려드는 행복감을 느꼈다. 그들이 해낸 것이다.

딱정벌레 바나클이 헬리콥터를 향해 전력 질주하는 동안, 다쿠스는 아버지를 올려다보았다.

"아빠, 집에 가면 다시 수염을 기를 거죠?" 그가 물었다.

그의 아빠가 미소 지으며 대답했다. "물론이지, 아들." 그의 파란 눈 주변에 잡힌 주름이 마치 햇살 같았다.

"박스터." 다쿠스가 장수풍뎅이를 두 손으로 감싸 가슴 앞으로 데려와서 물었다. "날 수 있겠니?"

박스터가 고개를 끄덕였다.

"우리가 마지막으로 할 일이 있어." 다쿠스가 말하며 손을 내밀었다. "거대 딱정벌레들에게 큰 돔에 산소가 공급되고 있다고 말해줘야 해. 딱정벌레들이 그 안에서 살 수 있을 거야."

박스터가 허공으로 뛰어올라 겉날개를 펼치고 연약한 속날개를 열심히 떨었다. 워낙 지친 데다 오른쪽 다리 하나가 없어서 몸이 비스듬히 기울어져 날아갔지만, 그래도 결국 거대 타이탄하늘소가 있는 곳까지 도달해서 메시지를 전했다.

"여기서 벗어나자." 바솔로뮤가 길앞잡이에서 내렸다.

다쿠스는 엠마 램과 스펜서의 외침 소리를 들었다. 맥스 삼촌은 헬리콥터 부조종석에 앉아있었다.

"저 딱정벌레가 뭘 하고 있는 거지?" 모티가 어깨너머로 말했다.

"바나클은 우리와 함께 갈 거예요." 버지니아가 헬리콥터의 회전 날개 소리를 뚫고 소리쳤다.

바나클이 버지니아와 다쿠스, 베르톨트를 등에 태운 채 헬리콥터에 기어올랐다. 노박은 엠마 램의 맞은편 제라르의 무릎 위에 앉았다.

바솔로뮤가 뛰어 들어와서 문을 닫으려고 손을 뻗었다.

"잠깐만요!" 다쿠스가 소리쳤다. "박스터요!" 그는 용감한 장수풍뎅이가 허공을 가르며 헬리콥터를 향해 힘겹게 날아오는 것을 볼 수 있었다. 다쿠스는 바나클의 등에서 미끄러져 내려왔다. 발이 바닥에 닿는 순간 골반에 충격이 전해져 입에서 고통의 비명이 새어 나왔다. 그는 출입구 밖으로 상체를 내밀고 한 손을 뻗었고 박스터는 그의 손바닥에 머리를 박으며 불시착했다. 멀리서 들리는 우르릉 소리에 그는 하늘을 올려다보았지만, 그것은 천둥이 아니었다. 그것은 수평선에서 점점 커지는 반점처럼 보이는 폭격기 부대였다.

"가요, 어서 가!" 다쿠스가 소리쳤다.

헬리콥터가 이륙할 때, 다쿠스는 박스터를 가슴에 안고 바이옴을 내려다보았다. 주변 땅은 땅굴을 파고 허공을 날고 풀밭에서 강동거리는 각양각색의 딱정벌레들로 덮여 있었다. 연녹색 일체형 작업복을 입은 익숙한 두 형체가 트랩도어 밖으로 뛰쳐나오는 것이 보였다. 그들은 다가오는 비행기를 향해 열심히 팔을 흔들었다. 그들은 피커링과 험프리였고, 머리부터 발끝까지 딱정벌레들로 뒤덮여 있었다.

제 **35** 장

딱정벌레 동물원

"**진**짜 가야 하는 거야? 있잖아, 너만 원한다면 여기서 우리와 함께 살아도 돼." 다쿠스가 가방을 싸고 있는 노박의 등에 대고 말했다. "틀림없이 아빠는 개의치 않으실 거야. 내가 부탁할게."

"오, 다쿠스." 그녀가 뒤돌아서 미소를 지었다. "그럼 나야 더없이 좋지. 지난 두 주 동안 네 가족의 일부가 되어 생활한 건 정말 아름다운 경험이었어. 하지만 여긴 방도 없는데 내가 살 수 있는 멀쩡한 집을 놔두고 너희 삼촌과 아버지를 거실 바닥과 소파에서 주무시게 하는 게 마음이 영 불편해."

"설마 타워링 하이츠로 돌아가겠다는 말은 아니지?"

"오늘 아침에 제라르가 왔을 때 루크레시아 커터의 살아있는 유일한 혈육으로서 내가 재산을 상속받게 되었다고 말했어. 메이터는 유서를 남기지 않았어. 그러니 메이터에게 속했던 모든 것은 이제 내 것이 되는 거야."

"우와! 그럼 이제 넌 뭘 할 거니?"

"그걸로 좋은 일을 하려고 해."

"아니, 내 말은, 네가 뭘 할 거냐고?"

"제라르가 말이야─음." 노박의 창백한 두 볼이 분홍빛으로 물들었다. "나를 돌보고 싶다고 했어." 그녀는 두 손을 모으고 긴장한 듯 엄지손가락을 서로 부딪쳤다. "그동안 도와주지 못한 시간들을 만회하고 싶다면서."

"그럼 네 수양 아버지가 되는 거니?"

"말하자면 그래." 노박이 신이 나서 고개를 끄덕였다. "그리고 밀리 기억나? 우리 집 요리사로 있던? 밀리가 다시 와서 제라르를 도울 거야." 그녀가 환하게 미소 지었다. "내 생각에는 밀리가 제라르를 좀 좋아하는 눈치야. 로맨틱하지 않니?" 그녀가 두 손을 턱에 괴고 한숨을 쉬었다.

"그런데 다시 타워링 하이츠로 간다는 게 좀 이상하지 않아? 그런 모든 기억이 남아있는데 말이야."

"타워링 하이츠는 내가 가져본 유일한 집이야. 그리고 그곳에서

318

가끔은 좋은 일도 있었어. 너를 만났고 헵번도 만났으니까." 그녀의 눈이 장난기로 반짝였다. "그리고 이제 난 돈이 엄청 많으니까 내가 원하는 대로 집을 고칠 수 있어."

다쿠스가 싱긋 웃었다. "어떻게 고칠 건데?"

"우선 감방을 전부 철거하고 지하실을 영화관으로 개조할 거야. 그리고 메이터의 딱정벌레 소장품들을 자연사 박물관에 기증할 생각이야. 죽은 딱정벌레라면 평생 아쉽지 않을 만큼 충분히 봤으니까."

"하지만 책들은 가지고 있어야지." 다쿠스가 말했다.

"아, 그래. 난 큰 서재를 가질 거야." 노박이 고개를 끄덕이며 말했다. "그리고 소설책과 그림책, 요정과 신화, 괴물들에 관한 책들도 추가할 생각이야. 정말 근사할 거야."

"세 명이 쓰기에는 아주 큰 집이겠구나." 다쿠스가 말했다.

"하지만 너랑 버지니아, 베르톨트가 놀러 올 거잖아." 노박이 이마를 찡긋해 보였다. "그렇지 않아? 내 말은 이제 난 그 애들의 친구이기도 하니까. 친구들끼리는 원래 그러는 거잖아? 서로 놀러 가고."

다쿠스가 고개를 끄덕였다. "집에 영화관을 만들면, 우리를 내쫓을 수 없을걸."

"그리고 바나클을 위해 특수 산소실을 만들 거야. 바나클이 계속 산소마스크를 벗으려 하고, 날카로운 다리 때문에 산소 텐트가 계속 찢어지니까."

"어, 음, 그럼 버지니아가 그 집에 들어가서 살지도 모르겠다. 그 미친 딱정벌레를 엄청 좋아하잖아."

"그리고 물론, 링링도 있어." 노박이 짐 가방 쪽으로 다시 몸을 돌리며 말했다.

"링링?"

"링링은 내 생명을 구해줬고, 메이터가 가버려서 일자리도 잃었어. 그래서 내가 타워링 하이츠에 머물면서 나를 위해 일해 달라고 부탁했어. 이제 난 아주 부자가 됐고 메이터가 세상을 장악하고 사람들을 죽이려 했으니 이제 나도 보호가 필요할지도 모르잖아." 노박은 어깨를 으쓱하며 익살스러운 표정을 지었다. "하지만 가장 좋은 건 링링이 내게 무술 수련을 시켜준다는 거야."

"무술 수련?"

"응. 난 이 몸으로 정확히 뭘 할 수 있는지 알고 싶어." 그녀는 팔하나를 쭉 뻗고 산호색 매니큐어가 칠해진 손톱을 살펴보았다. "링링이 여자 닌자들의 무술을 가르쳐줄 거야." 그녀가 손을 내렸다. "그리고 우리가 친구가 되고 나면, 링링이 춤추는 법도 가르쳐주면 좋겠어. 링링이 젊었을 때 미국에서 유명한 발레리나였던 거 알아?"

다쿠스가 고개를 저었다.

노박이 한숨을 쉬고 침대 위에 앉았다. "나도 발레리나가 되고 싶어."

"링링이 닌자 동작을 내게도 가르쳐줄 수 있을까?" 다쿠스가 물었다. "다음에 로비가 나를 괴롭힐 때 그런 식으로 로비의 주먹을 피할 수 있다면 멋질 것 같아."

"로비가 누군데?"

"아, 그냥 학교 애야. 틈만 나면 나를 괴롭히는데, 만일 내가 닌자무술을 하면 분명 날 어떻게 하지 못할 거야." 그가 여전히 오른쪽 손목에 깁스를 한 채로 마치 싸울 준비를 하듯 두 손을 들어 올렸다.

"아, 그것도 멋지겠다. 그리고..." 노박이 이어질 말의 극적인 효과를 노리려는 듯 입을 다물고 잠시 뜸을 들였다. "나 학교에 갈 거야." 그녀가 박수를 쳤다. "이게 가장 좋은 소식 아니니? 진짜 학교야."

"있잖아. 그런데 학교가 그렇게 대단한 곳은 아니야." 다쿠스가 들어 올렸던 손을 다시 내리며 말했다.

"하지만 난 너희 학교에 다닐 거야. 너랑, 버지니아랑, 베르톨트랑 같이. 제라르가 모든 준비를 하고 있어. 다음 주부터 킹 에셀레드홀 중학교에 다니게 될 거야."

"멋진 일이네. 난 아마 그 학교에 다니지 않을 것 같지만." 다쿠스는 자신이 빠진 채 노박과 베르톨트, 버지니아가 함께 있는 장면을 생각하니 가슴에 날카로운 통증이 느껴졌다. "아빠와 나는 곧 집으로 돌아갈 거야. 맥스 삼촌은 아마 딱정벌레로 가득하고 모닥불 냄새가 나는 거실을 원하지 않으실 거야."

노박이 웃었다. "적어도 이번만큼은 내가 모든 걸 알고 있는 사람이라는 게 기분이 좋네." 그녀가 흐뭇해하며 말했다. "보통은 내가 아무것도 모르는 사람이었는데 말이야."

다쿠스가 영문을 몰라 미간을 찌푸렸다. "대체 뭘 안다는 거야?"

"맥스 삼촌네 옆에 있는 '백화점'이 메이터의 소유야. 폭발이 있고 나서 메이터가 구청에서 사들였지."

다쿠스가 눈을 깜빡였다. "그 여자가 '백화점'을 불태운 뒤, 그곳 이 그 여자 소유가 되었다고?"

"맞아. 그리고 이젠 내 소유지." 노박이 말을 이었다. "오늘 아침 에 내가 너희 아버지와 삼촌에게 그 얘기를 했어. 제라르가 측량기 사를 불러서 그곳과 양쪽에 있는 건물들을 살펴보게 할 거야. 내가 개보수공사 비용을 댈 거고. 그리고..." 그녀가 잠시 뜸을 들이더니 발그레해진 얼굴로 두 손을 펄럭이며 꽥꽥거렸다. "건축가를 고용해 서 그걸 동물원으로 만들 거야."

"뭐로 만든다고?"

"음, 베이스캠프 딱정벌레들은 좀 더 살기에 적합한 곳이 필요하 고, 곤충들에 대한 사람들의 인식을 바꾸려면 사람들이 딱정벌레들 을 직접 만나서 그들이 얼마나 멋진지 볼 수 있는 장소가 필요할 것 같아. 그래서 바로 여기에 딱정벌레 동물원을 지으면 어떨까 하는 생각이 들더라."

"와, 노박. 그거 정말 기발한 생각이다."

"그래. 그리고 연구소도 만들 생각이야. 거기서 우리가 파브르 프로젝트의 긍정적인 면들을 살펴보고 세상을 더 나은 곳으로 만들기 위해 싸울 수 있을 거야.”

“맥스 삼촌네 집에 놀러 올 때 나도 가볼 수 있겠네.” 다쿠스의 목소리가 속삭임에 가까울 만큼 작아졌다. 목구멍에 뭔가가 걸린 것만 같았다.

노박은 그의 두 팔을 잡고 그의 눈을 올려다보았다. “다쿠스, 난 네 아버지가 연구소장을 맡아주셨으면 해.”

다쿠스가 눈을 깜빡였다.

“만약 너희 아버지가 동의하시고 네가 원한다면, 두 사람이 동물원 위층에 지을 집에서 살 수 있어. 물론 아직 짓지는 않았지만, 거기 집을 지을 거거든.”

“뭐라고? 노박 정말 놀라워!” 다쿠스가 그녀의 팔을 덥석 잡았고, 둘은 신이 나서 팔짝팔짝 뛰었다. “아빠는 분명 좋다고 하실 거야. 내가 알아. 난 여기 계속 살면서 학교에도 다니고 너랑 버지니아랑 베르톨트랑 맥스 삼촌을 매일 볼 수 있어!” 심장이 마구 뛰었다. “자, 아래층으로 내려가서 아빠에게 지금 물어보자.”

“너 혼자 말하는 게 좋겠어.” 노박이 말했다. “난 가방을 마저 쌀게.”

“금방 돌아올게.” 다쿠스가 쏜살같이 계단을 뛰어 내려가서 문을 열어젖히고 거실로 뛰어 들어가기가 무섭게 입을 열었다. “아빠...” 그러나 베이스캠프 딱정벌레 미니풀장 앞에 서 있는 제라르를 보고 멈추었다. "아, 안녕하세요."

아버지는 소파에 앉아있었다. "아, 다쿠스. 올리비에 알지?"

"올리비에요?" 다쿠스가 혼란스러운 얼굴로 집사를 올려다보았다. "무슨...?"

"올리비에 제라르 라로슈." 집사가 가볍게 고개를 숙였다.

"라로슈? 라로슈." 분명 아는 이름인데, 어디서 들었는지 떠오르지 않았다. "아, 라로슈! 대니 라로슈. 파브르 프로젝트에 참가했다는..." 다쿠스는 미간을 찌푸렸다.

"다니엘르가 내 누나란다." 제라르가 고개를 끄덕였다. "아주 오래전에 루크레시아 커터가 누나에게 큰 고통을 안겨줬고, 아직까지도 그 고통에서 회복하지 못했지. 나는 루크레시아 커터가 누나에게 한 짓을 후회하게 만들 생각으로 집사 훈련을 받아서 루크레시아 커터의 집에 취직한 거였어. 하지만 그곳에서 내가 발견하게 될 어둠에 대해서는 몰랐지."

"올리비에에는 내가 타워링 하이츠 감방에 있을 때 자신이 누구인지 알려줬단다." 바솔로뮤가 집사에게 미소를 지어 보이며 말했다. "그때부터 계속 우린 함께 일해 왔지."

"무슈 커틀." 제라르가 다쿠스에게 고개를 숙였다. "우리가 처음 만났을 때 내가 저지른 결례에 대해 사과하고 싶구나."

"괜찮아요." 다쿠스가 어깨를 으쓱했다.

"아니, 괜찮긴." 제라르가 한숨을 쉬었다. "바솔로뮤, 부끄러운 말씀이지만 제가 아드님을 때렸답니다. 뒤통수를 가격했죠. 아드님이 제게 저항을 했는데 루크레시아 커터의 집에서 내보내야 했습니다."

"아프지 않았어요." 다쿠스는 거짓말을 했다.

"내가 아이를 때린 건 처음이었답니다. 그날 이후 내내 괴로웠지요." 제라르가 고개를 절레절레 저었다. "저 자신을 용서할 수가 없어요."

"다쿠스를 도와주려고 그런 건데요, 뭘." 바솔로뮤가 부드럽게 말했다. "우린 다 이해합니다."

"게다가 맥스 삼촌이 주먹으로 때려눕혀서 갚아줬고요." 다쿠스가 싱긋 웃었다.

"하! 그건 그렇군." 제라르가 마치 그날 맞았던 것을 떠올리는 듯 턱을 문질렀다.

"그러면 이름이 올리비에인가요, 제라르인가요?" 다쿠스가 물었다.

"둘 다지. 하지만 앞으로는 제라르라는 이름을 쓸 거야. 마드무아젤 노박이 그렇게 알고 있으니까."

"노박은 어디 있니?" 바솔로뮤가 아들에게 물었다. "올리비에는 노박을 데리러 온 거야."

"위층에서 짐을 싸고 있어요." 다쿠스가 대답했다.

"저는 올라가서 마드무아젤을 돕겠습니다." 제라르가 말하고 고개 숙여 인사했다.

다쿠스는 그가 방에서 나가는 것을 지켜보았다. "노박의 아버지가 될 생각이라면 이제 노박을 그렇게 부르면 안 될 텐데요."

바솔로뮤가 웃었다.

"아빠, 제 말 좀 들어보세요. 노박이 옆집 공간에 뭘 할 계획인지에 대해서 말하면서 일자리를 제안했어요. 거기에 딱정벌레 동물원을 짓고..."

"그래." 그의 아버지가 고개를 끄덕였다. "그거 멋진 생각이로구나."

"그럼 그 일을 맡으실 거죠?"

"생각을 좀 해봐야 할 것 같구나, 다쿠스. 루크레시아 커터에 관한 엠마 램의 기사가 보도되고 세계가 진실을 알게 되면서 아빠에게 많은 일자리 제안과 요청이 쇄도하고 있단다. 자연사 박물관에서도 원래 자리로 복직해달라고 했고."

다쿠스는 심장이 내려앉는 것 같았다. "하지만 난 예전의 삶으로 돌아가고 싶지 않아요." 그가 불쑥 말했다. "그곳에서는 너무 외로웠고, 아빠는 슬펐어요. 여기엔 친구들이 있고 딱정벌레들이..." 그가 눈물이 그렁그렁해진 눈으로 이동식 미니풀장을 바라보았다. 눈물을 참으려고 눈을 깜빡이며 거의 고함치듯 말했다. "그리고 박스터는 어쩌죠? 박스터는 이제 다리가 다섯 개뿐이고, 박스터도 친구들이 필요해요. 여기서 계속 살고 싶어요."

"어이, 다쿠스." 바솔로뮤가 부드럽게 아들의 이름을 부르며, 소파 옆자리를 손으로 토닥였다. "이리로 와."

다쿠스는 바닥에 눈을 고정한 채 발을 질질 끌며 아빠에게 갔다.

"내 말 들어라." 다쿠스의 아버지가 그의 턱을 잡아 들어 올렸다. 그의 파란 눈은 미소 짓고 있었고, 턱은 까칠까칠한 수염으로 덮여 있었다. "넌 내 목숨을 구해줬다. 나를 구출하기 위해 아마존 밀림을 헤치고 와줬고, 내게 미래에 대한 희망을 안겨줬어. 난 세상에서 가장 자랑스러운 아빠, 가장 운 좋은 아빠고, 난 널 사랑한다. 네가 딱정벌레 동물원을 짓기 원한다면, 우린 그렇게 할 거야."

"정말이요?" 다쿠스는 미친 듯 눈을 깜빡였지만, 뺨을 타고 흘러내리는 눈물을 막을 수 없었다. "진심이세요? 우리가 여기 계속 살아도 되는 거예요?"

"아이고, 이제 울지 마라. 모든 게 잘 될 거야." 다쿠스의 아버지가 아들의 어깨에 팔을 두르고 가까이 끌어당겼다. "이제부터 더 좋은 아빠가 될게. 약속하마."

"아빠는 세상에서 제일 좋은 아빠예요." 다쿠스는 흐느끼며 아버지의 가슴을 끌어안았다.

다쿠스가 진정될 때까지 그들은 한동안 그렇게 앉아있었다. "아빠?" 그가 훌쩍이며 말했다. "엄마가 진짜 루크레시아에게 아빠의 골리앗장수풍뎅이 프로메테우스와 모든 연구 자료를 넘겨줬을까요?"

"아니, 다쿠스. 그건 우리에게 상처를 주기 위한 거짓말이야. 네 엄마는 열정적인 과학자였지만, 내가 딱정벌레로 유전자 실험을 하는 것을 만류했어. 절대 루크레시아 커터에게 연구 자료를 줬을 리 없지."

"하지만 그 여자가 프로메테우스를 가지고 있었잖아요."

"그건 자연사 박물관의 잠긴 방에서 훔쳐 간 거야. 나를 납치했던 것처럼."

"가끔은 내가 엄마가 어떤 사람인지 잘 모르는 것처럼 느껴져서 마음이 아파요."

"오, 다쿠스, 미안하구나. 엄마에 대해 뭐든 내게 물어봐도 돼. 내가 다 말해주마."

"하지만 아빠를 슬프게 하고 싶지 않아요." 다쿠스가 솔직하게 말했다.

"아니, 이제 더 이상 슬퍼하지 않을 거야. 약속하마. 그럴 수는 없지. 우리는 할 일이 너무 많거든. 루크레시아 커터가 틀렸다는 걸 입증하고 사람들에게 환경을 위해 싸우도록 만들어야 하고."

다쿠스는 고개를 끄덕였다. "옆집에 새로 지을 집에 엄마 사진을 걸어놔도 돼요?"

바솔로뮤는 다쿠스의 머리칼을 흐트러뜨렸다. "물론이지. 네가 원하는 건 뭐든 들여놔도 돼."

다쿠스가 미소 지었다. "그럼 제 방에 박스터를 위한 대형 수조를 들여놔도 돼요?"

바솔로뮤가 웃었다. "그 용감한 장수풍뎅이는 그보다 더한 것도 받을 자격이 있을 것 같구나."

조용한 노크 소리가 났다. 다쿠스가 소매로 얼굴을 훔치며 일어나는데 제라르가 문을 열었다. 그의 옆에는 떠날 채비를 마친 노박이 여행 가방을 들고 서 있었다.

"지금 가시게요?" 바솔로뮤가 일어섰다.

제라르가 고개를 끄덕였다. "그동안 노박을 잘 돌봐주셔서 고맙습니다."

"노박은 언제나 환영입니다." 바솔로뮤가 미소 지었다. "그리고 노박, 다쿠스와 내가 그 얘기를 했는데, 네가 제안한 일자리를 수락하고 딱정벌레 동물원을 짓는 걸 돕고 싶구나."

"정말요?" 노박이 여행 가방을 바닥에 내려놓고 손뼉을 치며 팔짝팔짝 뛰었다. "정말 멋진 소식이에요. 우린 딱정벌레가 얼마나 멋지고 얼마나 유용한 동물인지 세상에 보여줄 수 있을 거예요." 헵번이 노박의 머리띠에 달린 코르사주에서 튀어 나와 공중제비를 했다. 노박이 다쿠스를 보았다. "이제 우린 매일 보겠다."

"그런데 잠깐." 다쿠스가 말했다. "그런데 험프리와 피커링은 어쩌지? 우리가 옆집에 살면, 그 사람들은 어디서 살아?"

"어, 그 사람들은 괜찮을 거야." 노박이 대답했다. "난 엄마가 한 약속을 지켰어. 그게 공평하다고 생각했거든. 두 사람에게 각각 50

만 파운드씩 줬어. 그걸로 뭘 할지는 본인들에게 달린 거지."

제 *36* 장

해미시 맥타비시의 해기스와 스포란 상점

험프리와 피커링은 판자로 막은 상점 밖에 서 있었다. "저 간판은 없애야겠어." 험프리가 문 위쪽에 달린, '해미시 맥타비시의 해기스와 스포란 상점'이라는 금색 글씨가 쓰인 붉은색, 초록색 체크 무늬 판자를 가리키며 말했다.

"그래." 피커링이 주머니에서 열쇠 꾸러미를 꺼냈다. "들어가서 새집이 어떤지 볼까?"

두 사촌은 런던 남쪽 엘리펀트 앤 캐슬의 월워스 로드에 있는 상점으로 쿵쾅거리며 들어갔다. 이 상점은 스포란[스코틀랜드 전통 의상 킬트에 매달고 다니는 가죽 주머니]을 허리에 차거나 해기스[순대처럼 양이

나 송아지 내장을 채워 만든 스코틀랜드 전통 음식]를 먹는 고객들이 줄어들면서 최근에 폐업한 상태였다.

"저거 봐! 육류 판매대야." 험프리가 영국에 돌아온 뒤로 항상 옆에 끼고 다니는 흰색 크랜베리 소스통을 들고 상점 왼쪽으로 느릿느릿 걸어갔다. 그곳은 마치 정육점처럼 차려져 있었다.

"저것 좀 봐! 진열장이야!" 피커링이 상점 오른쪽을 보며 마치 유리 벽을 끌어안으려는 듯 팔을 활짝 벌리고 말했다. "내 골동품을 진열하기에 딱 좋겠어."

"이건 내가 파이를 팔기에 딱 좋고." 험프리가 판매대 뒤에서 말했다. "해기스 파이의 맛은 어떤지 궁금한데? 내 메뉴에 추가해도 좋을 것 같아."

"자, 이제 위층을 보러 가자." 피커링이 말하며 상점의 뒤쪽으로 성큼성큼 걸어가서 나선형 계단을 서둘러 올라갔다. 제일 좋은 침실을 선점하고 싶었다.

"난 계단이 싫어." 험프리가 투덜댔다. "첫 번째 나오는 침실은 내가 찜했어."

피커링은 조용히 숨죽여 욕을 내뱉었다.

그들은 부엌으로 갔다. 피커링이 찬장을 열어 오래된 머그잔 두 개와 냄비 하나를 찾았다. "차나 한잔 마실까?"

"그러지 뭐." 험프리가 고개를 끄덕였다.

피커링이 외투 주머니에서 티백을 꺼내서 냄비에 넣고 물을 부은 뒤 스토브 위에 올려놓았다. 잠시 뒤 차를 머그잔에 따르고 돌아오는 비행기에서 훔쳐 온 1회용 멸균 우유를 한 줌 꺼내 잔에 하나씩 부었다. 두 사촌은 머그잔을 들고 한 계단 더 올라갔다.

"여긴 내 방이야." 험프리가 첫 번째로 나온 방문을 열어젖히며 말했다. 마룻장에 낡아서 올이 다 드러난 카펫이 깔려 있고, 낡은 파란색 안락의자 말고는 아무것도 없는 큰 방이었다. 그는 들어가서 의자에 앉았다. "완벽해. 내게 필요한 게 전부 있어." 그가 차를 후루룩 마셨다.

"위층도 올라가 볼래?" 험프리의 방이 너무 큰 것이 짜증 난 피커링이 말했다. "위층에 더 좋은 방이 있을지도 몰라."

"싫어." 험프리가 고개를 저었다.

피커링은 씩씩거리며 방에서 나갔다. 험프리는 사촌이 계단을 올라가는 소리를 들었다.

"와, 험프리. 여긴 너무 근사해. 와서 봐야 해." 피커링이 그를 불렀다.

험프리는 혼자 웃으면서 차를 다 마셨다. 그는 움직일 마음이 없었다. 빈 머그잔을 바닥에 내려놓고 발로 차서 구석으로 보냈다. '설거지는 나중에 해야지.' 그는 생각했다.

제 **37** 장

비틀 걸

검은색과 자주색이 섞인 교복을 입은 아이들이 우르르 학교 정
문을 통과했다. 다쿠스가 한쪽으로 비켜서서 교복 상의 주머
니에 자리 잡고 있는 박스터를 내려다보았다. 딱정벌레는 그를 향해
발톱을 흔들었다. "이제 숨어 지내야 한다는 걸 명심해." 다쿠스가
서로를 부르고 잡담을 나누며 교실로 향하는 학생들의 무리를 훑어
보며 속삭였다. 각도에 따라 색이 달라 보이고 햇빛에서 보면 자줏
빛과 에메랄드빛이 감도는 검은색 자동차가 멈춰 섰다. 다쿠스는 그
차를 처음 본 날과 그때 자신이 이 차가 꼭 만화책에 나오는 것 같다
고 생각했던 기억을 떠올리며 빙그레 웃었다. 이제 이 차는 친구의

것이었다.

아이들의 왁자지껄한 아우성을 뚫고 로비의 무례한 목소리가 들려왔다. "이야! 저 차 좀 봐!"

대니얼 도위가 교복 상의 주머니에서 빗을 꺼내 이마에 늘어뜨린 기름진 곱슬머리를 빗었다.

자동차 앞문이 열렸다. 턱에 흉터가 있는 검은 옷의 여자가 내려서 뒷문을 열었다. 검은색과 자주색이 섞인 교복을 입은 노박이 내리고, 이어서 제라르도 내려서 그녀에게 자주색 학생 가방을 건넸다.

"도시락은 가방에 있고, 필통도 안에 있습니다. 제가 학교에 확인해 보니까 학교에서 필요한 책은 모두 제공할 거랍니다."

"법석 좀 그만 떠세요, 제라르." 노박이 피식 웃고는 가방을 받아들며 그의 볼에 입을 맞추었다.

"방과 후에 태우러 오겠습니다." 노박이 교문으로 향할 때 그가 소리쳤다.

"안녕, 공주님." 대니얼 도위가 소리쳐 불렀다. "넌 이름이 뭐니?"

노박은 잠시도 걸음을 멈추지 않고 그에게 무시하는 시선을 보냈다.

다쿠스는 그의 옆에서 나는 코웃음 소리를 들었다. 버지니아와 베르톨트가 노박의 첫 등교 일을 맞아 마중을 나와 있었다. 다쿠스가 친구들에게 활짝 웃어 보였다. 마빈은 버지니아의 땋은 머리에 매달려 있었고, 뉴턴은 베르톨트의 머리카락에 숨어 은은한 빛을 내고 있어서 베르톨트를 천사처럼 보이게 했다.

"쟤들이 노박에게 까불지 않는 게 좋을걸." 베르톨트가 진지한 표정으로 말했다.

"안 그러면 노박이 죽사발로 만들 테니까." 버지니아가 키득거렸다.

"맞아." 다쿠스가 고개를 끄덕였다.

노박은 세 친구가 교문 안에 서 있는 것을 보며 손을 흔들었다.

"저 애가 비틀 보이한테 뭘 하는 거지? 손을 흔들잖아." 로비가 소리쳤다. "어이, 공주님. 그 녀석 가까이에 가지 않는 게 좋을 거야. 그 녀석이 딱정벌레로 공격할지 모르니까."

노박은 그를 무시하고 다쿠스와 버지니아, 베르톨트에게 뛰어갔다.

"첫 등교 환영해." 다쿠스가 말했다. "넌 벌써 우리 학교 불량배들을 만났구나."

노박이 갑자기 다쿠스의 목에 팔을 두르고 볼에 입을 맞추어서 그를 깜짝 놀라게 했다. 그는 비틀거리며 한발 뒤로 물러났다.

"신나지 않니?" 그녀가 흥분해서 말했다.

"아니." 버지니아가 고개를 저었다. "여긴 학교잖아."

"그러니까 신나지!" 노박이 팔짝팔짝 뛰며 버지니아와 베르톨트를 차례로 끌어안았다.

"네가 여기 있어서 신나." 베르톨트가 그녀의 등을 꼭 끌어안으며 얼굴을 붉혔다.

"그래서 우리 교실은 어디야?" 노박이 다쿠스의 손을 잡으며 물었다. "보고 싶어."

"어이, 비틀 보이!" 로비가 소리쳤다.

네 친구는 뒤로 돌았다. 대니얼 도위와 로비의 뒤에서 으스대며 걸어오고 있는, 붕어빵처럼 똑같은 모습의 소년들이 보였다.

"우리에게 네 여자 친구를 소개시켜주지 않을래?" 로비가 물었고, 붕어빵들이 키득거렸다. "그 애가 오랫동안 널 좋아할 거라고 생각하지 마라." 그가 대니얼 도위를 가리켰고, 대니얼 도위는 노박에게 입술을 쑥 내밀며 눈썹을 씰룩거렸다.

다쿠스는 그의 손을 잡은 노박의 손아귀에 힘이 들어가는 것을 느꼈다.

"뭐라고?" 노박이 로비를 노려보며 말했다. "네 친구에게 나한테 그런 이상한 표정 좀 그만 지으라고 말해줄래? 속이 메스꺼워져서 말이야." 로비의 입이 떡 벌어지며 금속 치아교정기가 번쩍였다. "참, 그리고 알아둘 게 있는데, 난 다쿠스의 여자 친구가 아니야. 다쿠스가 데이트 신청을 하지 않았으니까. 하지만 데이트 신청을 한다면, 생각할 것도 없이 당장 승낙할 거야. 왜냐하면 다쿠스는 내가 만나본 남자 중에 가장 친절하고 용감하고 똑똑하거든."

다쿠스가 숨을 혁 들이쉬다가 제 침이 목에 걸려 콜록콜록 기침을 했다. 베르톨트가 등을 툭 치자 그의 얼굴이 화끈거렸다.

"오오. 쪽쪽. 쪽쪽. 쪽쪽." 로비가 머리를 움직이며 상스럽게 키스하는 소리를 냈다. "저 녀석이 너한테 무슨 짓을 한 거냐? 저 녀석의 딱정벌레에게 물리기라도 한 거니?" 그가 자신이 한 농담에 좋다고 웃었다. "조심하는 게 좋을 거야. 안 그러면 널 '비틀 걸'로 만들어버릴걸."

"비틀 걸! 비틀 걸!" 붕어빵들이 모두 따라 했다.

"당장 너희들 엉덩이를 걷어 차주고 싶은 마음은 굴뚝같지만 우린 지금 교실에 가야 해." 버지니아가 말하고는 까르르 웃는 불량배들에게 등을 돌렸고, 다른 세 친구도 똑같이 했다.

"비틀 걸! 비틀 걸!" 구호가 그들을 따라왔다.

노박은 까맣게 바뀐 눈으로 만면에 짓궂은 미소를 지으며 다쿠스를 쳐다보았다. "쟤들한테 말할 거니? 아니면 내가 해야 할까?"

[비틀 보이 3부작 끝]

339

비틀 보이 3 딱정벌레들의 전투

1판 1쇄 펴냄　2018년 8월 27일

지 은 이　마야 G. 레너드
옮 긴 이　정해영
펴 낸 이　정현순
디 자 인　이용희

펴 낸 곳　㈜북핀
등　　록　제2016-000041호(2016. 6. 3)
주　　소　서울시 광진구 천호대로 572, 5층 505호
전　　화　070-4242-0525 / 팩스 02-6969-9737

ISBN　979-11-87616-43-6　04840
　　　979-11-958238-4-0　(세트)

값　11,500원